스무살

스무 살

김연수
소   설

문학동네

스무 살

그런 줄도 모르고 옛날엔
훌륭한 삶을 원했지 크고
큰 사랑으로 말을
굴리고 하늘을 날아
사물을 보려고 했었지
—최하림, 「어두운 골짜기에서」 중에서

1

열심히 무슨 일을 하든, 아무 일도 하지 않든 스무 살은 곧 지나
간다. 스무 살의 하늘과 스무 살의 바람과 스무 살의 눈빛은 우리
를 세월 속으로 밀어넣고 저희끼리만 저만치 등뒤에 남는 것이다.
남몰래 흘리는 눈물보다도 더 빨리 우리 기억 속에서 마르는 스무
살이 지나가고 나면, 스물한 살이 오는 것이 아니라 스무 살 이후
가 온다.

내가 스무 살이 된 건 1989년이었다. 그때 내가 즐겨 읽던 장정
일의 시 중에는 이런 구절이 있었다. '내 이름은 스물두 살/한 이
십 년쯤 부질없이 보냈네.' 그 시 구절을 그대로 믿자면, 1989년에
나는 열심히 부질없는 삶을 기억 저편으로 보내고 있었다.

그런 1989년을 이제 돌이켜보자니 지금부터 육 년 전이라는 것 말곤, 별다른 기억이 떠오르지 않는다. 그해에 내가 서울로 올라온 건 분명한 사실이다. 가랑눈 흩뿌리던 1988년 크리스마스 가까운 어느 날, 나는 꼭 들어가리라고 믿었던 한 대학의 천문학과에 불합격했다는 사실을 두 눈으로 확인했다. 당연한 수순처럼 재수를 위해 종로학원에 등록했다가 시험이라도 쳐보라는 외삼촌의 불호령에 못 이겨 후기 전형에 응시했다.

그즈음에 스스로 한 가지 약속을 한 게 생각난다. 반드시 떨어져야만 하니까 후기 중에서 가장 좋은 대학의 영문학과에 원서를 낸다. 반드시 떨어져야만 하니까 공부를 전혀 하지 않은 채, 시험을 치른다. 그런데도 합격한다면 영문학과를 다니라는 신의 뜻이니 끝까지 다니고, 만약 예상대로 떨어진다면 그냥 마음 편하게 재수하자. 불행인지 다행인지 우연인지 필연인지 나는 그 시험에 붙었다. 그래서 나는 1989년, 끝까지 다닐 생각으로, 정말 한 달 전까지만 해도 상상조차 하지 못했던 영문학과에 등록한 것이다. 정말 기분이 이상했다. 어쩌면 십구 세까지의 내 인생 어딘가에 영문학과에 어울리는 뭔가가 있지 않았을까? 그러지 않고서야 어떻게 상식적으로 누구나 알아야 하는 영어를 배우기 위해 영문학과 같은 곳에 들어간단 말인가? 영문학과를 지망한 인문계 아이들을 보면서 나는 항상 그런 생각을 해왔었다.

하지만 어찌되었건…… 좋다. 1989년은 내 인생과 한 가지 약속을 한 해다. 하나는 기억이 났다. 그리고 또 무엇이 있을까? 아직도 생생한 건 학교로 올라가는 길 옆에 있던 큰 은행나무 아래에서 소리를 고래고래 지르던 여학생의 모습이다. 무슨 이유론가 그때 전대협은 비폭력을 고수하고 있었다. 동의대 사태 때문이 아닐까 생각한다. 그런데 그 비폭력 원칙이 그날 우리 학교에서 처음으로 깨졌다. 자세히는 모르지만, 학생운동권 내부의 어떤 알력관계가 그런 구체적인 사건으로 나타난 모양이다.

아무튼 그날, 그 여자는 비 오는 날이면 우리들이 막걸리를 마시면서 잘 놀던, 대성전 대문 앞에 서서 소위 '아지·프로를 뜨고' 있었다. 열사의 눈이 채 감기지도 않았는데, 어떻게 비폭력을 주장할 수 있는가? 당신들에게는 분노도 없는가 운운. 그 분위기를 잘 전달하지 못하겠는데, 대충 한 문장으로 표현하자면 다음과 같다.

극에 달했다.

나는 시위 대열의 중간쯤에서 적당히 팔을 흔들며 구호나 외치다가 최루탄이 터지기 시작하면 뒤도 돌아보지 않고 뛰어가는 놈이었다. 당시 대학교에는 나 같은 놈들은 수천 명도 넘게 있었다. 중요한 사람들은 나 같은 녀석들이 아니라, 맨 앞에 있는 학생들이었다. 뒤도 안 돌아보고 뛴 이유는, 괜히 돌아봤다가 뒤에서 날아온 최루탄에 얼굴이 맞을까봐 걱정됐기 때문이었다. 뛰면서 항상 생각해봤지만, 최루탄이 눈에 박히는 것보다는 뒤통수에 박히는 편이 훨씬 나을 것 같았다. 그런 까닭에 나는 항상 남들보다 삼십

미터는 더 멀리 가 있곤 했다. 최루탄은 결코 나를 맞힐 수 없었다. 그런 내 눈에 그 여학생은 극에 달한 모습이었다.

그 여학생의 뒤쪽에서는 비폭력 투쟁의 기만성을 폭로하기 위한 화염병이 날아가고 있었다. 하지만 시위에 나선 학생들은 많지 않아 전경들에게 일방적으로 밀리고 있었다. 그런데도 나를 포함한 대부분의 학생들은 멀찌감치 뒤에서 그 모습을 구경하고만 있었다. 당연한 것 아니냐고? 1989년이었다는 걸 생각해야만 한다. 계획에 없던 가두 진출로 시위대가 경찰에 밀리게 되면 도서관에서 공부하던 학생들에게까지 그 소식을 '전파'해 인원을 충당하던 시절이었다.

나 같은 놈이야 뭐 그렇다고 치고 한국현대사 세미나를 이끌던 87학번 형도 팔짱을 끼고 그냥 구경만 하고 있었던 건 이상했다. 그 형은 자타가 공인하는 데모꾼이었으므로 나는 그 형에게 가서 저렇게 밀리는데 왜 도와주지 않는 것이냐고 물었다. 그 형은 내게 말했다.

"우리가 나설 자리가 아니야. 쟤네하고 우리는 다르거든."

나는 다시 한번 극에 달했다는 느낌을 받았다. 그 여학생이 속한 그룹은 주류 운동권들이 'CA잔당'이라고 경멸적으로 일컫던 소수파라는 사실을 나중에야 알았다. 도대체 정확한 이유는 알 수 없었지만, 1989년에는 극에 달했던 것들이 적지 않은 편이었다.

내 인생과의 약속, 극에 달했다, 그리고 또 무엇이 있을까? 한 가지를 더 말하자면 아르바이트다. 그해에 나는 다양한 아르바이트를 했는데, 다들 그렇겠지만 처음에는 그럴 생각이 없었다. 여느 학생들처럼 과외교습이나 하고 싶었고, 그렇게 해서 가르치게 된 게 어느 예술고등학교 연극영화과에 다니던 남자애였다. 그 일자리를 소개해준 과 선배는 전임자로서 후임자인 나에게 다음과 같은 말로 인수인계를 모두 마쳤다.

"걔가 사 년제 대학에만 들어가면, 널 하와이에 보내줄 거다."

지금도 그렇지만, 난 정말이지 하와이에 가고 싶었다. 하지만 그건 내가 조만간 하와이에 가는 일은 절대로 없을 것이라는 사실을 완곡하게 표현하는 말이었다. 그애의 집은 동부이촌동의 한 아파트였다. 부촌이라고 해서 그런가보다 했다. 별다를 바는 없었다. 노점상들도 있었고 지하철에서 내리는 사람들도 많았다. 오락실 기계의 화면이 학교 부근보다 컸다는 사실만 달랐다.

하루를 가르치고 난 뒤에 나는 하와이에 가겠다는 꿈을 버렸다. 고3인 녀석이 아는 영어 단어라고는 boy와 sex밖에 없었다. 외국에 나간다면 여행객에게 잡동사니를 팔려고 쫓아다니는 어린 소년들을 부를 수 있었고, 무척 어렵겠지만 굳은 마음을 먹는다면 외국인 여자와 잠을 잘 수 있을 정도의 실력이었다. 나는 녀석에게 영어 문제의 답은 무조건 제일 긴 문장만 찍고, 수학 주관식 1번 문제는 그날 구름의 양에 따라서 -1, 0, 1 중에서 하나를 쓰라는 것 따위를 가르쳤다.

하지만 돈을 받으면서 그런 식으로만 시간을 때울 수는 없어서 나머지 시간은 나 혼자서 열심히 미적분이나 극한을 풀거나 'She is too young to marry' 따위의 문장을 'B하기에는 너무 A하다'라고 중얼대면서 보냈다. 그렇게 『수학의 정석』과 『성문기본영어』에 나오는 어렵고 쉬운 문제들을 두 시간 반 동안 혼자 풀고 돌아오는 길에 전자오락을 하면서 나는 그곳이 부촌임을 실감했다. 그렇게 며칠이 지나자 녀석도 내가 제대로 문제를 풀고 있는지 감시하는 일에 지쳤는지 조금씩 이런저런 얘기를 하기 시작했다. 보석상을 한다던 할머니는 사실 강남의 유명한 사채업자이고 아버지는 일 없이 건달처럼 지내다가 나이가 들어 할머니의 도움으로 명동에 옷가게를 차렸다고 했다.

"그 옷이라는 게 전부 다 동대문에서 떼어와서 대충 손본 뒤에 열 배 가격으로 파는 거예요."

나는 그런 가게에서 옷을 사본 적이 없었으므로 그 말에 아무런 충격도 받지 않았다. 들어보니 녀석의 꿈은 호텔 요리사가 되는 것이었다. 나쁜 꿈이 아니었다. 하지만 문제는 아버지가 요리사의 그 심오한 세계를 잘 이해하지 못한다는 점이었다. 하루는 녀석이 반에서 1등을 해서 성적표를 자랑스럽게 내보였다고 한다. 그 성적표를 보더니 아버지가 화를 버럭 냈다. 왜 좋아하지 않고 화를 낸 것이냐고 묻자, 녀석이 대답했다.

"반에서 1등이면 뭐해요. 전교에서 157등인데. 우리 반은 모의
고사 110점만 넘으면 1등이에요. 저번 시험에서는 반에서 48등 했
어요. 이번에는 내가 우리 반에서 제일 잘 찍은 거죠 뭐. 그래서 아
버지가 똥통학교라고……"

서울예고에 다니던 여동생과 매사에 비교를 당했기 때문에 녀석
의 자기혐오증은 점점 심해지고 있었다. 하지만 그래서 우리에게
는 좀 통하는 면이 있었다. 나와는 담배도 같이 피웠다. 녀석은 내
게 생일선물로 Tuck & Patti의 앨범 〈Love Warriors〉를 사주기도
했다. 그렇게 한 달쯤 지나니까 녀석은 노골적으로 어차피 대학 진
학은 불가능한 게 아니냐고 내게 말했다. 자기 아버지도 책임감에
과외를 시키는 것뿐이니 그냥 자기랑 얘기나 하면서 과외비나 챙
겨가는 게 어떠냐고. 그즈음, 나도 그 과외라는 것에 싫증이 나기
시작했다. 제대로 가르치지도 않고 받는 과외비여서 받은 그날 다
써버리기 일쑤였다.

그러다가 어느 날인가는 과외하러 갔더니 녀석이 소주 한 병을
사놓고 나를 기다리고 있었다. 할 얘기가 있다는 것이었다. 마침
녀석의 부모도 없어 될 대로 되라는 생각으로 함께 술을 마셨다.

"형, 이럴 때는 어떻게 해야 하나요? 우리 학교 다니다가 미국
으로 유학간 놈이 있는데, 지난 방학 때 한국에 왔다가 1학년 여자
애를 따먹고 갔어요. 그런데 그 여자애가 임신을 했다면서 맨날 나
찾아와서 울어요. 정말 쪽팔려죽겠어요."

그때까지 한 번도 섹스를 하지 못했던 나로서는 할말이 없었다. 아무리 과외선생이라도 그건 정답을 가르쳐줄 수 없는 문제였다. 그 집에 들락거리면서 나는 계급이란 세습되는 것이라는 사실을 확실하게 믿게 됐다. 녀석을 둘러싼 세계는 아인슈타인 전기를 읽으면서 우주에 관한 몽상에 잠기던 내 고등학교 시절과는 너무나 달랐다. 과외시간을 제외하면 나의 세계와 녀석의 세계는 서로 만날 수 없었다.

"사귀던 여자친구가 있었는데, 하루는 걔네 엄마가 날 찾아온 거예요. 그 아줌마가 뭐라고 말했는지 알아요? 자기 딸 공부해서 대학 가야 하니까, 그만 만나래요. 대신에 연극영화과 다닌다고 들었는데, 자기 딸 안 만나면 아는 PD에게 얘기해서 개그맨으로 데뷔시켜주겠다구요."

나는 물론, 녀석도 불콰해진 얼굴로 낄낄거리며 웃었다. 네 인생 자체가 개그인데, 굳이 개그맨이 될 필요가 어디 있겠냐? 그래, 좋다. 넌 대학 갈 필요도 없으니까, 그냥 요리사나 해라. 공부도 못하는 게 무슨 대학이냐? 술에 취한 김에 나 역시 말이 함부로 쏟아져나왔다. 우리는 녀석의 아버지가 남겨둔 나폴레옹 코냑까지 내처마시고 난 뒤에야 그날의 수업을 끝냈다. 녀석은 검은 비닐봉지 안에 술병과 남은 안주를 넣어 구층에 있던 방 창밖으로 던져버렸다. 어둠 속으로 그것은 떨어졌다.

그다음 시간에 찾아갔더니 녀석은 보이지 않고 녀석의 아버지만 나를 기다리고 있었다. 아들의 말로는 한때 '개망나니'였다던 그는 약간 상기된 얼굴로 주머니에서 하얀 봉투를 꺼내어 내게 건넸다.

"월급입니다."

"아직 받을 때가 안 되었는데요?"

"그 녀석, 대학 안 보내기로 했습니다. 어제 집 나갔어요. 그럼, 이만."

그러더니 그는 나가달라며 문을 열었다. 나는 흰 봉투를 들고 그 집을 나왔다. 봉투를 열어보니 이십오만원이 들어 있었다. 그달에는 두 시간 반씩 이틀을 가르쳤으니까 시간당 오만원을 받은 셈이었다. 그래서 나는 하와이에 갈 생각은 포기하고 그 돈으로 워크맨과 사고 싶었던 책들을 샀다.

스무 살, 내 첫번째 아르바이트는 그렇게 끝났다.

2

여름이 지나고 2학기가 시작된 뒤로는 도서관에 처박혀 지냈다. 그때는 문학평론서를 많이 읽었는데, 대상 작품의 내용을 모르고서는 문학평론가들이 하는 말이 무슨 뜻인지 이해하기 힘들었다. 그래서 일단 작품부터 읽어봐야겠다고 생각하고 도서관에서 찾아 읽기 시작했다. 그 방법은 다음과 같았다. 우선 평론책 하나를 고른다. 당시 내가 즐겨 들고 다니던 성민엽의 『문학의 빈곤』을 예로 들자면, 읽다보면 송건호의 「통일을 위한 민족주의의 르네상스」, 신용하의 「민족 형성의 이론」, 이창동의 「소지」와 「친기」, 윤흥길의 『장마』, 김진경의 시집들이 몇 페이지 안에서 마구 쏟아진다. 그러면 나는 노트에다 필자와 제목을 쭉 적고, 옆에는 수록된 지면이나 서지사항을 적는다. 그다음부터는 틈나는 대로 언급된 작품들을 찾아서 읽으면 된다. 읽고 나면 리스트에 줄을 긋고 간단한 소감을 적었다.

그런 식으로 석 달 정도 도서관을 뒤지고 다녔더니 대부분의 평론서에서 언급하는 주요 논문과 소설과 시는 다 찾아 읽게 됐다. 뻔할 뻔자였던 것이다. 잡지 과월호를 자주 뒤적여야 했기 때문에 내가 가는 곳은 주로 중앙도서관 정기간행물실이었다. 정간실에 앉아 맛있는 음식을 맛보듯 잔뜩 쌓아놓은 '창비'나 '문지' 등의 과월호에서 야금야금 한 권씩 빼서 읽는 느낌은 이루 말할 수 없이 좋았다. 한 편을 다 읽고 다른 글을 읽기 전의 그 시간 동안에는 어둠이 내리는 명륜동을 바라보면서 시를 쓰기도 했다.

그렇게 도서관에서 지내다보니 정신적으로는 매우 풍요로운 반면에 경제적으로는 궁핍했으므로 슬슬 다시 일을 해야겠다는 생각이 들었다. 지난번의 경험도 있고 해서 이번에는 과외교습보다는 몸을 움직이면서 일하는 아르바이트를 해보기로 했다. 그래서 나는 강의실보다는 부직 공고가 붙는 학생과 앞을 더 많이 서성거렸다.

거기서 찾은 첫 일자리는 상도동 성대시장 근처에서 열두 시간 동안 통행인의 수를 헤아리는 일이었다. 용역회사를 찾아갔더니 통행인을 성별과 연령별로 나눈 표가 그려진 종이를 주고는, 통행인이 지나갈 때마다 해당 칸을 찾아서 바를 정正자를 기입하라고 했다. 다른 학생들과 마찬가지로 나도 똑같은 질문을 던졌다.

"도무지 이십대인지, 삼십대인지 분간이 가지 않는 사람은 어떻게 하나요?"

"그럼 대충 이십대에다 적어. 나이 많은 것보다는 낫잖아."

꼭 영화 〈블루스 브라더스〉에 나오는 뚱보처럼 생긴 직원이 말했다. 그 직원은 진지한 표정으로 돌아가 이렇게 덧붙였다.

"거기에다가 편의점을 만드느냐 만들지 않느냐는 전적으로 이 자료를 근거로 판단하니까 성실하게 조사해야 합니다. 우리가 수시로 찾아가서 지켜볼 텐데, 성실하게 조사하지 않는 게 눈에 띈다면 아르바이트비를 줄 수가 없어요."

나와 다른 학생, 두 사람이 두 시간씩 번갈아가면서 통행인의 숫자를 파악하기로 했다. 그건 그다지 어렵지도 않았고, 몸을 움직여서 일한다는 느낌도 들지 않았다. 나는 마지막 과외비로 산 워크맨으로 FM 방송을 들으며 그럭저럭 두 시간씩 일했다. 이십대 여성들은 오전 아홉시 이전에 대개 집에서 나갔고, 열두시를 전후해서는 나이든 아저씨들이 많았다. 아줌마들의 시간은 오후 서너시경이었다. 삼십대와 십대들은 대부분 저녁 아홉시 전까지 귀가했지만, 이십대 여성들은 아홉시가 넘어야 귀가를 시작했다. 통행량이 가장 많을 때도 한 시간에 이백 명을 넘진 않았다. 나는 시간당 이백 명이 과연 편의점을 하기에 합당한 숫자인가 아닌가 생각하며 3, 혹은 4 따위의 번호를 읊조렸다. 위에서 첫번째 칸부터 헤아려서 3, 그러니까 세번째 칸은 이십대 남자를, 4, 그러니까 네번째 칸은 이십대 여자를 의미했다. 하루종일 일했더니 저녁쯤 되니까 멀리서 몰려오는 사람들만 봐도 "3 둘에 2 하나, 4 셋"이라고 말할 수 있게 됐다.

블루스 브라더스의 뚱보는 일이 다 끝나자 찾아와 잘했다면서 다음에도 같이 일해보면 어떻겠느냐고 물었다. 하루종일 멍하니 서서 오가는 사람들만 봐야 하고, 또 경찰 같은 사람들이 와서 뭐 하느냐고 자꾸 물어보기도 해서 그 일을 다시 할 생각이 없었지만, 속마음을 대놓고 말하기는 싫어 나는 건성으로 그러겠다고 대답했다. 그러자 뚱보가 말했다.

"다음은 자동차 수를 헤아리는 거야. 주유소에서 의뢰받았지."

물론 농담이었다. 하지만 생각만 해도 끔찍한 농담이었다. 나는 고개를 절레절레 흔들었다.

그 외에도 나는 외국에서 날아온 잡지들을 배달하는 일, 서점에서 서가에 꽂힌 책들을 분류하고 내용을 요약하는 일 등의 아르바이트를 했다. 지나가는 사람들을 내 마음대로 3이니 4니 숫자로 부르는 것보다는 재미있는 일들이었다. 그해에 내가 마지막으로 한 아르바이트는 합정동에 있는 홀트 아동복지회에서 여는 바자회를 도와주는 일이었다.

그 일자리를 나는 여느 때와 같이 학생과 앞의 부직 공고란 게시판에서 찾았다. 그 게시판에는 주로 장기 아르바이트 학생을 찾는 협조공문이 붙었다. 하지만 재학생의 경우에는 학과 수업 때문에 방과후 파트타임으로나 일할 수 있지, 장기 아르바이트는 힘들었다. 제일 좋은 건 휴일을 이용해서 한 이틀 꼬박 일하는 아르바이트였다. 내가 원하는 건 다른 사람들도 모두 원하는 것이어서 그런 아르바이트를 구하는 건 당연히 쉽지 않았다. 학생과 직원이 공문을 게시판에 붙이자마자 바로 달려가 신청하지 않으면 자리를 얻기가 힘들었다.

홀트 아동복지회의 아르바이트가 그런 경우였다. 게시판에서 협조공문을 보자마자, 나는 곧장 부직 담당자를 찾아갔다. 그는 내가 마지막 지원자라며 게시판에서 공문을 떼어오라고 말했다. 행운이라고 생각하며 나는 부직 공고란 게시판 쪽으로 걸어갔다. 그런데 타이슨처럼 머리를 짧게 깎은 남학생이 그 공문을 떼어내고 있었다. 내가 그 학생에게 말했다.

"저, 그거 제 것인데……"

녀석은 별 이상한 놈을 다 보겠다는 듯이 나를 한번 쳐다보고는 학생과 사무실 안으로 들어갔다. 내가 얼른 뒤를 쫓아가 부직 담당자에게 도움을 요청했다. 그는 껄껄 웃으면서 말했다.

"맞아. 저 학생이 먼저 왔으니까 자네가 양보를 해야겠네."

하지만 그 녀석은 부직 담당자가 써놓은, '일자리를 원하는 학생은 공문을 떼어오라'는 문구를 가리키며, 공문을 떼어왔으니까 자신이 마지막 지원자라고 우겼다. 억지도 그런 억지가 없었다. 사실 공문은 중요한 게 아니었다. 누가 먼저 담당자를 찾아갔느냐가 중요했다. 하지만 녀석은 요지부동이었다. 자신은 반드시 그 아르바이트를 해야만 한다는 것이었다. 그러자 이번에는 부직 담당자가 내게 말했다.

"저 녀석, 고집이 너무 세서 안 되겠다. 야, 내가 더 좋은 일자리 소개시켜줄 테니까 네가 양보해라."

하지만 나도 물러설 수 없는 일이었다. 이제 그 일은 자존심의 문제가 됐으니까. 우리 둘이 그따위 일로 학생과에서 버티고 서 있자, 결국에는 부직 담당자가 화를 내기 시작했다. 둘 다 부직이고 뭐고 시켜줄 수가 없으니 나가라는 것이었다. 나는 적잖이 당황했다. 어디서 저런 생떼를 부리는 놈이 나타났담! 기가 질려서 쳐다보는데, 녀석이 마지막으로 말했다.

"저는 그 일을 꼭 하고 싶습니다. 정말입니다."

나쁜 놈. 내가 졌다. 돈 많이 벌어서 잘 먹고 잘 살아라. 내가 그 일자리를 포기하겠다고 말하려는 순간, 부직 담당자가 먼저 입을 열었다.

"이 지독한 놈들아. 1학년 녀석들이 공부를 좀 그렇게 해봐라. 내가 어떻게든 두 놈 다 일할 수 있도록 말해놓을 테니까 이 전화번호로 연락해서 언제, 어디로 가야 하는지 각자 알아봐."

그렇게 해서 나는 아슬아슬하게 1989년의 마지막 아르바이트 자리를 얻게 됐다.

그 당시에 내게는 사귀는 여자애가 하나 있었다. 사귄다기보다는 나는 주로 '오늘은 노을이 지는 곳까지 걸어가봤다' 운운하는 편지를 써보내고, 그 여자애는 그 편지를 읽는 그런 관계였다. 불문과에 다니던 그애와 나는, 내가 열 번 편지를 보내면 그애가 한 번 데이트를 해주는 계약을 맺었다. 다들 마찬가지겠지만 그런 이유로 쓰는 편지라면 하루에 열 통씩이라도 보낼 수 있다. 매일 만나야만 했으니까. 그런 식으로 하루종일 편지를 쓰게 되면 나의 모든 것을 쓸 수밖에 없고, 그러다보면 나라는 인간은 마치 글 속에서나 존재하는 것처럼 느껴진다. 그러다 결국에는 '오늘은 노을이 지는 곳까지 걸어가봤다'는 문장을 쓰기 위해 실제로 노을 쪽으로 걸어가기까지 하는 지경에 이른다. 그렇다고 힘들진 않았다. 점점 애당초의 목적은 망각하고 그저 글쓰는 일에만 몰두하게 되니까.

그러나 내 글쓰기 실력만 늘어날 뿐 두 사람의 관계에는 아무런 진전이 없었다. 여전히 나는 문과대 앞에서 만나는 그녀를 익숙하게 대하지 못했다. 커피라도 같이 마실라치면 너무나 어색해서 바라볼 곳이 없었다. 내가 편지에 언급한 시들, 예컨대 기형도라든가 이성복에 대해 그녀가 시집을 사서 읽고 난 느낌을 몇 마디 말하고 나면 더이상 나눌 대화가 없었다. 동물원이나 변진섭의 신작 앨범에 대해서 얘기했을 수도 있겠다. 하지만 그따위가 다 무슨 소용이란 말인가? 나는 그딴 것들이 아니라 더 강렬한 삶의 경험을 원해야만 한다고 생각하고 있었다. 온몸을 불태우는 강렬한 사랑이라든가 열정이나 광기 같은 것들. 하지만 그게 내 앞의 현실이었다. 실제 생활에서 나는 무엇 하나 강렬하지 않았다. 그 시절에 나는 스스로 뜻뜻미지근한 사람이라고 생각했다.

대학에 진학하면서 나는 비관주의의 별에 이끌렸다. 나는 운명의 힘을 믿었고, 세상의 모든 일은 인간의 의지와는 무관하게, 어떤 보이지 않는 손이 움직이는 것이라고 생각하게 됐다. 그리하여 나는 어떤 반항의 몸짓도 없이, 그 손의 힘에 굴복했다. 힘든 시기가 찾아오면 나는 모든 걸 체념한 채 누군가 나를 대신해 던진 주사위가 굴러가는 걸 바라보듯이 일련의 과정을 지켜보다가 그게 어떤 결과이든 묵묵히 받아들였다. 주사위 던지기의 결과가 아직까지는 나쁘지 않아 다행이었지만, 내게 일어나는 일들을 이해할 수 없는 것은 여전하다. 한 이백 년 정도가 지나면 지금 일어나는 일들도 이해되지 않을까? 나는 그렇게 생각했다. 하지만 아쉽게도 내가 이백 년 동안이나 살아 있을 수는 없었다. 결론적으로 말해서 당시의 나라는 인간은 자신을 둘러싸고 벌어지는 일들에 대해 아무런 이해도 없이 살아가고 있었다.

　바로 그런 이유로, 결국 나는 그애에게 그만 헤어지자는 편지를 쓰고야 말았다. '너는 나를 좋아하지 않는 것 같으니, 이제 그만 너를 괴롭히겠다' 운운. 편지를 받고 나서 그애는 몇 번 하숙집으로 전화를 걸었다. 하지만 그걸로 끝이었다. 아주 간단했다. 그냥 몇 통의 전화로 끝이었다. 마지막으로 수화기를 내려놓으면서는 "도무지 이해할 수 없는 애야"라고 말했을지도 모른다. 당연했다. 나도 나를 이해하지 못하는데, 남이 나를 이해할 리는 만무했다. 그 중에서도 가장 이해할 수 없었던 건 더이상 전화가 오지 않는 어느 토요일 저녁에 그애의 전화를 기다리며 다들 놀러 나간 텅 빈 하숙집을 지킨 일이었다. 끼니도 거른 채 어두워지는 방안에 혼자 앉아 있으려니 나라는 인간은 어딘가 대단히 잘못된 게 틀림없다는 생각이 들었다. 스무 살의 가을이 그렇게 흘러가고 있었다. 그러나 바람이 차다고 생각하며 창문을 닫기 전까지 나는 가을인지도 몰랐다. 이번에도 나는 뒤로 빠진 채, 어떤 손을 기다렸던 것이다. 그 손은 내게 '그녀는 아니다'라며 팔을 저었다. 나는 스스로에게 물었다. 그녀를 사랑하는가? 사랑한다. 죽도록 사랑하는가…… 자문자답은 거기서 멈췄다.

　죽도록 사랑하지 않는다면, 누구도 사랑할 수 없다.

　이것이 스무 살에 내가 생각했던 사랑이었다. 그날 저녁, 나는 새우깡을 안주 삼아 소주 한 병을 다 마시고 혼자 노래를 부르다가

먹은 것을 다 토해내고서야 잠이 들었다.

　다음날, 나는 늦잠을 잤다. 깨자마자 정신없이 지하철역으로 뛰
어갔다. 홀트 아동복지회에서 아르바이트를 하기로 한 날이었다.
빨리 움직여야만 했다. 부직 담당자가 배려해준 덕분에 구한 자리
여서 제시간에 가지 못한다면 면목이 서지 않을 것 같았다. 속이
엄청나게 쓰리고 신물이 넘어왔지만, 꾹 참는 수밖에 없었다. 겨우
합정역에 내려 홀트 아동복지회까지 가니 이미 많은 사람들이 문
앞에 서 있었다. 바자회는 협찬받은 물품들을 싼값에 살 수 있는
좋은 기회였으니까.

　녀석은 먼저 와 있었다. 내가 직원들에게 늦어서 미안하다고 말
하는 동안, 아무런 말 없이 나를 바라보며 서 있었다. 한 직원이 우
리 둘에게 한 조가 되어서 일하라고 지시했다. 내키지 않았지만,
늦게 온 탓에 뭐라고 할 처지가 못 됐다. 우리는 우선 바자회가 정
식으로 시작되기 전까지 야외 테이블 위에 쌓아둔 물건들을 사람
들이 만지지 못하게 막는 임무를 맡았다. 하지만 시간이 흐르면서
사람들이 점점 몰려들자, 먼저 온 쪽에서 빨리 바자회를 시작하라
고 요구했다. 결정권이 없는 우리는 뒤로 물러서라며 그들을 제지
할 수밖에 없었다. 하지만 오히려 밀리는 쪽은 우리였다. 그 광경
을 본 직원 중 한 사람이 예정된 시간보다 십여 분 빨리 "자, 시작
합시다!"라고 소리를 질렀다.

테이블 위에 쌓아둔 식용유, 샴푸, 휴지 등이 모두 동이 날 때까지 홀트 아동복지회 마당에서 벌어졌던 그 야단법석이라니! 처음에는 물품의 개수를 확인하고 받은 금액에 따라, 나중에는 그냥 쥐여주는 대로 돈을 받고 잡히는 대로 물건을 내줬다. 한 시간 남짓, 폭풍 같은 시간이 지나가자 하루 일과를 다 끝낸 것처럼 우린 지쳐버렸다. 그러나 바자회는 그때부터 본격적으로 시작됐다. 마당에서는 음식을 팔고, 삼층 사무실에서는 가전제품과 의류 등 좀더 비싼 물품을 팔았다. 우리는 물건이 팔리는 즉시 마당에 쌓인 물품박스를 삼층으로 옮기는 일을 맡았다. 전날 술을 마신데다 아침도 거른 상태라 무거운 박스를 들고 삼층까지 올라가는 게 힘들었다. 내가 계단에서 헉헉대며 쉬고 있노라면 녀석은 나를 지나쳐 계속 계단을 오르내렸다. 서로 마음이 잘 맞지 않았다.

　　좀더 결정적인 일은 점심시간 직전에 일어났다. 우리는 근처 분식점에서 단무지를 받아 건물 앞 공터의 가설식당으로 옮겨야 했다. 잘라서 비닐 포장한 그 단무지통은 가득찬 물 때문에 꽤나 무거웠다. 이미 지쳐버린 나로서는 단숨에 그걸 나른다는 게 불가능했다. 그래서 한 번 들면 겨우 십 미터를 옮길까 말까, 그러다가 그냥 내려놓았다. 그러기를 몇 차례, 내 모습을 지켜보던 분식점 아주머니가 "젊은 사람이 그렇게 힘을 못 써서 어떡해!"라고 소리를 질렀다. 망원동 초입의 그 식당에서 홀트 아동복지회 건물까지는 참으로 멀고도 멀었다. 내가 단무지통을 내려놓고 한참 서 있자, 벌써 자기 것을 다 옮긴 녀석이 다가와 대신 옮겨주겠다고 했다. "괜찮아, 나도 들고 갈 수 있어"라고 말했지만, 녀석은 내 말에는 아랑곳하지 않고 단무지통을 들었다.

"도와주는 거야. 힘이 없어 보여서……"

달리 대꾸할 말이 없어서 단무지통을 들고 가는 녀석의 등을 바라보고만 있었다. 갑자기 친한 척 굴다니 기분이 불쾌해졌다. 나는 녀석을 피해 다니기 시작했다. 점심도 일부러 혼자서 먹었다. 짝을 지어서 다녀야만 한다는 규정도 없었기 때문에 오후에는 녀석이 내려올 때 나는 위로 올라갔고, 녀석이 올라올 것 같으면 다시 아래로 내려갔다. 서로 마주칠 기회가 없어지니까 자연스레 녀석도 내게 말을 걸지 않았다. 좀 마음이 놓였다.

두시가 넘어서자, 쌓여 있던 물건들이 모두 삼층으로 옮겨졌다. 우리가 할 일은 더이상 없었다. 옮긴 물품들을 파는 건 자원봉사자들의 몫이었다. 직원은 어디 가서 시간을 보내다가 바자회가 끝나는 여섯시에 다시 오라고 우리에게 말했다. 나는 건물을 나와서 한참 서성이다가 근처 공중전화박스로 들어갔다. 그녀의 집에 전화를 걸었다. 그러나 연결음이 울리자마자 나는 전화를 끊었다. 이제 그 수화기를 내려놓음으로써 내 마음은 굳게 닫혔고, 앞으로 누구에게도 열리지 않을 것이라는 절망적인 생각이 들었다. 이제는 누구도 죽도록 사랑할 수 없는 인간이 되리라고 생각했다.

공중전화박스에서 나와 천천히 길을 걸었다. 합정역을 지나 절두산기념관으로 향했다. 은행잎들이 햇살을 받아 노랗게 반짝이고 있었다. 스무 살의 가을이 그렇게 지나가고 있었다. 스무 살의 가을이 지나가고 나면, 다시 스무 살의 겨울이 오는 것이 아니다. 어떤 관련도 없는, 전혀 다르고 낯선 계절이 찾아온다. 그때 나는 아주 오랜 시간이 흐른 뒤에 스무 살의 가을을 생각할 나 자신의 모습을 떠올렸다. 한 여자애와의 우스꽝스러운 이별, 무겁게 내려놓은 공중전화 수화기, 영영 닫히게 된 마음 등으로 기억하게 될 내 스무 살의 가을을.

김대건 신부가 참수당한 곳이라 절두산기념관 앞에는 김대건 신부의 동상이 서 있었다. 그걸 보자 중학교 때 피정 가서 조별로 연극을 공연한 일이 기억났다. 그때 나는 우연히도 배를 타고 바다를 건너는 김대건 신부의 역할을 했다. 그때의 나는 당연하게도 몇 년 뒤 내가 어떤 여자 때문에 절두산 근처를 거닐 것이라고는 상상하지 못했다. 마찬가지로 스무 살의 나는 또다시 이십여 년이 흐른 뒤의 내 모습을 상상할 수 없었다. 남은 것은 오고가는 계절들뿐인 것이다. 나는 절두산기념관에서 고문기구라든가 초기의 자료들과 순교자들의 동상들을 보고 난 뒤, 벤치에 앉아 한강을 한참 바라봤다. 한강은 내가 바라보는 내내 쉬지 않고 서해로 흘러가기만 했다.

그 순간 내 속에서는 뭔가가 완전히 빠져나갔다. 그게 뭔지는 나도 모르겠다. 아무튼 뭔가가 빠져나갔다. 그리고 기분이 한결 좋아

졌다. 절두산기념관 때문이라고, 혹은 부지런한 한강 때문이라고
설명할 수밖에 없었다. 걸어왔던 길로 다시 나가기가 싫어서 강변
도로를 따라 양화대교 쪽으로 걸어가면서 과연 내 안에서 무엇이
빠져나갔는지 곰곰이 생각해봤다. 하지만 적절한 해답은 찾을 수
없었다. 다만 이제 다시는 제멋대로 판단해서 여자에게 헤어지자
는 편지를 보내고 혼자서 술에 취해 토하는 짓은 하지 않을 것 같
다는 예감이 들었다.

　양화대교 아래쪽 고수부지에 이르러 나는 강변 쪽으로 좀더 내
려갔다. 강바람을 쐬러 나온 사람들이 제법 많았다. 나는 제방까지
내려가 한강물을 바라보며 앉았다. 저무는 가을 햇살에 강의 물결
이 비늘처럼 반짝였다. 강물을 바라보며 앉아 있는데, 누군가 부르
는 소리가 들렸다. 이름을 부르는 게 아니라 그저 "어이!"라고 외
치는 소리였다. 계속 소리치기에 돌아봤더니 그 녀석이 비닐봉지
를 들고 고수부지 저쪽에서 나를 부르고 있었다. 녀석은 은행나무
가 부지런히 잎을 떨어뜨리는 강변도로 쪽 둑 위에 앉아 있었다.
비닐봉지 안에는 소주 한 병과 삼양라면이 들어 있었다. 투명한 초
록색의 소주병과 붉은 포장의 라면을 회색 콘크리트 위에 내려놓
으니 색깔을 안배한 정물화 속의 풍경 같았다.
　"마실래?"
　녀석은 소주 뚜껑을 이빨로 따며 내게 물었다. 나는 그 병을 받

아 호기롭게 입을 대고 한 모금 마셨다. 그리고 라면을 부수고 있던 녀석에게 건넸다.

"여기 참 좋지 않니? 나무 사이로 지나가는 바람이 온통 연둣빛이야."

녀석이 말했다. 연둣빛. 내 눈으로 연둣빛 바람이 부드럽게 우리를 감싸고 돌며 멀리 강으로 날아가는 광경이 보이는 것 같았다. 휴일 강변의 사람들은 여기저기 흩어져 앉아 있고, 연둣빛 바람은 우리 둘 사이를 빠져나간다. 거기, 눈물이 나도록 슬프거나, 가슴이 아픈 건 하나도 없다. 다만 완벽하게 아름다울 뿐이었다.

"여기에 오니까 그 노래가 생각나. 떨어지는 낙엽들 그 사이로 거리를 걸어봐요······"

"〈사랑해요〉?"

"응. 아마 앞으로도 그 노래만 들으면 여기가 생각날 거야. 쉽게 잊혀지지는 않을 거야."

녀석이 다시 내게 소주병을 건넸다. 쉽게 잊혀지지는 않을 거야. 나는 그 말이 너무나 좋았다. 서로 같은 병에 입을 대고 술을 마셨다는 사실과 쉽게 잊혀지지는 않을 거야, 그 말 덕분에 불편했던 마음은 조금씩 사라지고 있었다. 녀석의 이름이 재진이라는 것도 그때 처음 알게 됐다. 재진은 법학과 학생이었다. 당시 나에게는 영문과 학생들은 죄다 바보라든가, 국문과 학생들은 건달이라든가 하는 식으로 과마다 편견이 있었는데, 법학과는 그중 최악의 과였다. 법학과 학생들을 나와 같은 종류의 사람이라고 생각해본 일은 한 번도 없었다. 그러니 내 질문은 다음과 같았다.

"하필이면 왜 법학과 같은 곳에 갈 생각을 한 거지?"

"하필이면 왜 법학과? 하하, 아버지가 원하셨거든."

"넌 싫은데도?"

"그냥 부채감 같은 것 있잖아. 빌려 쓴 걸 다시 갚는 일 같은 것. 그렇게 나쁜 뜻은 아니고, 그냥 원래 있어야만 했던 자리로 모든 걸 되돌리는 일 같은 것이었어."

"네 진로를 결정하는 일이?"

내가 되물었다. 재진의 말은 도무지 이해되지 않았다. 그런 식으로 말하는 애들은 없었으니까. 가기 싫었는데 아버지 때문에 하는 수 없이 진학했다거나, 성적에 맞춰서 갔다거나, 보통은 그런 식이었다.

"네가 날 싫어하는 눈치여서 좀 당황했어. 늦잠 잔 것도 같고, 아침도 안 먹고 나온 것 같던데……"

"아니, 싫어했다기보다는 그냥 나도 잘 모르겠어. 누가 나에 대해서 아는 것도 싫고, 아는 것처럼 구는 건 더 싫고, 그래서 그래. 그렇게 행동하면 안 된다는 것쯤은 나도 잘 알겠는데, 나도 모르게 그렇게 행동하게 되네. 한 이백 년쯤 지나면, 오늘의 내가 이해될 거야. 물론 그전에 죽을 게 분명하지만."

"무슨 말인지 알 것 같아. 나도 그런 생각 들 때가 있어."

재진이 말했다.

"그런데 그때 왜 그렇게 이 일을 하겠다고 고집 피운 거냐?"

내가 물었다. 재진은 알 듯 말 듯한 미소를 지었다. 그러더니 오른손 가득 라면 부스러기를 들고 땅콩을 먹듯이 한 조각씩 입안으로 던져넣었다. 그렇게 시간이 한참 흐른 뒤에야 재진이 입을 열었다.

"그냥."

뭔가 근사한 대답을 기대했던 나로서는 좀 실망스러웠다. 그런 내 마음을 아는 것처럼 재진이 다시 덧붙였다.

"그냥 학생과에 일이 있어서 게시판 앞을 지나가다가 홀트 아동 복지회라는 단어를 보게 됐거든. 그래서 일하고 싶어졌어."

"동정심?"

"아냐, 그런 건. 뭐랄까, 언젠가 한 번쯤은 가봐야 할 것 같은 곳이었거든. 아르바이트는 좋은 핑곗거리가 되는 거지."

"그럼 호기심?"

"뭐, 그 비슷한 거. 어쨌든 일할 수 있어서 좋았어." 재진은 양손으로 바닥을 짚고 몸을 뒤로 조금 젖혔다. "여기 정말 좋다. 지금 가을이 바로 내 머리 위에 와 있는 것 같아." 그러더니 주위를 두리번거리며 "저 소리, 들리니?"라고 말했다.

그 말에 나도 귀를 기울였다. 멀리 사람들이 웃으며 떠드는 소리, 끊임없이 강변도로를 지나가는 자동차 소리, 무슨 말을 하는지 분간할 수 없는 확성기 소리, 나뭇잎을 스치는 바람 소리 등이 두서없이 들렸다.

"무슨 소리?"

"잘 들어봐. 새소리가 들리지 않아? 저쪽 어딘가에서."

나는 재진이 가리키는 방향을 바라봤다. 나무들이 나란히 서 있었다. 나는 귀를 기울였다. 잠시 후, 내 귀에도 새소리가 들리기 시작했다.

"이제 들리네."

"난 새소리를 아주 잘 들어. 아주 어렸을 때는 새들이 많은 시골에서 자랐나봐. 새소리를 듣고 있으면 기분이 좋아져."

재진의 말을 듣고 보니 살아오면서 내가 새소리를 들어보려고 귀를 기울인 건 많아야 서너 번뿐인 것 같았다. 스무 해 동안, 서너 번뿐이라니! 그때 나는 처음으로 깨달았다. 우리가 언제나 새소리를 들을 수 있는 건 아니라는 걸. 새소리를 들으려면 귀를 기울여야 한다는 걸.

"넌 어릴 적에 소원이 뭐였니?"

"나? 음, 난 소백산천문대에서 일하는 게 소원이었어. 밤에는 별 보고 낮에는 책 읽다가 육 개월에 한 번씩 산에서 내려오는 생활. 정말 그게 꿈이었어. 다른 건 별볼일도 없었어."

"정말 별 볼 일이 없겠네. 내 꿈은 뭐였는지 맞혀봐."

나는 생각해봤다. 언젠가 한 번쯤은 가봐야 할 것 같아서 휴일에 홀트 아동복지회에서 아르바이트를 하게 된, 새소리를 아주 잘 듣는, 하지만 아버지에게 빚을 갚는 기분으로 법학과에 들어가게 된 남학생의 어린 시절 꿈이란? 도무지 떠오르는 게 없었다. 내 머릿속은 서로 어울리지 않는 것들을 모아놓은 잡동사니 상자처럼 복잡해졌다.

"잘 모르겠는걸."

"괜찮아. 그냥 생각나는 대로 말해봐. 아무거나. 나 같은 애가 생각할 만한 꿈 같은 거."

나는 술을 한 모금 들이켜고 강 건너편에 떠 있는 붉은 애드벌룬을 바라봤다.

"평범한 꿈일 리는 없었겠지. 분명 특이했을 거야."

"계속해봐."

"혼자서 즐길 수 있다면 충분하다고 생각하는 그런 일이었을 거야. 마치 영구기관처럼 다른 도움이 없어도 혼자서 평생 할 수 있는 일. 예술가? 아니면 과학자?"

재진이 웃었다.

"비슷했어. 내 꿈은 클래식 기타리스트였어. 타레가의 〈눈물〉을 꼭 마스터하고 싶었거든. 그러곤 눈물을 흘릴 일이 있을 때는 우는 대신에 그 곡을 치는 거지. 어때, 멋지잖아?"

"그런데 집에서 쓸데없는 짓 하지 말고 공부나 열심히 하라고 한 모양이구나."

"그 말은 틀렸네. 아버지나 어머니는 나만 좋다면 무엇이라도 하라고 하실 분들이야. 아마 내가 말씀드렸다면 기타도 사주셨을 거야."

"그럼 왜?"

재진은 약간 주춤거렸다. 그러더니 천천히 왼손을 들어 보였다. 나는 재진의 왼손을 자세히 들여다보았다. 그제야 난 왜 재진이 땅콩을 먹듯이 오른손으로만 라면을 먹었는지 알게 됐다. 왼손 가운뎃손가락과 넷째손가락이 둘째마디에서 잘려나가고 없었다.

"이것 때문에 포기했어. 괜찮아. 그래도 음악을 들을 수 있는 귀는 남아 있으니까."

나는 내가 얼마나 부주의한 사람인지 깨닫고 한동안 아무 말도 꺼내지 못했다.

"어쩌다가 그렇게 됐니?"

"글쎄, 나도 잘 모르겠어. 아주 어릴 적에 무슨 사고가 있었나봐."

"부모님은 무슨 사고였는지 아실 거 아니야?"

재진은 고개를 저었다. 부모님도 모르는 사고라니.

"내가 태어나기 전에 일어난 사고였나봐."

"그럼 날 때부터?"

아까 활짝 웃을 때와는 달리 우울한 그림자 하나가 재진의 얼굴을 스쳐지나갔다. 그게 뭘까, 생각했지만 알 수 없었다. 다만 그건 내가 알 수 있는 일도 아니고, 내가 알아야 할 세상일의 범주 훨씬 바깥의 일이라는 막연한 느낌만 들었다.

그리고 말은 끊겼다. 한 십 분쯤, 혹은 그 이상. 그사이에 나는 남은 라면 부스러기들을 먹었고, 담배를 피웠다. 기울기가 날카로워진 햇살이 얼굴에 와 부딪쳤다. 저녁이 내려오고 있었다.

"갑자기 아무 말도 안 해서 미안하네. 좀 생각할 게 있어서."

재진은 비닐봉지에 쓰레기들을 넣었다.

"이제 슬슬 돌아갈까?"

나는 재진을 따라 길을 걸었다. 절두산기념관으로 가는 길처럼 강변도로 아래로 터널이 있었다. 하지만 아까와는 느낌이 달랐다. 길을 걷는 느낌이 꼭 적당히 말라 단단해진 장작을 만지고 있는 것 같았다. 가을 내내 햇볕에 잘 말려서 겨울에 훌륭한 땔감이 된 장작. 함께 걸어가는 동안, 재진은 자신의 일상에 대해 많은 이야기를 들려줬다. 미팅에서 만나서 사귀게 된 여자친구라든가 일요일마다 아버지와 함께 올라가는 수도권의 산들에 대해. 그렇게 이야기를 들으며 걸어가는 동안, 우리 머리 위 높은 곳에서는 늙은 은행나무가 노란 잎들을 떨어뜨리고 있었다. 쉽게 잊혀지지는 않을 거야. 그 풍경을 바라보며 나도 그렇게 중얼거려봤다.

3

이제 남은 건 바자회가 열린 사무실에 남은 물품들을 다시 아래로 옮기는 일이었다. 마당에서 상자를 가져와 그 안에 남은 물품들을 담아 아래로 옮겼지만, 그다지 많지 않았기 때문에 별로 힘들지는 않았다. 정작 힘든 일은 일층 마당의 가설식당에서 식탁으로 사용한 책상과 의자 등을 다시 사무실로 옮기는 일이었다. 삼층까지 들고 가는 일이 고되기는 했지만, 밥도 많이 먹고 그새 속도 풀려서인지 그럭저럭 재미있게 일할 수 있었다.

"아르바이트비 받을 텐데 학생들도 좋은 거 있으면 하나씩 사요."

자원봉사 아줌마가 우리에게 말했다.

"하긴 저도 아까 그 다기세트 사고 싶었는데……"

내 말에 그 아줌마는 언제 그랬냐는 듯이 깔깔대고 웃었다.

"아이구, 그냥 해본 소리야. 다기세트는 무슨 다기세트. 엄마한테 손 벌리지 말고 그냥 용돈에나 보태 써."

그러면서도 아줌마는 싱글벙글이었다.

"우리 아들도 대학교 다니다가 군대 갔어. 학생들 보니까 꼭 아들 생각이 나서 잘해주고 싶네."

저녁 여덟시쯤, 사무실 정리가 대충 끝났다. 나는 여직원과 완충 비닐의 에어캡을 하나하나 터뜨리면서 시간을 보내고 있었다.

"팔다가 남은 것들은 어떻게 하나요?"

내가 묻자 여직원이 대답했다.

"내년 봄에도 바자회를 하니까 그때 팔든지 하죠. 왜, 버릴까봐서?"

내가 얼른 "예"라고 대답하자 사람들이 웃었다. 겸연쩍은 마음에 따라 웃는데, 그 여직원 뒤쪽 벽에 붙은 사진들이 눈에 들어왔다. 흑백사진 속의 아이들이 단체로, 혹은 혼자 서 있었다. 울고 있는 아이, 웃고 있는 아이, 울지도 웃지도 않는 아이. 아이들은 많았지만 표정이나 자세는 몇 가지뿐이었다. 다들 두 손을 몸에 붙이고 얼어붙은 듯 서 있었다. 그 사진들 중에 왼손을 뒤로 감춘 아이가 있었다. 나는 벽으로 가서 그 사진 속의 아이를 가만히 들여다봤다. 오래전의 사진이었다. 오래전의 아이였다. 아마도 그 아이는 그 시절을 기억하지 못할 것 같았다.

아르바이트비가 나왔다는 말을 듣고 나는 그 사진에서 눈을 뗐다. 그때까지도 재진은 사무실로 돌아오지 않았다. 돈 같은 건 애당초 관심이 없으니 그냥 집으로 가버린 건 아닐까는 생각마저 들었다. 재진을 찾아 계단을 내려가는데 아래쪽에서 휘파람 소리가 들렸다. 이층 계단쯤에 재진은 앉아 있는 것 같았다. 이층은 입양을 앞둔 아이들을 위한 병원이라고 들었는데, 하루종일 문이 닫혀 있었다. 힘찬 휘파람 소리였다. 그럼에도 나는 그게 타레가의 〈눈물〉이리라는 걸 알 수 있었다. 물어보지 않아도 알 수 있었다. 나는 사무실로 들어갔다가 휘파람 소리가 그치기를 기다려 다시 계단으로 내려가 재진에게 아르바이트비가 나왔으니 올라오라고 말했다.

돈은 원래 받기로 했던 것보다 훨씬 많이 들어 있었다.

"학생들을 너무 고생시킨 것 같아서 말이야."

"저희가 뭐 한 게 있다고. 자원봉사 하시는 분들도 계신데."

"아유, 아유, 우린 괜찮아. 돈 생겼다고 술 마시지 말고 용돈에나 보태."

아들이 군대에 가 있다던 그 아줌마가 말했다. 우리는 모두에게 인사한 뒤에 건물을 빠져나왔다. 이미 캄캄한 밤이었다. 우리는 합정역까지 걸어갔다. 거기서 재진이 내게 물었다.

"넌 어떻게 가지?"

"학교 쪽으로 가야 하니까, 331번 타면 돼."

"그래? 난 여기서 지하철 타면 돼."

돈을 받았으니까 함께 한잔했으면 싶었지만, 재진은 고개를 저었다.

"미안한데, 오늘은 그냥 집에 가야겠어. 부모님이 기다리실 거야. 다음에 내가 한번 살게."

웬만하면 끌고서라도 가겠는데, 재진은 역시 고집이 센 녀석이었다. 처음과 마찬가지로 이번에도 나는 재진의 고집을 이기지 못했다. 재진이 지하철로 내려가는 모습을 보면서 왜 홀트 아동복지회에 오고 싶어했는지 더 캐묻지 않은 건 잘한 일이라고 생각했다. 다시 만나더라도 그런 질문은 하지 않을 것이었다. 사람들에게는 저마다 자신만의 방이 있는 법이니까. 조금만 귀를 기울이면 그 방에서 무슨 일이 일어나는지는 충분히 알 수 있으니까. 나는 재진이 스스로 그 방문을 열어줄 때까지 좀더 귀를 기울이고 싶었다.

4

나는 가끔씩 내 머리 위로 거대한 운명의 수레바퀴가 돌아가는 모습을 상상해본다. AFKN TV를 틀면 이따금 〈Wheel of Fortune〉이란 프로그램을 볼 수 있다. 먼저 돈의 액수나 상품 등을 둘레에 빼곡하게 적은 거대한 바퀴를 출연자가 돌리면, 바퀴는 빙글빙글 돌다가 그중 하나를 선택하면서 멈춘다. 그다음에는 방송국에서 제시하는 문제를 풀어 맞히면 해당 금액이나 상품을 가져가는 쇼 프로그램이다. 물론 돌리다보면 '파산'이 걸리는 경우도 있었으니 모든 건 다 운이라고 볼 수 있었다.

그 바퀴하고 내가 생각하는 운명의 수레바퀴가 같을 수는 없겠지만, 원리는 똑같다. 예측이 가능하지도 않고, 돌리는 힘을 조절한다고 원하는 미래를 선택할 수 있는 것도 아니며, 다만 할 수 있는 일이라고는 출연자들처럼 바퀴가 돌아가기 시작하면 두 손을 모으고 그저 속으로 'pleeeeeeeease!'라고 비는 수밖에는 없다는 점에서 말이다.

스무 살의 마지막 아르바이트가 끝나고 나서 그 운명의 수레바퀴는 여섯 번이나 돌아갔다. 바퀴가 여섯 번 돌아가는 동안, 도무지 이해할 수 없는 일이지만 나는 글을 읽던 학생에서 글을 쓰는 작가로 변신했다. 참 이상한 일이다. 소백산천문대에서 밤에는 별을 보고 낮에는 책을 읽는 식의 삶을 꿈꾸던 학생에게 이런 삶은 낯설기만 하다. 삶이 더 나아졌다고 말할 수도 없다. 소설 한 편을 쓴다고 해서 불문과에 다니는 스무 살의 여자애가 나를 만나주거나 하는 일도 없다. 난 벌써 스물여섯 살이고, 스무 살의 불문과 여자애는 나 같은 녀석과는 미팅조차 하지 않는다.

그럼에도 그럭저럭 살아갈 수는 있다. 어떤 거대한 손이 내게 이런 삶을 선사했다면 말이다. 하지만 솔직하게 말하자면, 어색하다. 소백산천문대를 꿈꾸던 열일곱 살의 나를 만난다면 귀뺨 한 대 정도는 맞을 용의가 있다. 겨우 그 정도에서 포기하다니. 아마도 그 어린 녀석은 그렇게 말할 것이다.

나는 아직도 1989년의 마지막 아르바이트를 가슴속 한켠에 잘 간직하고 있다. 이제는 빛바랜 추억처럼 느껴지긴 하지만 그해에 소리를 지르던 여학생의 모습도 여전히 남아 있다. 상도동의 그 자리에는 편의점이 생겼으니 내 스무 살을 만나고 싶다면 상도동의 편의점이나 합정동의 홀트 아동복지회를 찾아가면 될 일이었다.

그 기억들은 운명의 수레바퀴가 제멋대로 삐걱대며 굴러갈수록 더 환한 빛을 발하고 있다. 그 빛을 통해 나는 운명의 수레바퀴에 치이지 않는 법을 알게 됐다. 그건 귀를 기울이는 일이다. 한 발짝 가까이 다가가 귀를 기울이면 모든 게 또렷하게 들린다.

참, 요리사가 되겠다던 동부이촌동의 그 녀석은 그 이듬해 대학로에서 만난 적이 있었다. 대학에는 떨어진 뒤, 다시 입시학원에 다닌다고 했다. 어차피 하와이는 못 갔겠구나는 생각이 들었다. 만나자마자 내게 "형 친구들을 두들겨팼어요"라고 말하기에 무슨 소리인가 했더니 그 전날 우리 학교 학생들과 싸움을 벌였다는 것이었다. 나는 녀석의 머리를 한 대 쥐어박고는 요리사는 포기했냐고 물었다. 녀석은 포기했다고 말했다. 일 년 사이에 우리는 많이 달라져 있었다. 그후로는 다시 녀석을 보지 못했다. 가끔씩 녀석이 보고 싶을 때가 있었다.

그리고, 원고를 넘기러 출판사로 가는 버스 안에서 신문을 읽다가 나는 재진의 이름을 발견했다. 사법고시에 합격한 것이었다. 고시를 패스한 놈에게 "패스할 줄 알았어"라고 말하는 건 좀 우스운 말이니까 그런 말은 하지 않으련다. 분명한 건 재진은 아직도 내게 술을 사지 않았다는 점이다. 내 표현대로라면 운명의 수레바퀴가 여섯 번이나 굴러갔는데도 말이다. 마지막으로 불문과의 그 여학생은 과기대에 다니는 한 남자와 결혼해 캐나다로 가버렸다. 캐나다, 먼 곳이다. 불어와 영어를 함께 쓰는 곳이지. 그곳에서 그녀는 불어를 쓸 것인가, 영어를 쓸 것인가.

생에서 단 한 번 가까워졌다가 멀어지는 별들처럼 스무 살, 제일 가까워졌을 때로부터 다들 지금은 너무나 멀리 떨어져 있다. 이따금 먼 곳에 있는 그들의 안부가 궁금하기도 하다. 이 말 역시 우스운 말이지만, 부디 잘 살기를 바란다. 모두들.

마지막 롤러코스터

어째서 텐션인가?
—故 플라잉코스터(1970~1990)의 마지막 유언

어째서 텐션인가?

승룡회昇龍會는 롤러코스터를 전문으로 연구하는 동아리다. 이 메꽃은 구석이 짙은 동아리를 알게 된 건 순전히 죽은 재인 때문이었다. 재인은 신촌의 한 술집에서 지금은 누구도 듣지 않는 컨트리 송을 신청했다가 우연히 승룡회장과 인사하게 됐다. 승룡회장은 재인이 신청한 앨라배마의 〈Roll On(Eighteen Wheeler)〉을 일러 '성긴 속도감'이라고 표현하며 옆에 앉은 재인에게 말을 붙였다. '성긴 속도감'에 대한 그들의 이야기는 곧 '어째서 텐션인가?'에 대

* 여기 등장하는 플라잉코스터는 상상의 롤러코스터다. 여기에 쓴 롤러코스터에 대한 정보들은 대부분 지어낸 것들이다. 하지만 뒷부분에 나오는 행잉코스터는 현실에 존재한다. 행잉코스터는 일반적인 롤러코스터와 달리 레일 아래쪽에 좌석이 달려 있어, 운행하는 동안 좌석 전체가 좌우로 흔들리는 형태의 롤러코스터다.

한 토론으로 이어졌다.

불합리하게 이 세상에 태어난 재인은 늘 그렇듯 입을 충분히 벌리지 않아 웅얼웅얼 냉소적으로 들리는 빠른 음성으로 롤러코스터의 이상은 텐션과는 완전히 무관하다는 요지의 이야기를 떠들어댔다. 평생 스피드와 텐션의 완벽한 조화를 추구한 승룡회장은 재인의 주장에 큰 상처를 입었다. 승룡회장은 롤러코스터에서 텐션이 얼마나 중요한지 오랫동안 끈질기게 설명했다. 과학에 대한 무조건적인 추종도 곤란하지만, 일방적인 무시도 좋은 것만은 아니다, 스피드와 텐션의 조화가 이상적인 롤러코스터의 필수 조건이라는 건 객관적으로 증명된 사실이다, 운운. 재인은 거쿨지게 쏘아붙였다. '그동안 그런 이야기는 지긋지긋하게 들었다. 하지만 도대체 그래서 어떻게 됐단 말인가? 롤러코스터의 현실은 바뀐 게 없으며 과학은 실현되지 않았다!'

승룡회장의 자존심은 레일을 벗어난 청룡열차처럼 재인이라는 심연으로 떨어지는 듯 보였다. 둘의 말다툼, 더 정확하게 말하자면 재인의 일방적인 무시와 승룡회장의 끈질긴 설명은 앨라배마가 그때까지 발표한 모든 노래가 흘러나오고 난 뒤에도 끝나지 않았다. 그리하여 다음날 동틀 무렵, 톱톱하게 충혈된 눈으로 승룡회장은 재인에게 네버랜드의 테마공원 '이것이 우리가 만든 세계인가?'에 가서 자신이 만든 플라잉코스터를 타본 뒤에 '어째서 텐션인가?'에 대해 계속 토론하자고 제안했다. 재인은 그 제의를 머못머뭇 받아들였다.

승룡회장과 언쟁을 벌이고 돌아온 아침, 재인은 피곤이 잔뜩 묻긴 했어도 듣기에 따라서는 가뜬한 목소리로 내게 전화해 다음과 같이 말했다.

"어떤 소년은 아버지가 남긴 단 하나의 유산으로 고양이 한 마리를 받았지. 그는 이 고양이 덕택에 런던 시장이 됐어. 나도 유산으로 받은 동물을 기르고 있지만, 그 동물 덕으로 무엇이 될 것인가? 나의 큰 도시는 도대체 어디에 있는가?"

"그 소년이 도대체 누구야? 도대체 고양이 덕택에 런던 시장이 된 사람이 누구야?" 바나나 껍질을 벗기면서 내가 물었다. "『수도사』를 쓴 루이스 말인가?"

"그 호러작가에겐 남길 만한 유산이 없었어." 재인이 말했다. "그건 그렇고 부탁이 있어서 전화했어. 친구로서 내가 처음이자 마지막으로 부탁하는 거야."

부탁이란 그때까지 자신이 하던 어떤 작업을 나더러 대신 해달라는 것이었다. 재인은 우리가 너무나 싫어했던 한 정치가의 회고록 초고를 만들고 있었다. 나는 단호하게 거절했다.

"네 처지는," 내가 말했다. "이해할 수 있어. 그것도 충분히. 하지만 나까지 그 일을 할 필요는 없잖아. 그래선 안 돼. 난 하기 싫어."

"친구의 마지막 부탁이야. 네게도 도움이 될 거야. 어쩌면 차기 런던 시장이 네가 될지도 모르잖아?"

"난 런던 근처에 가본 일도 없다구!"

하지만 전화는 이미 끊겨 있었다. 수화기를 내려놓은 뒤, 나는 그런 부탁을 하게 된 속사정을 짐작해봤다. 대학에 다닐 무렵이겠다. 재인과 나는 이론 따위야 내 알 바 아니니 일단 모든 걸 불살라버리자는 식이었다. 우리는 과학적 이론으로 무장해 대오를 이끄는 레닌이 아니라 그에 감화돼 청춘을 불태우는 농노가 되고 싶었다. 재인은 특이한 가계家系 때문에 오히려 더 과격하게 주장했다지만, 나는? 나는 뭐 세상에다가 욕을 좀 퍼붓고 싶었다고나 할까. 그러나 우리는 이제 더이상 대학생이 아니다. 재인에게는 하루종일 옛일들을 회상하는 노정치가가 있었고, 내게는 정기적으로 배달되는 세금고지서가 있었다. 변한다는 사실을 눈치챌 겨를도 없이 우리는 변해 있었다. 나이가 든다는 건, 변하느냐 변하지 않느냐의 문제가 아니라, 이미 변한 자신을 받아들이느냐 받아들이지 않느냐의 문제였다. 아마 재인은 받아들이기 싫었던 모양이다. 그러니까 내게 전화해서 고양이가 어떻고 런던 시장이 어떻고, 떠들어댄 것이겠지.

어쨌든 비가 내리기만을 기다리며 며칠을 보낸 뒤, 재인은 승룡회장에게 플라잉코스터를 타러 가자고 전화했다. '이것이 우리가 만든 세계인가?'에서 만난 승룡회장은 레일에 부딪쳐 튀어오르는 빗방울을 바라보며 난처한 표정을 지었다. 그때 재인은 이미 플라잉코스터의 결함에 대해 알고 있었던 모양이다. 그건 난처한 표정의 승룡회장도 마찬가지였다. 그럼에도 승룡회장은 빗속에서 플라잉코스터를 타겠다는 재인을 만류하지 않았다. 그는 비가 오는 날에는 운행하지 않는다는 규정을 깨고 같은 승룡회원인 플라잉코스터의 기술자에게 특별 운행을 부탁했다.

"비가 내리는 날에는 바퀴와 레일 사이의 마찰력이 줄어들기 때문에 스피드와 텐션이 최대치에 이르죠." 승룡회장이 더듬더듬 말했다. "그러니까 승차감이 이상적인 수치에 가까워져요. 대신에 예상할 수 없는 많은 위험이 도사리고 있습니다."

"제가 원하는 건," 재인이 잘라 말했다. "이상에 가까워지는 게 아니라 이상에 도달하는 겁니다. 스피드니 텐션이니 떠들어대지 말고 바로 지금 여기서!"

그 말을 들은 승룡회장은 기름을 뿌린 듯 맨질맨질해진 레일을 보면서 잠시 곰곰이 생각에 잠겼다가는, 재인을 맨 앞자리로 안내했다. 승룡회장은 옆자리에 앉았다. 두 사람이 자리에 앉고 안전바가 내려오자, 플라잉코스터는 움직이기 시작했다. 그렇게 해서 재인은 네버랜드 플라잉코스터의 열세번째 코너인 '도살자의 갈고리The Butcher's Hook'에서 죽었다. 처음에 경찰은 단순한 심장마비라고 결론 내렸지만, 고위층의 압력으로 수사 완료 하루 만에 재수사에 착수하게 됐다. 논란의 초점은 두 가지였다. 과연 스피드와 텐션만으로 롤러코스터는 사람을 죽일 수 있는가? 만약 그렇다면 왜 두 사람 모두 죽지 않고 재인만 죽었는가? 네버랜드 측은 롤러코스터에는 아무 책임이 없다는 사실을 증명하기 위해서 경찰 간부들과 기자들을 초청해 플라잉코스터 탑승 행사를 열었다.

오천원을 내고도 세 시간 이상 기다려야 겨우 탈 수 있는 동양 최대의 롤러코스터를 오래 기다리지 않고 무료로 탈 수 있다는 사실에 가족을 동반한 사람들이 많았다. 간부들과 기자들은 서열과 호봉에 맞게 줄지어 서서 모두 열세 번의 코너와 고개를 넘나드는 플라잉코스터에 탑승했다. 몇몇 사람들이 통제에 따르지 않고 두세 번 탑승한 것을 제외하면 아무런 사고도 일어나지 않았다. 문제가 됐던 '도살자의 갈고리'에서 한 경찰 간부의 부인이 저도 모르게 오줌을 지리는 일이 발생했지만, 그마저도 정밀조사 결과 그 부인은 남편이 모르는 지병, 즉 요실금을 앓고 있다는 사실이 밝혀져 네버랜드 측은 안도했다. 오직 단 한 사람, 수사반장만이 상황에 따라, 예컨대 기후나 온도의 변화에 따라 스피드와 텐션은 유동적일 수 있다고 이의를 제기했지만, 네버랜드 측이 집중적으로 로비한 경찰서장의 지시로 수사는 결국 별 소득 없이 종결됐다. 다만 규정을 어기고 운행해서 탑승객이 죽었다는 사실에 대한 책임은 남았으므로, 네버랜드의 시설관리인은 불기소처분을 받았고, 삼 개월에 한 번 실시되던 안전검사는 일 개월에 한 번으로 변경됐다. 마지막으로 재인의 시신은 어머니만 참석한 가운데 벽제화장장에서 화장돼 경기도의 한 납골당에 안치됐다.

플라잉코스터 탑승 행사가 열린 날, 네버랜드를 나서며 나는 옆에서 걸어가던 수사반장에게 승룡회장을 만나고 돌아온 아침에 재인이 내게 들려준 이야기를 전했다. 친구의 갑작스런 죽음을 도저히 납득할 수 없었던 나는 그에게 사소한 단서라도 알려주고 싶었다. 내 말을 들은 수사반장은 담배를 꺼내물면서 말했다.

"카프카군요."

"예?"

"그 구절은 카프카가 쓴 수기에 나옵니다. 카프카가 쓴 아주 짧은 단편 「잡종」에도 또 나오구요. 아버지가 남긴 유산은 반은 고양이고 반은 새끼 양인 이상한 동물입니다. 카프카는 그놈을 죽여야지 아버지가 될 수 있다는 사실을 알면서도 그 짐승을 차마 죽이지 못했다고 글에 썼습니다. 아버지의 유산인 그 동물 덕에 런던 시장이 된다는 말은 곧 유산을 죽이고 아버지가 된다는 뜻이죠. 하지만 카프카도 그 유산을 죽이지 못했으니까 창녀촌이나 떠도는 신세가 된 거 아닙니까? 그런데 죽고 난 뒤에는 후세 작가들에게 카프카가 아버지 역할을 하게 된다니 참 웃긴 일입니다. 카프카로서는 얼마나 황당하겠습니까? 유산을 남긴 일이 없는데. 그게 다 사기입니다. 카프카를 훌륭한 아버지로 만들고 있잖아요."

수사반장의 탁월한 문학적 식견에 탄복하며 나는 내가 바로 그 후세 작가라고 실토했다. 어쨌거나 카프카보다 먼저 태어나거나 먼저 죽지는 않은 게 분명하니까. 결국 수사반장이 되고 마는 문학청년도 있는 모양이었다. 그는 내 말을 듣자마자 손을 덥석 거머쥐더니 영광이라고 말했다. 카프카가 다시 살아오더라도 그런 대접을 받긴 힘들 것이다.

"우여곡절 끝에 수사를 종결하라는 서장의 지시가 떨어졌지만, 그렇다고 모든 의심이 풀린 건 아닙니다. 스피드와 텐션의 상관관계에 대해서는 아직도 이상한 점이 많습니다. 스피드와 텐션은 동속이종의 관계입니다. 서로 붙기는 힘들지만, 일단 붙으면 아주 이상한 괴물이 나오기도 하죠. 하지만 내 의문은 수사의 범위를 넘어서는 일이니 그만 잊어버리는 게 좋겠습니다. 갑작스런 친구의 죽음이 안타깝기도 하겠지만, '도살자의 갈고리'에서는 아무런 문제점도 발견되지 않았으니까요. 제가 문학청년이라면 계속 붙들고 늘어지겠지만, 수사반장으로서는 더이상 할 일이 없습니다."

"정말 '도살자의 갈고리'에서 아무것도 느끼지 못했습니까?"

베티 붑처럼 차려입은 도우미의 인사를 받으며 내가 물었다. 수사반장은 담배연기가 들어갔는지 왼쪽 눈을 찡그리며 나를 쳐다봤다.

"내 느낌을 말하자면, 스피드는 있었지만 텐션은 없었다고나 할까요. 아무튼 그랬어요."

그 말을 마지막으로 남기고 그는 기동수사대라고 적힌 승합차에 올라탔다. 네버랜드에서 집까지, 버스와 지하철과 택시 등 모두 일곱 번 차를 갈아타고 가면서 나는 스피드만 있고 텐션은 없는 플라잉코스터에 대해서 생각했다.

平穩武士

이튿날, 나는 죽은 재인의 부탁에 따라 그 정치인의 사무실을 찾아갔다. 비서실에 앉아 『국토개발 30년사』 『근대화의 현장들』 따위의 관제 화보집을 뒤적이는데, 들어오라는 전갈이 내려왔다. 사무실에 들어가 권하는 대로 소파에 앉으니 그는 오늘은 옛날이야기 한 토막만 하고 끝내자고 말했다. 노안이 심해서인지 그는 내가 재인이 아니라는 사실도 눈치채지 못했다. 화장으로도 미처 가리지 못한, 얼굴의 검버섯들이 일제히 내게 피곤하다고 말을 거는 것 같았다. 그는 인터폰을 눌러 삼십 분 동안은 아무도 들어오게 하지 말라고 지시했다.

"오늘 내가 얘기할 것은 '平穩武士'에 대한 것이야."

나는 녹음기의 버튼을 누른 뒤, 노트를 꺼냈다.

"'平穩武士'는 김순식의 속칭이지. 고려 인종 때 사람으로 자는 중수仲叟, 시호는 문벽文碧, 묘청의 난 때 묘청을 따라 서경까지 갔다가 애마가 갑자기 '非大扣無聲', 다섯 글자를 말하고 죽는 기이한 일을 당한 뒤, 묘향산 깊숙이 들어가버렸지. 그에게 '平穩武士'라는 속칭이 붙게 된 건 묘향산 선학도인仙鶴道人에게 무예를 배우고 난 뒤의 일이야. 칼을 주로 사용하는 무예였지. 원래 우리나라 무예는 칼을 주로 썼어. 태권도 같은 건 자신을 지키는 호신술에 불과하지. 무예라면 사람의 목숨을 베는 칼을 써야지. 하지만 그가 선학도인에게 배웠다는 검술에 대해서는 전해오는 바가 없어. 묘청의 난에 가담했다는 이유로 김부식 등 주류 사가들이 그에 대한 기록을 모두 없애버렸거든. 아마도 우리나라 본래의 검술이었을 거야. 야사에 따르면, 칼끝의 속도를 한없이 늦추는 검술이었다고 해. 병법의 허허실실虛虛實實이랄까. 빠른 칼날은 얇은 종이나 벨까, 한없이 느린 칼날은 구절폭포를 갈라. '平穩武士'의 느린 칼끝은 결국 조선 검술에서는 이상향 같은 게 되지. 느리되 한없이 느려야만 한다는 것. 느림으로 편재한다는 건 빠름으로 편재한다는 것보다도 더 이해할 수 없는 개념이야. 하지만 '平穩武士'는 칼의 육체와 도의 정신으로 상계上界에 진입했고, 편재하게 됐지."

그는 잠시 말을 멈췄다. 지난 전당대회부터 공개적으로 반감을 드러낸 반대파의 움직임이 최근 그에게는 큰 정신적 부담이었다. 게다가 일흔 살을 넘기면서 그는 갑자기 늙기 시작했다. 그런 살인적인 노화 속도라면 올해 안에 그는 죽을 게 분명했다. 그런 그가 느림으로 편재하는 '平穩武士'에 관심을 보이는 까닭은 자신도 시간의 사이를 한없이 늘여 다가오는 파국을 피할 속셈 때문일까?

"'平穩武士'가 역사에 다시 등장한 건 그로부터 오백여 년 뒤, 그가 가는 고을마다 운무가 그 뒤를 따라와 붉은 비를 뿌렸다지. 이 흉조에 놀란 조정이 관리들을 급히 파견했지만, 그때 그는 이미 사라지고 난 뒤였지. 대신에 지방 관헌의 손이 천한 화공이 그린 〈雲霧仙人圖〉 한 장이 조정으로 올라가게 돼. 그리고 얼마 뒤, 왜란이 일어났어."

그는 안경을 벗고 손으로 눈두덩을 몇 번 문지르더니 소파에 길게 누웠다.

"그 그림이 내게 있었다. 원래 왜란 때 도쿠가와 가에 넘어갔던 것인데, 1965년 협상 때 선물로 받았어. '非大扣無聲', 다섯 글자가 적힌, 그 〈雲霧仙人圖〉는 한동안 내 집무실 벽에 항상 걸려 있었지. 그리고 그 그림은……"

문지른 눈두덩은 붉게 변해 있었다. 늙은 몸은 피곤해 보였고, 쉽게 회복될 것 같지 않았다. 노인의 얼굴로 검버섯들이 또렷해졌다.

"1980년 부정축재자 재산 환수 때, 신군부 쪽으로 넘어갔어. 지금 그 그림이 어디에 있는지 좀 알아봐. 그 그림을 찾을 때까지 당분간 옛날얘기는 그만하도록 하지. 그럼 나가봐."

나는 녹음기의 정지 버튼을 누르고 일어나 밖으로 나갔다. 걱정했던 것만큼 어렵지는 않았다.

롤러코스터의 이론

나는 승룡회에서 주최하는 롤러코스터 강좌에 등록했다. 사건은 종결됐다지만, 재인의 죽음에 대해 승룡회장과 꼭 얘기하고 싶었다. 하지만 승룡회장은 번번이 나를 피해 다녔다.

다음은 그가 댄 핑계의 목록들.

1. 선약이 있어서.
2. 몸이 피곤해서.
3. 지금 나가고 없는데요(어떻게 스스로 자기의 부재를 알릴 수 있을까?).

수강 인원이라야 고작 세 명뿐인 강의실에 앉아 있으려니 머리 위로 한심하다는 단어가 뭉게뭉게 피어올랐다. 멍하니 칠판 위에 붙여둔 승룡회의 상징화인 타래난초의 사진을 노려보는데, 강의 시작을 알리는 기적 소리가 들렸다. 강사는 역시 승룡회장이었다. 다소 핼쑥해진 그는 들어오다가 나를 보더니 흠칫 놀란 표정을 지었다. 승룡회장은 강의 내내 갈피를 잃고 중언부언 횡설수설 떠들어대다가 몸이 불편하다며 강의를 일찍 끝내려고 했다. 나를 피할 생각이었다면, 강의를 끝내며 습관적으로 하는 말, '뭐 궁금하신 것 없습니까?'가 없었더라면 좋았을 텐데. 기회를 놓치지 않고 내가 손을 들었다.

나 롤러코스터 제작에서 스피드와 텐션은 반드시 필요한 요소입니까?

회장 (이마에 흐르는 땀을 닦으며, 성실한 태도로) 다시 스피드와 텐션이군요. 물론 스피드와 텐션이 필요 없었던 시절도 있었습니다. 롤러코스터의 기본 개념들을 확립한 롤카치는 『롤러코스터의 이론』 서두에서 이렇게 말했죠. 스피드도, 텐션도 없이 그냥 별이 빛나는 하늘을 보고 갈 수가 있고 또 가야만 하던 레일을 읽을 수 있던 시대는 얼마나 행복했던가? 그리고 별빛이 그 레일을 훤히 비춰주던…… 하지만 자본주의가 공고화되면서 코스터는 롤러코스터로 진화했고, 스피드와 텐션은 롤러코스터의 가장 중요한 요소가 됐습니다. 롤러코스터가 행잉코스터, 플라잉코스터로 진화하면서 스피드와 텐션의 중요성은 더 커졌습니다. 최근에는 스피드와 텐션을 동시에 추구하는 건 이론적으로 불가능하다는 후기 롤러코스터주의자들의 주장도 나오지만, 아직까지는 유효하다고 봅니다.

　나　스피드와 텐션이 승차감을 이상적인 수준까지 끌어올린다는 말은 다시 말해서 승객에게 최고조의 스릴을 준다는 의미입니까?

　회장　그렇습니다.

　나　그렇다면 승객이 극도의 공포를 느끼는 경우도 있겠군요.

　회장　(여전히 땀을 흘리며) 종종 그런 사례들이 발견되기도 합니다만, 현대 기술로 우리는 스피드와 텐션을 안전한 수준에서 통제할 수 있습니다. 스피드가 최고점에 달할 때는 텐션을 인위적으로 감소시킨다거나, 텐션이 최고조에 달하는 코너를 돌기 전에는 미리 스피드를 줄이는 등의 방법들이 있습니다.

나 그렇다면 스피드만 있고 텐션이 없는 경우도 있습니까?

회장 (이마에 흐르는 땀을 한번 더 훔치며) 롤러코스터의 성격상 텐션을 감소시킬 뿐이지, 아예 없앨 수는 없습니다. 단순한 지상환상선地上環狀線에서는 주 탑승자들이 육 세 이하의 어린이들이기 때문에 텐션을 최대한 감소시키는 설계를 하지만, 가서 보면 아시겠지만 그 경우에도 코너를 돌 때는 탑승자들이 비명을 지르는 걸 목격할 수 있습니다. 스피드가 생기는 한, 텐션은 불가피합니다.

나 뜬구름 잡는 소리는 그만하고 구체적으로 얘기해보죠. 네버랜드 플라잉코스터의 열세번째 코너인 '도살자의 갈고리'에서는 스피드와 텐션이 어느 정도입니까? 설계할 때, 탑승자가 죽을 수도 있다는 사실을 알고 있었습니까, 모르고 있었습니까?

회장 (다시 땀을 흘리며) 어쨌거나 제가 드릴 수 있는 대답은 스피드와 텐션 없이는 롤러코스터도 없다는 점입니다. 오늘 강의는 여기서 마치겠습니다. (그리고 밖으로 나간다.)

나 (소리를 지르며) 넌 재인이가 '도살자의 갈고리'에서 죽는다는 걸 알고 있었던 거야! 맞지! 너, 거기 서! (승룡회 회원들이 뛰어들어와 내 몸을 잡는다.) 이, 씨퍄아아아아아알놈아!

결국 가입한 첫날, 나는 승룡회에서 제명당했다. 롤러코스터의 기반 자체를 부인하는, 반승룡회적인 발언을 했다는 게 그 이유였다. 스피드와 텐션은 승룡회의 기반이므로 이에 대한 그 어떤 이의도 인정할 수 없다는 설명이었다. 결국 내가 직접 재인이 죽은 그 자리에 앉아서 플라잉코스터를 타보면 모든 일이 해결되리라는 생각이 들었다. 재인이 죽은 후로는 평범한 롤러코스터도 타기 싫었지만, 피할 수 없었다.

싱커페이션으로 도달하는 텐션

플라잉코스터를 타기로 한 날, 마침내 장마가 시작됐다. 며칠 동안 대한해협 아래쪽을 중심으로 형성된 장마전선이 남부지방을 오르내리면서 흐릿한 날들이 이어지던 차였다. 재인이 죽은 날도 비가 내렸으므로 나는 오히려 빗방울을 반겼다. 지난번에는 초행길이라 여러 번 차를 갈아탔지만, 그날은 미리 버스 노선을 알아봐 한 번에 가는 버스를 탔다. 차창마다 6월의 초록빛이 가득했다.

노정치가를 만나고 온 날 나는 이미 재인의 부탁을 제대로 들어주지 못하리라는 걸 짐작하고 있었다. 그 노정치가가 〈雲霧仙人圖〉를 찾기 전에는 자신을 찾아오지 말라고 했거니와, 나도 한 번은 부탁을 들어줄 수 있으나 더이상은 곤란하다고 생각했다. 하지만 이 무슨 야릇한 운명의 장난인지, 노정치가를 만나고 돌아온 그다음날 아침, 신문을 읽던 나는 〈雲霧仙人圖〉가 경매물로 나왔다는 기사를 읽게 됐다. 즉시 재인이 가르쳐준 비서실장의 전화로 연락해 그 사실을 알렸다. 비서실장도 이미 그 기사를 읽은 뒤였다.

"그런데 영감이 재인이를 찾고 있어. 경매에 같이 가야 한다는 거지. 마침 영감이 당신하고 재인이를 구별하지 못하니까, 같이 갔으면 하는데……"

"글쎄, 저는 재인이가 아니라니까요. 영감님이 그 그림을 애타게 찾으니까 그냥 그 사실을 알려드리려고 전화한 것뿐이에요. 이제 죽은 친구 역할은 그만두고 싶어요."

그러자 비서실장이 아주 이상한 얘기를 늘어놓았다.

"대학 신입생 때 너희는 모든 걸 불태워야 한다고 주장했었지? 전통이라든가, 뭐 그딴 것들이 너희 대에 더이상 계승되지 못하도록 말이야."

"어렸을 때 얘기죠."

"그럼, 이제 너희도 서른이 넘었으니까 다시 생각해봐. 모든 걸 불태우지 못했지. 그지? 너희는 한국사회의 막다른 골목이 되어서 전통이랄까, 뭐 그딴 것들이 더이상 유전되지 못하게 만들고 싶었지만 결국 실패한 거야. 그 이유를 이제는 알겠어?"

"글쎄요, 청춘의 꿈이라는 게 다 그런 거 아니겠습니까?"

"그게 아니지. 너는 재인이가 왜 그 놀이기구를 탔다고 생각하니? 죽을 줄 알면서도 말이야."

"이상을 위해 순교하고 싶었던 모양이죠, 뭐."

그러자 비서실장이 큰 소리로 웃었다.

"순교? 뭘 위해 순교해? 롤러코스터에서 스피드와 텐션은 중요하지 않다는 사실을 보여주기 위해서? 부숴야 할 적은 너희 내부에 있었어. 너희가 모두 불태워야 한다고 주장했던 전통이랄까, 뭐 그딴 것들이 바로 너희 안에 있을 때, 어떻게 하는 게 가장 좋을까? 재인이가 바로 그런 경우지. 그래서 재인이는 죽으면서도 희열을 느꼈던 거야. 하지만 너는 재인이와 좀 달라. 왜 영감과 함께 경매장에 가야만 하는가, 하는 문제는 좀더 나이가 들면 이해될 테니까, 죽은 친구에 대한 마지막 예의라고 생각하고 이번만은 부탁을 들어줘. 영감도 갈 날이 멀지 않았어. 결국 세월이 흐르면 너희 시대가 올 테지만 너희가 정말 그 영감과는 다를 것이라는 확신이 있는 것도 아니잖아. 그렇지 않아?"

비서실장의 말에 동의한 건 아니었다. 정말 죽은 친구에 대한 마지막 예의라고 생각했다. 그 부탁만 들어준 뒤, 이제 재인의 죽음 따위는 완전히 잊어버리기로 했다. 그러면서도 녀석이 도대체 내게 원했던 게 무엇이었는지 궁금증은 남았다. 진짜 내가 자기를 대신해 검버섯의 숫자나 헤아리며 노정치가의 지루한 회고를 언제까지고 듣고 있을 줄 알았던 것일까? 웃긴 일이다. '이제 너는 죽었고 나는 살아남았어. 오직 그것뿐이야.' 그러거나 말거나 이제 나는 죽은 친구를 대신해서 노정치가와 경매장에 가야만 하는 운명을 회피할 수 없었다. '제기랄!'

네버랜드 입구에서 하차한 나는 매표소까지 코끼리차를 타고 갔다. 혼자 앉은 코끼리차의 천장 스피커에서 디스코 음악이 구슬픈 연가처럼 흘러나왔다. 장마가 시작될 즈음이라 사람들은 보이지 않았다. 매표창구도 한 곳만 열려 있었다.

"비가 오면 동물원은 개장하지 않아요."

매표창구를 지키던 여직원이 심드렁하게 말했다.

"왜요?"

"비가 오면 동물들도 우울해지니까. 동물들에게 스트레스를 주지 않는 게 가장 큰 임무인 사육사들은 비 오는 날에는 동물들을 바깥으로 내보내지 않거든요."

여직원은 비바람에 펄럭이는 현수막보다 더 할 일이 없어 보였다. 동물 따위야 나와 아무런 상관이 없었으므로 플라잉코스터는 운행하느냐고 물었다.

"그건 저도 몰라요. 플라잉코스터를 관리하는 사람 마음이겠죠. 하지만 장맛비를 맞으며 플라잉코스터를 타려는 사람을 정상적이라고 말할 수는 없지 않겠느냐는……"

"비가 내려야 스릴이 넘치는 거죠."

내가 말했다. 플라잉코스터만 탄다면 자유이용권도, 빅파이브도 필요 없어 그냥 입장권만 사서 네버랜드 안으로 들어갔다. 플라잉코스터가 있는 테마공원인 '이것이 우리가 만든 세계인가?'까지 걸어가면서 둘러보니 놀이기구들은 대부분 멈춰 있었다. 심지어는 놀이공원의 상징이자 갓난아기도 탈 수 있는 거대한 바퀴도 돌아가지 않고 있었다. 그건 꼭 지구의 자전이 멈춘 풍경 같았다.

　빗물이 장미 잎사귀 위로 떨어졌다. 꽃잎이 모두 저버린 장미나무를 지나 오른쪽 오솔길로 접어들자, '이것이 우리가 만든 세계인가?'의 가장 높은 자리에 위치한 플라잉코스터의 탑승구가 보였다. 반사유리로 장식된 사각형의 건물에서는 인기척이 전혀 느껴지지 않았다. 매표소도 닫혀 있었다. 표를 살 수 없으니 낭패라는 생각이 들었지만, 한편으로 그건 표 없이도 탈 수 있다는 걸 뜻할지도 모른다는 생각이 들어 우산을 접고 계단을 따라 위로 올라갔다. 재인은 승룡회장과 텐션이냐 스피드냐, 그런 아무짝에도 소용없는 대화를 나누며 그 계단을 올라갔을 것이다. 재인은 자신이 죽을 수도 있으리라는 걸 분명히 알고 있었을 것이다. 맨 앞자리에 승룡회장과 나란히 앉기까지 얼마간 재인은 기다렸을 것이다. 안전바가 내려온 뒤에도 한참 동안이나, 그러니까 운동에너지로 전환될 수 있을 만큼의 위치에너지를 확보할 수 있는 고도까지 플라잉코스터가 천천히 올라가는 동안에도 두 사람은 스피드냐 텐션이냐, 계속 떠들어댔을 테지. 그리고 첫번째 코너인 '탑승환영Welcome Aboard!'을 돌기 시작하면서 비로소 두 사람의 논쟁은 멈추었을 것이다. 열두번째 코너인 '도중하차Stop-off'에 이르러 재인은 자신의 의견이 옳았는지 틀렸는지 따져봤을 것이고 그다음 열세번째 코너에서 심장마비를 일으켰을 것이다.

　탑승장에도 아무도 없었다. 플라잉코스터는 노란 덮개를 두르고 있었다. 소리질러 사람을 찾았다. 빗소리만 대답할 뿐이었다. 기계실로 걸어갔다. 기계실 안에 팔로 머리를 받치고 의자에 앉은 채 잠든 사람이 보였다. 창문을 두들기니 그가 눈을 떴다.

"오늘은 운행 안 합니다."

그가 말했다. 나는 플라잉코스터를 타고 싶어서 두 시간이나 걸려서 찾아왔다고 말했다.

"안전수칙에 우천시를 포함해 기타 운행상 위험이 예상되는 날에는 운행하지 않는다는 규정이 있어요. 그게 아니더라도 오늘 같은 날 플라잉코스터를 타겠다고 여기까지 찾아오는 사람이 도대체 누가 있겠냐고요!"

"친구 따라 강남도 가는데, 이 정도야. 친구가 비 오는 날 저 플라잉코스터를 타고 죽었으니까 나도 꼭 타봐야겠습니다."

그러자 그가 몸을 일으켜세우며 나를 쳐다봤다.

"지난번에 '도살자의 갈고리'에서 죽은 사람 말인가요? 그 사람이 친구였어요?"

나는 고개를 끄덕였다. 그러자 그가 인터폰을 들었다.

"지난번에 죽은 사람 있잖아요. 예. 지금 그 사람 친구가 찾아와서 플라잉코스터를 돌려달라네요. 예. 예. 올라오신다고요?"

그는 전화를 끊더니 기다리라고 말했다. 나는 돌아서 반사유리 저편, 고치장마 작달비 내리는 놀이공원의 그림처럼 아름다운 풍경을 바라봤다. 산에서 바람이 내려오니 빗줄기가 사선으로 떨어졌다. 얼마 뒤, 사람들이 올라오는 소리가 들렸다. 나로서는 좀 놀랄 수밖에 없었다. 그도 그럴 것이 두 사람, 승룡회장과 수사반장이 같이 올라왔으니까.

수사반장이 먼저 손을 들면서 알은척을 했다.

"어, 글쟁이 양반. 여긴 또 웬일이지?"

"제가 묻고 싶은 말이네요."

"나야 여기저기 다니는 게 일이니까. 이 사람은 이미 알고 있겠지?"

수사반장이 승룡회장을 가리켰다. 그는 지난번 강의 때보다 더 핼쑥했다.

"둘이 타다가 하나가 죽어도 모를 정도로 재미있는 플라잉코스터라기에 저도 한번 타보려고요. 지난번에는 경찰이 아니라고 태워주지도 않더라구요. 그런데 오늘은 비가 많이 와서 운행하지 않는다네요."

"모래알처럼 많은 화창한 날 놔두고 이런 우중충한 날에 놀이기구를 타겠다니 나 같아도 말리겠네."

수사반장의 말에 내가 건성으로 고개를 끄덕였다.

"그건 그렇고, 회장 양반, 최근에 나는 아주 흥미 있는 사실을 발견했어요. 이 플라잉코스터의 과거에 대해서 좀 알게 된 거지. 승룡회 회장이라면 이놈이 동양뿐 아니라 세계에서도 비슷한 예를 찾아보기 힘들 정도로 독특한 롤러코스터라는 것 정도는 알고 있겠죠? 국내 유원지에 있는 대부분의 롤러코스터들이 미국에서 개발해 일본에서 발전시킨 모델이라는 사실과 비교하면 아주 흥미로운 결론이 가능한데, 그건 바로……"

형사 콜롬보처럼 그는 주머니에서 수첩을 꺼내 뭔가를 찾아보는 듯했다.

"이 플라잉코스터야말로 순수 국산 기술로 만든 게 아니겠느냐는 것. 그렇다면 이 플라잉코스터를 만든 사람이 지금 우리나라 어딘가에 있다는 소리인데……"

수사반장은 주변을 두리번거렸다. 승룡회장은 얼굴빛 하나 바꾸지 않고 그를 바라봤다.

"한 가지만 더 물어봅시다. 오늘처럼 빗물 때문에 브레이크가 제대로 말을 듣지 않는 상황이라면, 위치에너지가 가장 크게 감소하는, 그러니까 운동에너지가 최고조에 달하는 열세번째 코너에서 물리적인 충격을 가장 많이 받을 수 있는 자리는 저중에서 어디입니까?"

수사반장이 수첩으로 플라잉코스터의 맨 앞 왼쪽 자리를 가리키며 말했다. 승룡회장은 여전히 말이 없었다. 잠시 후, 그는 아무런 대꾸도 없이 기계실로 가더니 뭐라고 얘기했다. 실내에 불이 들어오고 스피커에서 흥겨운 음악이 흘러나왔다. 〈A Lover's Concerto〉였다. 그는 내게 플라잉코스터를 타러 온 게 아니냐고 말했다. 나는 그렇다고 대답했다. 그는 수사반장에게 말했다.

"일단 이 친구와 플라잉코스터를 타고 난 뒤에 대답하지요."

그는 플라잉코스터의 맨 앞자리로 나를 밀어넣은 뒤, 자신도 올라탔다. 안전바가 가슴께로 내려오자, 그가 말했다.

"당신 친구는 지금 내가 앉은 이 자리에 앉았어요."

천천히 플라잉코스터가 움직이기 시작했다. 그는 빠른 속도로 중얼거렸다.

"이 롤러코스터는 내가 설계한 것 중에서는 제일 완벽한 것이었어요. 외국의 경험 많은 기술자들을 제치고 오더를 따내기 위해서는 그들을 뛰어넘는 뭔가가 필요했습니다. 그러기 위해서는 롤러코스터의 한계, 그 너머까지 가야만 했고, 또 가고 싶었습니다. 인간이 견딜 수 있는 한계까지 스피드와 텐션을 끌어올리는 것, 그건 진화가 완료된, 최종적 롤러코스터의 등장을 의미했죠. 마찰을 최소화하기 위해서 운행중에 롤러코스터가 자연스럽게 레일 위로 떠오를 수 있게 설계했어요. 말 그대로 나는 것이죠. 플라잉코스터라는 이름은 거기서 나온 거예요. 그런 식으로 스피드는 최고조에 달할 수 있었지만, 문제는 텐션이었죠. 스피드는 계산할 수 있는 것이지만, 텐션은 전혀 그렇지 않아요. 텐션을 최고조로 끌어올리기 위해서는 인간을 이해해야만 해요. 기술만으로는 부족해요. 그래서 나는 강약의 개념을 끌어왔어요. 말하자면 레일의 싱커페이션이랄까. 열두번째 코너에서 일시적으로 감소시킨 뒤에 열세번째 코너에서 바로 급전직하하는. 거기가 플라잉코스터에서 텐션이 최고조에 달하는 지점이죠. 그렇게 지옥으로 뚝 떨어진 다음에 천국으로 솟구쳐 날아오르거든요. 내 설계대로라면 그 순간에는 누구나 천국을 경험하게 되는 거예요. 그 사실을 나는 당신 친구에게 말해주고 싶었어요. 그게 비록 환상이라고 해도 그 천국의 환상은 우리를 실제로 구원해요. 당신 친구는 지금쯤 내 말이 무슨 뜻이었는지 알게 됐을 거예요."

천천히 레일의 정상부까지 올라간 플라잉코스터는 제1코너인 '탑승환영!'을 향해 내려가기 시작했다. 순식간에 엄청난 속도감이 나를 감쌌다.

이것이 우리가 만든 세계인가?

우리는 날아올랐다. 그날 우리가 본 건 무엇인가? 우리의 것이 아닌 나라, 더이상 존재하지 않는 별빛, 다시 돌아오지 않는 나날. 우리는 한계를 넘어서고 싶었다. 그럴 수 없다면 차라리 산산이 부서지기를, 한계라도 경험하기를, 무엇도 얻지 않고 무엇도 잃어버리지 않으면서. 우리는 차가운 불꽃, 타오르는 불의 중심에서 흔들리는 푸른 불꽃을 원했으나 결국 청춘이 지나고 우리 두 손에 남은 건 아버지의 유품뿐이었다.

불행했던 모든 넋들이여, 이제 파르르한 불꽃을 끄고 눈감아라!

옆에 앉은 승룡회장이 비명을 지르듯 입을 벌렸다. 그는 두 눈을 부릅떴다.

내겐 꿈이 있었어요. 레일을 벗어나지 않으면서도 하늘을 날아 오르는 꿈. 재인씨와 같은 친구들은 자신을 비웃고 친구를 비웃다 가 결국 레일 안에 갇혀서 천천히 죽어갔고 다른 친구들은 거기 레 일이 없는 것처럼 살아가죠. 꿈. 그렇죠. 꿈이죠. 하지만 왜 다들 꿈은 이뤄지지 않는 것이라고 말하는 걸까요? 아직 꿈이 우리에게 남아 있는데, 왜 우리는 다른 세계를 준비하는 걸까요?

그는 옆에 앉은 나를 바라봤다. 그의 얼굴이 세로로 길게 늘어 졌고 그의 입에서 나오는 음절들은 각각 분절돼 내 귓속으로 들어 왔다.

친구가 죽었을 때, 나는 바로 옆에 있었어요. 그 영혼의 마지막 불꽃이 꺼지는 순간, 내 목구멍으로 그 친구의 숨결이 들어와 번데 기처럼 걸렸어요. 그 숨결은 아직도 탈피하지 않은 채, 내 목 안에 잠겨 있죠. 빌어먹을! 그 친구가 그렇게 죽을 줄은 몰랐어요. 그럴 줄 알았다면 이 플라잉코스터에 태우지도 않았을 거예요. 친구가

죽었을 때, 나는 바로 옆에 있었어요. 나는 그 친구가 죽어가고 있는 줄도 몰랐어요. 목에 걸린 그 마지막 숨결이 항상 그 친구를 떠올리게 해요. 밥을 먹을 때도, 용변을 볼 때도, 거울을 들여다볼 때도. 그 이물감만이 과거를 말해줘요. 그 이물감의 시간, 친구가 죽기 전까지의 시간만이 진짜 내가 나로 살았던 시간이었어요. 돌이켜보면 모두들 그렇게 떠나버렸죠. 내가 사랑했던 친구도, 돌아오지 않을 세월도. 내게 남은 건 그저 번데기처럼 목구멍을 막고 있는 죄책감뿐이죠. 죄책감만이 내 지난 시절을 증언할 뿐이에요. 죄책감에 사로잡혀 내가 스피드와 텐션에 청춘을 바치는 동안 별자리들은 몇 번씩 천공을 휘휘 돌았고 까닭 없는 눈물들만이 숲을 감쌌죠. 사람들이 상처를 잊어버리는 동안, 사람들이 우리에게 총을 쏜 빌어먹을 개새끼들을 사람의 이름으로 부르는 동안, 흉악한 유령의 모습으로 내가 미쳐가고 있는 동안, 지난날의 기억이 내 머리를 짓누르며 달라붙는 동안, 친구들이 하나둘 떠나가는 동안, 그렇게 세월이 흘러가는 동안…… 내게는 꿈이 있었어요. 너무나 아름다운 꿈이었어요. 내 꿈이 옳았다고 믿어요. 친구가 죽었을 때, 나는 바로 옆에 있었어요. 정말이지 죽을 줄 몰랐어요. 그 영혼의 불꽃이 꺼지는 순간, 내 목구멍으로 그 친구의 숨결이 들어와 번데기처럼 걸렸어요. 그 숨결은 아직도 탈피하지 않은 채, 내 목 안에 잠겨 있죠. 결국 그 숨결 때문에 죽는 거예요.

우리는 드디어 열두번째 코너인 '도중하차'로 접어들었다. 규칙적으로 움직이던 플라잉코스터는 이제 불규칙적으로 몇 개의 레일을 건너뛰며 내려가기 시작했다. 그리고 잠시 정적이 흐른 뒤, 플라잉코스터는 열세번째 코너인 '도살자의 갈고리'로 뚝 떨어졌다. 나는 눈을 감았다. 승룡회장은 심연 속으로 떨어지며 소리를 질렀다.

아아아아아아아아아아아아아아아아아아아아아아아!

플라잉코스터의 완전한 죽음

노정치가, 비서실장과 함께 나는 중간쯤의 자리에 앉았다. 사람들은 노정치가를 보고 수군댔다. 알 만한 사람이라면 그날 경매될 〈雲霧仙人圖〉가 본래 노정치가의 것이었다는 사실을 모두 알고 있었다. 그런 형편이니 노정치가는 경매장에 나타나지 않는 게 더 좋았다. 그런데도 그는 한사코 재인을 데리고 경매장에 직접 참석해야 한다고 고집을 피웠다.

몇 가지 물품이 경매되는 동안, 노정치가는 눈을 감고 휴식을 취했다. 그의 욕망은 역설적이었다. 무슨 수를 써서라도 근대를 이루고 말겠다며 죽음을 무릅쓰고 쿠데타를 일으킨 군인들 중 하나인 그가 '平穩武士'의 느린 칼끝에 한사코 매달리는 모습은 우스꽝스럽기까지 했다. 이제 죽을 날이 가까워져서인가? 그렇다면 자신이 평생 추구했던 세계를 이젠 후회한다는 뜻이었을까? 나는 묻고 싶었다. 하지만 그는 눈을 감고 있었다.

마침내 〈雲霧仙人圖〉의 경매가 시작됐다. 시작가는 오백만원이었다. 그림을 낙찰받는 건 그다지 어려워 보이지 않았다. 이름 없는 화공이 그린 그 그림에 관심을 두는 사람은 없었다. 게다가 이번 경매는 원래 소유자인 노정치가에게 〈雲霧仙人圖〉를 되돌려주는 요식 절차에 불과하다고 다들 생각하는 판국이었다. 결국 간단한 절차를 거쳐 〈雲霧仙人圖〉는 노정치가의 대리인에게 낙찰됐다. 잠시 후, 노정치가는 비서실장이 가져온 〈雲霧仙人圖〉를 옆에 앉은 내게 건네며 갈라지는 목소리로 재인아, 이건 이제 네 것이다, 라고 말했다. 나는 더이상 죽은 친구의 이름으로 불리고 싶지 않았기 때문에 재인이 이미 죽었다는 사실을 노인에게 알렸다. 노인은 두 손으로 내 얼굴을 만지며 자세히 살펴보더니 안면에 경련을 일으키면서 쓰러졌다. 노인의 갑작스런 실신에 보좌관들이 당황해하며 노인에게 달려드는 사이, 나는 〈雲霧仙人圖〉를 들고 얼른 자리를 빠져나왔다. 며칠 뒤, 노인은 죽었고 〈雲霧仙人圖〉는 내 손에 남게 됐다.

끝으로 나머지 두 죽음에 대해서도 얘기해야겠다. 하나는 독자 여러분도 예상했겠지만, 승룡회장의 죽음이다. 그는 나와 함께 탄 롤러코스터가 열세번째 코너를 돌 때 심장마비로 죽었다. 전 생애를 바쳐서 완성한 플라잉코스터에 심각한 결함이 있다는 사실을 알게 된 그는 스스로 재인과 똑같은 절차를 밟은 셈이었다. 그에게 죄책감이 있었는지 어땠는지는 이제 누구도 알 수 없게 됐다.

"죽었군요. 재인씨와 똑같은 심장마비예요."

수사반장은 내 옆에 널브러진 승룡회장의 눈을 까뒤집으며 말했다.

"도대체 왜들 자꾸만 죽는 거죠?"

"재인씨는 노정치가의 아들입디다."

수사반장은 내 질문에는 대꾸도 하지 않았다.

"노정치가를 한번 찾아간 적이 있어요. 오십대에 낳은 아들이라니 애착이 많은 건 당연했겠죠. 그런 아들이 죽었다는 소식을 듣게 되면 쇼크를 받을지도 모르니까, 만나더라도 그 이야기만은 피해달라고 보좌관이 간곡히 부탁하더군요. 그렇게 만났는데, 노정치가가 아주 희한한 이야기를 합디다. 방금 재인이가 다녀갔다는 거예요."

수사반장은 그러면서 나를 쳐다봤다.

"이게 어떻게 된 일인가 나와서 보좌관에게 물었더니 임시방편으로 소설가 선생에게 죽은 재인씨 노릇을 해달라고 부탁했다더군요. 왜 그런 일을 한다고 한 겁니까?"

"우리 우정의 역사에 대해서 반장님이 뭘 알겠습니까?"

"대충 알 것 같습니다. 재미있어요. 승룡회장이 죽었다고 생각했던 재인씨를 노정치가는 눈앞에서 보고 있었으니까요. 그 어떤 경계에 재인씨는 서 있었던 것이죠. 뭐, 소설가 양반이 그렇다는 건 아니에요. 당신은 충분히 잘 살아갈 것 같으니까."

소설가 선생, 소설가 양반. 그 어떤 사람도 나라고는 여겨지지 않았다.

"그 그림은 지금 어디 있죠?"

"제가 가지고 있지만, 아버지도 없고 아들도 없는 그 유품은 이 제 더이상 유품이 아니죠. 버릴 작정입니다."

"과연 버릴 수 있을까?"

갑자기 수사반장이 반말로 말했다. 그렇게 나는 수사반장을 거기 비가 내리는 놀이공원에 세워둔 채 집으로 돌아왔다. 과연 버릴 수 있을까? 과연 버릴 수 있을까? 그 질문이 계속 버스 차창에 어른거렸다.

그리고 마지막으로 플라잉코스터가 죽었다. 두 명(그것도 설계 자를 포함해서)의 인명 피해가 발생하자, 네버랜드 측은 플라잉코 스터의 결함을 인정하고 시설을 해체했다. 결국 플라잉코스터는 서로 지향점이 달랐던 세 사람을 죽인 뒤, 내게는 그림 한 장만 남 겨주고 자살한 셈이었다. 그건 내가 아는 한, 가장 거대한 자살이 었다. 한 시대가 스스로 목숨을 끊는 것처럼. 그 자리에는 일본 디 즈니랜드의 기술진이 개발한 행잉코스터가 들어섰다. 행잉코스터 가 개장하던 날, 남들보다 먼저 이용한 승룡회원들은 이젠 전설이

된 '도살자의 갈고리'를 아쉬움에 가득찬 목소리로 회고하는 것으로 탑승 소감을 밝혔다.

공야장 도서관 음모사건

"댁이 가진 선풍기를 구입하려고 합니다."

일요일 아침이었다. 사내는 그렇게 말했다. 장마를 앞둔 탓이었는지, 그 주 내내 끈적하게 몸에 달라붙는 불쾌한 더위가 기승을 부렸으므로 나는 당연히 사내가 말하는 그 선풍기에 의지하며 지내던 터였다. 그럼에도 '도대체 무슨 선풍기를 말하는 것일까?'는 의문이 떠나지 않았다.

나는 잠시 멍하니 서서 두 손으로 헝클어진 머리칼을 몇 번 뒤로 넘겼다. 아직 잠에서 덜 깬 것이다. 한숨을 내쉬며 오른쪽 발끝으로 땅을 몇 번 차기도 했다. 대문에 가려 우측 반신만 보이던 사내는 한쪽 눈으로 내 행동을 유심히 관찰했다.

"무슨 말씀인지, 저는 잘 이해되지 않습니다만."

일요일 아침 푸른 선풍기가 대문 앞에 놓이게 된 이야기

등뒤로는 아침을 맞은 새들이 햇살 하나하나마다 놀랍다는 듯 시끄럽게 울어대느라 정신없었다. 흩뿌려진 빵가루처럼 새소리가 마당 여기저기에 떨어졌다. 아침이면 늘 벌어지는 일이었다. 요컨 대 새들에게는 정상적인 일요일 아침이었다.

그 사내는 가느다란 오른손 중지로 내게 보이는 오른쪽 눈시울 쪽을 문질렀다. 눈맵시가 새치름해지는가 싶더니 금방이라도 사연 이 청산유수처럼 쏟아질 것 같았다. 그러나 줄끔대는 물줄기나마 터져나온 건 짧지 않은 시간이 흐른 뒤였다. 그 휑뎅그렁한 시간 동안, 그는 오른손으로 입 주변을 문지르기도 하고 귓불을 잡기도 하는 등, 손과 얼굴로 할 수 있는 다채로운 동작을 취했다. 야구감 독처럼 새들에게 사인을 보내는 것이라는 생각이 들 때쯤 그는 팔 짱을 끼고 말했다.

"에, 그 푸른색 선풍기 말입니다. 바람이 불어오는, 선생의 선풍 기. 그 선풍기를 꼭 구입하고 싶습니다."

그 얘기를 들으며 나는 슬슬 대문 밖으로 나갔다. 그제야 전신 을 온전히 볼 수 있었다. 나이는 삼십오 세 정도. 검은색 톰보이 야 구모자를 쓰고 있었다. 일요일 아침이면 어디서나 볼 수 있는 그런 차림새였다. 바닷빛을 떠올리게 하는 색깔의 운동복에 테니스화. 휴일을 맞아 약수터에 배드민턴을 치러 가는 회사원이 아니라면,

뭣 하는 사람인지 나도 모르겠다는 생각이 들었다. 이제까지 정황으로 봐서는 뭣 하는 사람인지 모르는 쪽에 가까웠다. 나는 슬그머니 대문을 닫았다.

검은 야구모자 뒤로는 서늘하도록 푸른 여름의 아침 하늘이 펼쳐졌다. 전선이 그 하늘을 반으로 가르고 있었다. 전선 위로는 지극히 정상적인 푸른 하늘이고, 전선 아래로는 검은 야구모자가 등장한 일요일 아침이었다. 나는 그와는 달리 전선 위쪽에 속한 사람이라는 걸 강조하기 위해 멍청한 질문을 던졌다.

"선풍기야, 다들 바람을 일으키는 것들이죠. 어디 약수터에라도 다녀오시는 길인가요?"

약수터가 있는 뒷산을 가리키며 내가 물었다. 사내의 시선이 내 손가락을 따라 뒷산 쪽으로 움직이다가 갑자기 초점을 잃었다. 내 손가락의 끝에서 그는 생각 속으로 빠져드는 길을 발견했던 것이다. 달을 보라는데 손가락만 바라보던 어느 불제자처럼. 사내는 생각에 잠겨 멍하니 서 있다가 내가 손을 내리자 고개를 흔들었다.

"가끔씩 약수를 뜨러 가기는 하지만, 오늘은 아닙니다. 그리고 바람이 불어오지 않는 선풍기도 있답니다."

고작 그 생각을 했단 말인가! 놀랐지만, 나는 태연한 척 고개를 끄덕였다. 그건 닷새에 한 번 정도 사용하는 몸짓이었다. '입을 움직여 음성을 만들어낸다는 건 알겠으나 그 음성의 의미는 알 도리가 없다', 뭐 말로 풀어 쓰자면 그 정도에 해당할 몸짓이었다. 하긴 연기가 나지 않는 담배도 있고 노름하는 경찰관도 있으니까.

"그럼, 오늘은 선풍기를 구입하러 왔단 말씀이군요?"

끝을 약간 올리며 의문문과 평서문 사이의 어딘가로 치닫는 내 물음에 그는 고개를 끄덕였다. 마주선 두 개의 디딜방아처럼 나도 고개를 끄덕였다. 완전히 잘못된 일이었다. 왜냐하면 나는 선풍기 상인이 아니었으니까. 그러므로 누구든 내게 선풍기를 사러 올 까닭은 없었다. 그러거나 말거나 우리는 한동안 함께 고개를 끄덕였다. 무의미한 고갯짓이 몇 차례 지나간 뒤, 그는 혀로 입술을 적시면서 주위를 두리번거리고는 내게 속삭였다.

"그러더군요. 저한테. 진영씨가. 그 푸른……"

"선풍기?"

"예, 선풍기. 그 선풍기가 있다고. 선생 댁에."

다시 고개를 끄덕였다. 수많은 고갯짓 끝에 나는 조금씩 이해할 수 있었다. 진영이라는 여자가 내게 그 푸른 선풍기를 팔았다고 이 사내에게 말했던 것이다. 하지만 그 사실을 이해한다고 해서 내가 선풍기 상인이 될 수는 없었다.

"하지만 난 그 선풍기를 팔 생각이 없는데요."

남자는 왼손으로 모자의 뒷부분을 누르고 오른손으로 챙을 잡아 잽싸게 위아래로 들었다 놓았다.

"그건 저도 알고 있습니다. 저는 주로 다들 팔 생각이 없는 선풍기를 사고 있습니다. 파는 사람이 한 명도 없다고 해도 저는 사려고 합니다. 말하자면 외로운 구입이라도 하겠다는 뜻입니다."

외로운 구입이라도 하겠다고라. 나는 두 손바닥을 서로 마주쳐 소리를 내면서 그의 모습을 한참 바라봤다. '말하자면 외로운 구입' 같은 표현을 생각해내는 사람은 평생 한 번 만나기도 힘들 것이다. 나는 시선을 돌려 하얀 담벼락에 비스듬히 내리쬐는 아침햇살을 바라봤다. 그 벽에서 불쑥 양산이 나온다고 해도 믿을 판이었다. 아무래도 이상한 일요일 아침이었다.

나는 '말하자면 외로운 구입'이라는 막다른 벽에 이른 셈이었다. 그리고 그 벽 너머에는 지극히 정상적인, 높푸른 일요일 아침 하늘이 펼쳐져 있을 테지만, 나는 그 벽만 바라봤다. 더이상 그에게 할 말이 없었다. 시간이 흐르자, 침묵을 견디기 힘들다는 듯이 그가 말했다.

"그저, 구경이라도 할 수 없을까요?"

나는 서양인처럼 두 손바닥을 위로 향하게 하고 어깨를 들어 보였다. 뭐, 안 될 것도 없지 않은가. 하지만 문제는 남았다. 선풍기를 보여주기 위해 그를 집안까지 데려가는 게 옳은 일일까. 아무래도 일요일 아침에 도대체 정체를 알 수 없는 남자를 방안까지 들이는 건 좋은 생각 같지 않았다. 나는 남자에게 잠시만 기다리라고 말한 뒤, 대문을 열고 들어갔다.

선풍기를 들고 다시 나왔을 때, 거기에는 아무도 없었다. 선풍기를 든 채로 좌우 골목길을 살폈지만, 그는 없었다. 나는 선풍기를 내려놓고 길을 따라 조금 걸었다. 그는 사라졌다. 한참 걸어가다가 나는 다시 돌아서서 대문을 향해 달려갔다. 거기 대문 앞에는, 지극히 정상적인 일요일 아침의 푸른 선풍기가 여전히 놓여 있었다.

확률의 신비

　이상한 사내가 다녀간 뒤, 나는 그 사내를 주인공으로 소설을 쓸 수 있겠다고 생각했다. 유별난 행동에 내 상상력이 자극받기도 했지만, 실은 한동안 소설을 쓰지 못했던 터라 뭔가 쓰고 싶었던 참이었다. 그가 선풍기 수집가가 틀림없다고 확신한 나는 '댁이 가진 선풍기를 구입하려고 합니다'라는 첫 문장으로 소설을 쓰기 시작했다. 하지만 얼마 쓰지 못하고 나는 글쓰기를 멈췄다. 도대체 왜 파는 사람도 없는데 외롭더라도 선풍기를 구입해야 한단 말인가? 자연스레 다시 그를 만나야만 이 의문이 풀릴 것 같았다. 자신을 주인공으로 소설을 쓸 생각이라고 말하면, 그도 이야기를 술술 풀어놓을 게 분명했다.

　그러나 사내는 다시 나타나지 않았다. 수요일 아침까지 나는 사내를 기다렸다. 기다리면서 생각해보니 그건 고립된 이미지였다. 파는 사람이 없다고 해도 선풍기를 사려는 사람, 외로운 구입이라도 해야겠다는 사람 말이다. 다른 것과 연결되지 않는 고립된 이미지. 말 그대로 '말하자면 외로운 구입'. 그쯤에서 나는 소설을 포기하기로 했다. 다른 것들과 연결되지 않는 이미지는 소설로 쓸 만한 가치도 없다는 생각이 들었던 것이다.

그리고 금요일. 또 소설을 쓰지 못했다는 실망감에 책상을 박차고 일어났다. 머리도 식힐 겸 친구에게 만나자고 전화를 걸었다.

"일요일에 공야장 도서관이 개관한다네."

카페의 자리에 앉자마자 친구가 말했다.

"그래서?"

시큰둥하게 내가 되물었다. 어쩌라구? 공야장이 여관 이름이야, 도서관 이름이야?

"그 사람이 누군지 모르니?"

나는 고개를 저었다. 알 게 뭐람? 아무래도 공야장이라는 이름이 마음에 들지 않았다.

"우리나라에서 책을 가장 많이 수집한 사람이라던데. 희귀본만 해도 이천 권이 넘고. 뭐, 공공도서관하고는 비교가 되지 않겠지만, 어쨌든 개인도서관으로는 소장 장서 수가 제일 많을 거야. 그런데 재미있는 건 그 사람이 옛날에는 책 도둑으로 유명했다는 사실이지. 화재로 유실되기 전, 최남선 선생의 서재에서도 아주 많이 훔쳤다더군. 최남선 선생은 공야장이 책을 훔쳐가는 걸 알면서도 가만히 두고봤다는 거야. 왜냐하면 책 도둑은 도둑이 아니니까. 최남선 선생도 어쩌면 훔친 책으로 그렇게 방대한 서가를 만들었던 것인지도 모르지. 아무튼 그렇게 훔친 책이 지금 소장한 책의 반이 넘는다더군."

"정말?"

"사람들이 그렇게들 떠들더라구. 아무튼 책 도둑 분야에서는 신기원을 이룬 사람이 확실한 모양이야. 하지만 그 사람은 그렇게 책을 훔쳐가는 걸 눈감아주던 최남선 선생이 아니라 눈먼 보르헤스를 존경한다네. 공야장은 자신이 보르헤스와 비슷한 시기에 완벽한 도서관을 만드는 방법을 알아냈다고 주장하고 있대. 믿거나 말거나지만."

나는 기억의 명수 푸네스처럼 보르헤스가 쓴 그 완벽한 도서관에 대한 소설을 기억해냈다. 그 소설에서 가장 인상적인 구절은 이런 것이었다. '하지만 내가 쓴 것도 못 알아볼 만큼 눈이 멀어버린 지금, 나는 내가 태어난 육각형에서 조금 떨어진 곳에서 죽을 채비를 하고 있다.'

"보르헤스처럼 공야장도 도서관을 지을 공간만 있다면, 그 안에 세계의 모든 책을 다 넣을 수 있다고 생각했다는 거지. 글자들의 조합은 한정되어 있으니까, 사서가 할 일은 수서 공간을 무한히 쪼개어나가기만 하면 된다는 거야."

"그래서 이번에 그런 도서관을 만든 건가?"

"말이 그렇다는 거지, 무한한 방을 가진 도서관일 리야 없잖겠어? 그렇긴 해도 국내 최고의 개인도서관이란 건 분명할 거야. 사람들은 그 사람이 수집한 희귀본들에 관심이 많아. 그런데 더 재미있는 건, 그 도서관의 사서가 자신을 죽이려고 한다며 공야장이 경찰에 신고했다는 사실이야. 경찰에서는 노망든 늙은이의 피해망상으로 돌렸지만 가능성은 있는 얘기잖아. 공야장이 죽으면 사서가 그 도서관을 운영할 텐데, 희귀본을 조금씩 내다팔면 돈을 꽤 챙길수 있을 테니까. 말 많은 사람들이 쑥덕거리는 건 그 때문이지."

그 이야기를 듣다가 나는 선풍기 수집가를 떠올렸다. 어쩌면 그 사람도 내 선풍기를 슬쩍 훔쳐갈지도 모를 일이었다. 세상에 책 도둑이라는 게 있다면, 선풍기 도둑이라고 없을 리가 없잖겠는가. 공야장 도서관에서 벌어지는 음모 따위야 내가 알 바는 아니지만. 생각난 김에 친구에게 선풍기 수집가에 대한 소설을 써보려 한다고 말했다.

"선풍기 수집가라는 게 있기는 있나?"

"그럼. 실제로 지난 일요일 아침에 나를 찾아와서는 내 선풍기를 구입하고 싶다고 말했어. 너도 봤겠지만, 내 선풍기는 라디오 기능이 추가된, 말하자면 희귀한 선풍기랄 수 있잖아."

"그런데 다시 찾아오진 않았단 말이지?"

나는 고개를 끄덕였다. 그가 찾아오지 않아서 더이상 소설을 쓸 수 없었던 것이다.

"그렇다면 공야장 도서관에 가보는 것도 좋을 거야. 거기에는 없는 책이 없다고들 하니까 선풍기 수집가에 대한 책도 있을 거야.

꼭 선풍기 수집가에 관한 책은 아니더라도 선풍기의 역사나 종류, 사라진 희귀 모델들에 대한 책은 분명히 있을 거야. 그 사람한테는 별 이상한 책들이 다 있다니까. 네가 몰라서 그렇지, 벌써 선풍기 수집가를 주인공으로 쓴 소설도 있을지 몰라."

"설마."

"그러지 말라는 법도 없는 거니까. 시간이 지날수록 새로운 소설을 쓸 가능성도 줄어들어. 그러니까 어떤 사람들은 라디오와 선풍기를 결합시킨 이상한 물건을 만들기도 하는 것이겠지. 그런 게 새로운 가능성이라고는 생각하고 싶지 않지만."

하긴 나 역시 그 물건이 선풍기의 역사에 새로운 장을 열었다고 생각하지는 않았다. 무더웠던 작년 여름을 선풍기 하나 없이 보내느라 고생했기 때문에 올봄에 '벼룩시장'을 뒤져서 찾아낸 선풍기였다. 선풍기를 틀어놓고 라디오를 들을 수 있다니 금상첨화라고 생각했다. 내게 그 선풍기를 팔았던 진영이라는 여자는 날개가 좀 불규칙하게 움직이기 때문에 자신은 사용하지 않지만, 누군가에게는 필요할지도 모른다는 생각에 '벼룩시장'에 광고를 냈다고 말했다. 아마도 그 여자는 자신이 다락에 처박아놓았던 그 낡은 선풍기를 누군가는 외롭더라도 꼭 구입하려 한다는 사실은 미처 몰랐을 것이다.

여전히 무척이나 더운 날이었다. 햇볕이 닿는 곳이면 어디든 더위가 끈적끈적하게 달라붙어 있었다. 그러나 우리는 에어컨을 틀어놓은 카페에 앉아 있었기 때문에 그다지 덥다고 느끼지 않았다. 선풍기 수집가에 대해 얘기한 뒤, 우리는 술집으로 가서 맥주를 마시기로 했다. 카페의 문을 열고 나오자, 더운 기운이 우리를 덮쳤다. 저녁이 가까워지면서 오히려 지열이 오르는 것 같았다. 얼마 걷지 못하고 우리는 아무 술집에나 들어가기로 했다. 바로 앞에 '고양이 요람'이라는 이름의 술집이 보였다.

건물 삼층에 자리잡은 그 술집은 천장이 높아서 인상적이었다. 아래위 두 개 층을 터놓은 듯한 느낌이 들 정도였다. 우리가 찾던 에어컨은 한쪽 벽 속에 설치돼 있었다. 에어컨이 있다는 사실을 확인한 뒤에야 우리는 안심하고 구석자리에 앉았다. 천장에는 낙하산이 거꾸로 뒤집힌 채 매달려 있었고, 에어컨이 설치된 벽에는 샤갈풍의 그림이 붙어 있었다.

우리는 '소시지메추리알야채볶음'이라는 이름의 안주와 맥주를 시켰다. 잠시 후에 주인으로 추정되는 삼십대 남자가 맥주와 기본안주를 가져왔다. 그런데 그는 손에 주사위 두 개를 들고 있었다. 그는 우리에게 비닐 코팅된 종이를 내밀었다. 거기에는 주사위 두 개를 던져서 같은 숫자들이 나올 때마다 서비스로 추가 메뉴가 나간다고 적혀 있었다. 그러니까 두 개의 1이면 맥주 500시시 한 잔을, 두 개의 6이 나오면 그 집 최고의 안주를 공짜로 먹을 수 있었다.

친구는 주인에게서 건네받은 주사위들을 탁자 위에 던졌다. 1과

5였다. 꽝. 우리는 서비스 안주를 먹지 못하게 됐다. 친구는 주사위들을 챙겨가는 남자에게 물었다.

"딴사람들은 잘 걸립니까?"

"언제나 육분의 일이죠. 여섯 번 던지면 한 번은 서비스가 나갑니다. 서른여섯 번을 던지면 그중 한 번은 최고의 안주가 나가고요."

"정말 그렇게 정확하단 말입니까?"

"뭐, 대략적으로. 우리도 어느 정도는 예측하고 있어야 하니까."

그가 떠나자, 친구는 아쉬운 듯이 입맛을 다셨다.

"서른여섯 번이나 와야지, 이 집 최고의 안주를 한 번 먹을 수 있다니. 그냥 돈 내고 시켜먹는 게 낫겠네. 괜히 최고의 안주가 어떤 것인지 궁금하기만 하다."

"그런 상술일 수도 있겠네. 나머지 서른다섯 명 중에 다섯 명쯤은 너처럼 이 집 최고의 안주가 어떤 것인지 궁금해서 돈 내고 안주를 시킬 수도 있으니까."

"그럼 어떻게 되는 건가? 최고의 안주를 공짜로 하나 주는 대신에 다섯 개를 판다는 뜻인가? 복잡하네."

그러는 사이에 바비큐 소스로 만들었다는 그 기나긴 이름의 안주가 나왔다. 교묘한 상술에 맞서는 의미에서 우리는 그 안주가 그집 최고의 안주라고 생각하기로 마음먹었다.

그날 저녁, 그 술집에서 친구는 좀 특이한 경험을 했다. 우리가 각자 네 잔째의 생맥주를 마셨을 때였다. 그사이 술집에는 손님이 가득찼고, 실내는 무척 시끄러워졌다. 화장실에 간다며 친구가 자리에서 일어났는데, 곧이어 그 친구가 누군가에게 고함을 지르는 소리가 들렸다. 화장실이 시끄러워지자, 떠들던 사람들이 일순간 입을 다물었다. 얼른 화장실로 달려가보니 친구가 한 남자를 마구 때리고 있었다. 그 남자는 몸을 가누기 힘들 만큼 술에 취해 있었다. 나와 술집 주인이 뜯어말렸지만, 친구는 여전히 분이 풀리지 않는다는 듯 발길질을 했다.

"왜 그러는 거야?"

내가 묻자, 친구는 아무런 말 없이 내 얼굴만 바라봤다. 술집 주인은 쓰러진 남자의 얼굴을 살펴보더니 우리더러 화장실에서 나가달라고 부탁했다.

"죄송하다는 말씀부터 드리는 게 우선이겠지만."

술집 주인이 덧붙였다.

"저 새끼, 호모예요?"

친구가 따지듯이 물었다. 주인은 쓰러진 남자를 끌어안고 아무 대꾸 없이 나가달라고 손짓했다. 그 손짓이 단호했기 때문에 우리는 일단 화장실 밖으로 나왔다. 나가는 동안, 나는 친구가 언급한 '호모'라는 단어와 친구가 남자를 마구 때리던 일 사이의 인과관계를 짜맞추느라 머릿속이 분주했다. 과연 내가 상상해낸 그 일이 맞는지 궁금증을 참지 못하고 무슨 일이 있었느냐고 물었다. 친구는 자신을 쳐다보는 사람들의 시선을 의식했는지 입을 열지 않았다.

잠시 후, 실내는 다시 떠들썩해졌다. 기다렸다는 듯 화장실에서 그 남자가 걸어나왔다. 그는 함께 나온 술집 주인에게 무슨 말인가 말하고 나서 밖으로 나갔다. 내가 나가는 남자를 가리키자, 친구는 흘낏 쳐다보고는 술을 한 모금 들이켰다.

"개새끼."

친구가 말했다.

"말해봐. 도대체 무슨 일이야?"

"날 덮쳤어. 그 새끼가. 난 호모도 아닌데, 왜 날 덮쳤던 걸까?"

"덮쳤다니, 그게 무슨 소리야?"

"오줌을 누는데 뒤에서 날 끌어안고 몸을 문질러대더라니까!"

"정말?"

"안 그래도 사우나 수면실에서 당하는 사람들 많다더라."

"야, 그런 건 처음 듣네. 별일이다."

우리가 그런 얘기를 나누는데, 주인이 나타나 그 집 최고의 안주를 우리에게 내왔다. 우리는 의아했다. 그 집 최고의 안주를 주문한 것도, 주사위를 던져서 두 개의 6이 나온 것도 아니었으니까.

"죄송해서 그럽니다. 아까 그 친구가 뭔가 오해했던 모양이에요. 제가 대신 사과하겠습니다."

"그럼 절 호모로 오해했단 말입니까?"

친구가 소리쳤다. 술집 주인은 과장되게 손을 내저었다.

"그게 아닙니다. 그게 아니라, 그 친구가 술에 너무 취해서 뭔가 커뮤니케이션이 되지 않았다고나 할까요."

"커뮤니케이션?"

친구가 되물었다.

"서로 만나면 안 되는 사람들인데, 술에 취하는 바람에 그 사실을 잊어버린 것이죠."

"왜 만나서는 안 된단 말인가요?"

내가 물었다. 술집 주인은 난처한 표정으로 침을 삼켰다.

"서로 다른 세계에 있으니까요. 그래서 규칙이 달라요. 규칙이 다르면 서로 대화할 수가 없습니다. 알겠습니까?"

"모르겠습니다."

친구가 또박또박 끊어서 대답했다.

"어쨌거나 우리 가게에서 생긴 일이니까, 제가 사과드리죠. 오늘 처음 오신 분들 같은데, 정말 죄송합니다."

그렇게 해서 우리는 그 집 최고의 안주를 서비스로 먹게 됐다. 피라미드 모양의 괴상한 요리였다. 젓가락으로 한입씩 먹어보고 우리는 이구동성으로 말했다.

"이게 무슨 최고의 안주야? 아무 맛도 없잖아."

나는 주위를 둘러봤다. 앉아 있는 사람들이 어딘지 이상해 보였다. 나는 목소리를 낮춰 친구에게 말했다.

"이 가게, 좀 이상하지 않아?"

내 말에 친구도 주위를 둘러봤다.

"정말, 어딘지 이상하군."

우리는 그길로 '고양이 요람'에서 나왔다. 물론 그 집 최고의 안주는 그대로 남겨둔 채였다.

정체를 밝힌 선풍기 수집가

선풍기 수집가가 다시 찾아온 건 일주일이 지난 그다음 주 일요일이었다. 이번에는 아침 일찍이 아니라 오후 늦게였으며, 정장에 넥타이까지 갖춘 완벽한 평일의 복장이었다. 그렇게 옷을 입어서인지 지난번에 봤을 때보다 나이가 들어 보였다. 내가 문을 열자, 그는 정중하게 인사했다.

"지난번에는 갑자기 사라져 실례가 많았습니다. 오늘은 확실하게 구입하기 위해서 왔습니다."

그간 그 사내가 찾아오기만을 기다렸기 때문에 나는 주저 없이 우선 안으로 들어가자며 소매를 끌었다. 그는 순순히 따라 들어왔다.

"그때는 좀 망설일 수밖에 없었습니다. 도대체 이렇게까지 해야만 하는가라는 회의가 들었으니까요. 이제는 괜찮습니다."

"이제는 확신이 든단 말씀입니까?"

내가 방문을 열면서 물었다. 그는 내 얼굴을 쳐다보면서 고개를 끄덕였다. 방안으로 들어온 그는 오른쪽 벽의 서가들을 바라봤다.

"책이 많습니다. 책과 관련된 일을 하시나요?"

나는 고개를 끄덕였다. 그는 바닥에 놓인 선풍기 쪽으로 시선을 돌렸다. 일단 조종판과 날개 등을 살펴보고 움직여본 뒤에 그는 플러그를 꽂고 선풍기를 작동시켰다. 아래에 설치된 라디오에서 음악이 나오면서 선풍기가 돌아갔다. 그는 곧 선풍기를 끄고 플러그를 뽑은 뒤에 재킷을 벗고 넥타이를 풀었다. 그러고는 안주머니에서 휴대용 드라이버를 꺼내 무릎 위에 올려놓더니, 날개 보호망 부분을 해체하기 시작했다. 나로서는 말릴 틈도 없이 빠른 동작이었다.

그는 날개까지 분리한 선풍기 앞에서 땀을 뻘뻘 흘리며 모터와 날개를 연결하는 부분을 드라이버로 돌려 분해하고는 모터를 꺼내 한동안 일련번호와 제품명을 살펴본 뒤에 다시 조립하기 시작했다. 그의 이마에서는 땀이 비 오듯이 쏟아졌다. 조립을 마치고 그는 다시 플러그를 꽂고 선풍기를 작동시켰다.

"날개를 지지하는 부분이 약간 휘어져 있었습니다. 오래되면 그런 현상이 일어나 어딘지 모르게 불규칙적으로 회전하게 됩니다. 아까보다는 좀 낫습니다만, 아무래도 제대로 돌아가게 만들려면 좀더 손을 봐야만 할 것 같군요."

나는 건성으로 고개를 끄덕였다. 뭔지 모르지만, 그 선풍기의 상태에 대해서 뭔가 언급할 수 있다는 사실만으로도 그는 선풍기 수집가가 확실해 보였다. 그렇다면 나는 이제 새 소설을 쓸 수 있다는 얘기였다. 그는 선풍기의 바람을 쐬면서 땀을 식히다가 내게 물었다.

"작가입니까?"

다시 나는 고개를 끄덕였다.

"묘한 우연이군요. 오늘 어떤 도서관 개관식에 다녀왔거든요. 거기에 일본 군수공장에서 제조한 일 미터짜리 날개의 대형 선풍기가 있다고 해서 구경 삼아 간 길이었습니다."

"혹시 거기가 공야장 도서관이 아닙니까?"

"역시 작가선생이라서 잘 아시는군요. 그런데 막상 가보니까 일본에서 만든 선풍기가 아니었습니다. 날개의 크기도 일 미터에는 못 미쳤구요. 지금도 공장 등에서 사용하는 대형 선풍기 모델들의 원형이랄 수 있다는 점에서 얼마간의 가치는 지녔다고 할 수 있지만, 독창성의 측면에서는 좀 떨어지죠. 그건 그렇고, 공야장 선생은 여전히 컴퓨터로 관리하는 데이터베이스를 거부하고 있는데, 그건 옳은 일이라고 생각합니다. 사서는 공야장 선생이 모든 책의 위치를 가르쳐주리라고 믿겠지만, 그건 아니겠죠. 때로는 시대에 뒤떨어진 촌놈이 더 현명할 때가 있습니다. 지금 그 사서는 공야장 선생에게 크게 당하고 있는 겁니다."

요즘에는 어딜 가나 공야장 도서관에서 벌어지는 암투에 대한 이야기가 화제인 모양이었다. 내게도 해야 할 말이 있었다.

"선풍기 얘기가 나왔으니 말인데요, 절 좀 도와주시면 고맙겠습니다."

그러니까 내 신작 소설의 모델이 돼달라고 부탁할 참이었다. 그는 앞에 놓인 약숫물을 마시다가 나를 빤히 쳐다봤다.

"도움이라…… 제게 저 선풍기를 파신다면야."

"경우에 따라서는 그냥 드릴 수도 있습니다."

그는 고개를 끄덕였다.

"그럼, 제가 어떻게 도와드릴 수 있을까요?"

나는 침을 한번 삼키고는 이야기를 시작했다.

"실은 몇 달간 저는 소설을 쓰지 못했습니다. 쓰기만 하면 예전에 읽은 어떤 소설과 비슷하고, 좋은 생각이라고 떠올리면 다른 소설이 연상되고 하는 통에 아예 포기하고 몇 달을 그냥 보냈지요. 그러다가 지난주 일요일 아침에 선생을 만난 뒤에 소설을 쓸 수 있겠다고 생각했습니다. 그러니까, 선생처럼 선풍기를 수집하는 사람이 등장하는 소설 말이지요. 그래서 선생께 선풍기 수집에 대한 좀더 상세한 정보를 듣고 싶었습니다. 선풍기 수집에 대해서 알려주시면 이 선풍기를 드리겠습니다. 사실 이 선풍기는……"

"잠깐."

그는 일단 내 말을 제지했다.

"먼저 저는 선풍기 수집가가 아니라는 사실을 말씀드리고 싶군요. 하지만 선풍기 수집가에 대한 정보가 어디 있는지 가르쳐드릴 수는 있습니다."

"선풍기 수집가가 아니라면, 선생은 뭘 하시는 분입니까?"

내 물음에 그가 눈을 반짝였다.

"제가 어떤 사람인지 말한다면 그 선풍기를 제게 주실 수 있겠습니까?"

나는 잠시 생각해봤다. 진영이라는 이름의 여자에게 삼만원을 주고 산 중고 선풍기였다. 낯선 이름의 회사에서 생산했으며, 드물게도 라디오가 달려 있었고, 자신은 수집가가 아니라고 주장하는 그 사내가 탐냈다. 어쨌든 내게 그 선풍기는 더울 때 켜두는 가전제품 이상의 가치가 없었다. 진영이란 여자가 미리 주의시켰다시피 그 남자가 손보기 전까지는 날개가 불규칙적으로 움직여 내심 새 선풍기를 사야겠다고 마음먹게 했던 그런 물건이었다.

"좋습니다. 얘기해주세요."

사내는 만족스러운 표정을 지으며 선풍기를 힐끔 쳐다봤다.

"저는 선풍기를 유폐하는 사람입니다. 마치 공야장 선생처럼 말이죠."

나는 일 분 정도 '유폐'라는 단어의 뜻에 대해서 생각해봤다. 이 사내가 말하는 '유폐'란, 아마도 갇히게 된다는 뜻이겠지? 그럼에도 나는 그 의미를 이해할 수 없었다.

"'유폐'라니, 그게 무슨 뜻입니까?"

"선생의 저 선풍기를 고립시킨다는 뜻이죠. 말하자면 시장에서 유폐시키는 겁니다. 그게 중고시장이라고 하더라도요. 다시는 저 선풍기가 거래되지 않도록."

"글쎄, 무슨 뜻인지 알쏭달쏭하군요."

그러자 사내는 안주머니에서 지갑을 꺼냈다. 지갑에는 젊은 시절의 그를 찍은 사진이 들어 있었다. 작업복을 입은 그가 공장처럼 보이는 곳에서 선풍기를 들고 환하게 웃고 있었다.

"이제는 무슨 뜻인지 아시겠습니까?"

"그럼 선생이 저 선풍기를 만든 분인가요?"

그는 고개를 끄덕였다.

"제가 설계했어요. 1983년의 일입니다. 그때 저는 작은 선풍기 회사에서 일하고 있었습니다. 그때만 해도 창의력이 넘칠 때여서 기발한 생각을 많이 했습니다. 전등이 달린 선풍기라든가, 사방으로 바람을 일으키는 선풍기, 혹은 좌우가 아니라 아래위로 회전하는 선풍기 같은 것들이죠. 물론 사람들은 그런 선풍기까지 바라지 않습니다. 그저 바람만 불어오면 충분해요. 하지만 저는 뭔가 다른 선풍기를 만들고 싶었습니다. 저 선풍기 역시 제가 젊었을 때 이천 개만 생산한 제품입니다. 일련번호를 하나하나 직접 부착했습니다. 저의 이니셜을 따서 KHS로 시작하죠. 제가 알기로는 이 선풍기, 즉 KHS1847이 이 모델로는 세상에 남은 마지막 선풍기입니다. 이로써 이 모델은 완전히 유폐됩니다."

"그렇다면 이 선풍기를 가져가서 폐기할 건가요?"

그는 다시 고개를 끄덕였다. 비장한 고갯짓이라고나 할까. 나는 손가락으로 무릎을 두들기면서 물었다.

"도대체, 왜, 자신의 이니셜까지 새겨넣은 선풍기를 스스로 폐기하려는 거지요?"

"뭐랄까, 저 선풍기는 가능성만 소진시켰기 때문이죠. 선생이 말한 선풍기 수집가들에게는 저 선풍기가 탐나는 물건일 수 있겠죠. 그들은 가능한 한 모든 것들을 수집하려는 사람들이니까. 다행히 아직까지 저는 선풍기 수집가를 만나지 못했습니다. 언젠가는 선풍기 수집가도 나타나겠죠. 그전에 저는 제가 만든 선풍기를 유폐시키려는 것입니다."

그는 잠시 말을 끊었다.

"자랑처럼 들리겠지만, 선풍기에 대해서라면 저는 누구보다도 많은 것을 알고 있습니다. 지난 십여 년 동안 저는 수많은 종류의 선풍기를 구상했습니다. 심지어는 날개는 돌아가지만 바람은 일으키지 않는, 그런 무용한 선풍기까지 만들었습니다. 선풍기를 실용적인 가전제품으로만 생각하는 사람들의 편견에 맞서기 위해서였죠. 그러다가 정확하게 십 년이 흐른 어느 날, 저의 머릿속에서 뭔가가 뚝 끊어져버렸습니다. 그러고는 무無가 찾아왔습니다. 그제야 저는 그간 제가 얼마나 무서운 일을 해왔는지 깨닫게 됐습니다."

"그게 왜 무서운 일입니까?"

"저는 선풍기의 종말을 앞당기고 있었던 것이니까요. 선풍기의 가능성을 소진시키는 일에 몰두했던 것입니다. 차츰 시간이 흐르면서 저는 필사적으로 특이한 형태의 선풍기를 만들려고 노력했습니다. 그러면서 만들 수 있는 선풍기의 종류는 점점 줄어들다가 마침내 저는 단 하나의 새로운 선풍기도 만들 수 없게 됐습니다. 물론 제 개인적인 상상력의 고갈일 수도 있겠죠. 하지만 선풍기가 지닌 가능성 역시 고갈됐습니다. 이제 다시는 그런 미련한 짓을 저지르지는 않을 겁니다. 그건 선풍기도 죽고, 저도 죽는 일이니까요."

그는 약간 침울한 표정으로 자신이 만든 선풍기를 쳐다봤다. 심각한 표정이 우스꽝스럽기도 하고, 측은해 보이기도 했다.

"저야 잘 모르지만, 선풍기를 두고 뭐 그렇게까지 심각하게 생각할 필요가 있을까요? 그냥 바람만 일으킬 수 있다면, 선풍기로서는 할 일을 다 하는 게 아닐까요?"

"가능성의 고갈이 문제인 거죠. 선풍기로서 선풍기를 뛰어넘는 일 말입니다. 뭐, 제가 선생처럼 예술을 하려는 건 아니었지만, 새로운, 더욱 새로운 선풍기를 만들고 싶었습니다. 하지만 지금은 달라요. 되도록 가능성을 오랫동안 남겨두고 싶어요. 그건 그렇고, 선풍기 수집가에 대한 책은 공야장 선생의 도서관에 가면 구할 수 있습니다. 예전에 선생의 도서관에서 빌려본 적이 있었지요. 워낙 희귀한 책이라 거기 외에는 세상 어디에도 없을 겁니다. 사실, 제가 선풍기를 유폐시키기로 결심한 것도 다 그 책 때문입니다. 세상에 선풍기 수집가라는 게 있다는 걸 그때 처음 알았거든요."

그는 그만 가봐야겠다며 재킷을 입었다. 그는 나와 함께 두 달을 보낸 그 선풍기를 한 손에 들고 삼만원을 내밀었다. 진영이라는 여자에게서 구입 가격을 들었다고 했다. 나는 한사코 사양했지만, 그는 완강했다. 나는 돈을 받아든 채 그를 따라 밖으로 나갔다.

돌아서는 그에게 내가 물었다.

"그럼 앞으로 어떤 선풍기도 안 만드시는 건가요?"

그는 잠시 생각에 잠겼다.

"요즘과 같은 상황이라면……"

"선생은 오해받았습니까?"

"그랬을 수도 있죠. 사람들은 제가 만든 선풍기를 이해하지 못했으니까. 그럼 글 잘 쓰시길 바랍니다."

그는 오래전 자신이 만든 선풍기를 들고 일요일 오후의 골목길을 천천히 걸어나가기 시작했다. 나는 그가 골목길을 빠져나가는 모습을 지켜보다가 다시 집안으로 들어왔다. 방은 후텁지근했다. 선풍기가 없어졌기 때문이었다.

나는 책상 앞에 앉아 그에게서 받았던 어떤 느낌을 글로 표현하려고 애썼지만, 아무것도 떠오르지 않았다. 앉아서 땀을 뻘뻘 흘리다가 나는 일단 공야장이라는 사람을 만나야겠다고 생각했다.

위대한 사서를 꿈꾸는, 하지만 게으른 사서

"공야장 선생에게는 치매증세가 약간 있습니다."

공야장 도서관의 사서가 말했다. 들었던 대로 로비의 둥근 지붕 아래에서는 선풍기가 돌아가고 있었다. 그건 선풍기라기보다는 거대한 바람 생성기에 가까웠다.

"걸레로 얼굴을 닦는다거나 집을 찾지 못해 골목을 전전하는 정도까지는 아니지만, 가끔씩 자신이 일 분 전에 뭘 하려고 했는지 몰라 당황하는 단기기억상실증이 보입니다. 그래서 저희는 끊임없이 "선생님, 방금『문학건설』창간호의 위치에 대해 말씀하셨는데, 『조선문학』속간호는 어디에 있다는 겁니까?"라는 식으로, 앞서 했던 말을 상기시키면서 대화를 이어갑니다. 이런 식으로 매번 선생님에게 책의 위치를 물어보는 건 방대한 서가인데도 위치 정보를 담은 목록이 없기 때문입니다. 선생님은 목록을 만들면 도서관이 한정된다고 생각하시죠. 서지목록 따위를 담은 총론 분야를 가장 싫어하시는 것도 그 때문이구요. 선생님께서는 도서관의 책들은 팽창을 기다리는 밀반죽 같은 것이지, 압축되기를 원하는 맥주캔이 아니라고 늘 말씀하셨습니다."

드문 일이지만, 책상 앞에 앉아 늘 뭔가를 기입하는 사서들 중에도 공무원처럼 검은 의자에 몸을 깊숙이 묻고 말하는 사서가 있다. 바로 그 사서처럼. 그 이유는 나중에 밝혀졌다.

"그러므로 찾으시는 책을 우리가 이미 목록화시켰다면 저기 컴퓨터로 검색하면 되겠지만, 그렇지 않다면 선생님께 직접 여쭤봐야 합니다."

사서가 컴퓨터를 가리켰다. 컴퓨터로 검색했지만 선풍기 수집가에 대한 책은 발견할 수 없었다. 제목으로, 키워드로, 분야별로 검색했지만 그런 책은 찾지 못했다.

"그렇다면 선생님께 직접 여쭙는 수밖에 없겠군요. 무슨 책이라고 하셨나요?"

"선풍기 수집가에 대한 책입니다."

사서는 오른손 손바닥으로 귓바퀴를 감싸고 집중해 듣는 시늉을 하더니 말했다.

"선, 풍, 기, 수, 집, 가……라고 말씀하셨습니까?"

"예."

"그런데 선풍기 수집가라는 직업이 있기는 있습니까?"

"글쎄요."

그건 나도 알 수 없는 일이었다.

"책이라는 건 말입니다, 제가 학교 다닐 때 도서관 철학시간에 배운 바에 따르면, 현실에 존재하는 것을 다루는 물건입니다. 말하자면 현실과 책은 일대일대응 관계죠. 예컨대 선생이 길을 가다가 하수도에 동전을 빠뜨렸다고 한다면, 그 동전을 찾을 요량으로 『전 세계의 하수도 지도』라는 책을 구할 수는 있습니다. 하수도는 현실에 존재하니까요. 만약 그런 책이 없다면, 아직 쓰이지 않은 것뿐이죠. 하지만 현실에 존재하지 않는 것에 대해서는 책으로 쓸 수 없습니다. 그러므로 선풍기 수집가가 현실에 존재하지 않는다면, 그걸 다루는 책은 존재할 수 없습니다."

"안피스베나, 아플라나도르, 하르피아, 히포그리프, 켄타우로스……"

내가 중얼중얼 단어들을 주워섬기자, 사서가 말을 끊었다.

"호르헤 루이스 보르헤스. 『상상동물 이야기』를 말하는군요. 그를 모르는 사서는 없습니다. 하지만 그 책의 1967년 서문에서 그가 한 말을 기억해야만 합니다. '우리는 각 장에 출처를 밝혀놓았다.' 그것은 다른 책에 나오는 사실들에 대해서 쓴 책입니다."

"어쨌든 원전은 존재할 게 아닙니까?"

"다시 한번 보르헤스의 책을 기억해봅시다. 그 원전은 이 세상 누구도 찾지 못했습니다. 심지어는 보르헤스도 그 원전에 대해 아는 위대한 사서를 아직 만나지 못했으며, 그런 '과정을 거치는 동안, 인생을 소모하고 낭비해버렸다'고 「바벨의 도서관」에서 말했습니다. 아마 보르헤스도 분명히 성 아우구스티누스가 신의 존재를 증명한 방법에 큰 영향을 받았을 겁니다. A라는 책에 실린 이야기의 출처는 B에 있고, B에 실린 이야기의 출처는 C에 있습니다. 이런 일이 끝없이 계속된다고 할 때, 당신이 과연 그 원전을 찾을 수 있다고 생각하십니까? 책에 대한 책은 끝없이 순환할 따름입니다.

그런 책을 우린 하이퍼텍스트라고 부르죠. 텍스트라고 할 수 있는 건 오직 현실에 대한 책뿐입니다. 텍스트는 순환하지 않습니다."

"그렇다면 선풍기 수집가가 현실에 존재하지 않는 한, 그에 관한 책이 존재한다면 그건 하이퍼텍스트라는 말씀이군요."

"그렇습니다. 그렇게 되면 영원히 순환되는 책이 되므로 존재한다고 말할 수 없습니다."

"억지군요. 누군가가 낮잠을 자다가 선풍기 수집가라는 걸 떠올리고 책으로 쓸 수 있지 않습니까?"

"그런 것을 우리는 텍스트라고 부르지 않습니다. 모든 텍스트는 연결됩니다. 이 도서관에 있는 텍스트들은 모두 현실과 연결됩니다. 『상상동물 이야기』처럼 드물게 다른 텍스트와 연결되는 텍스트도 있습니다. 하지만 이 경우에는 현실과 연결되는 최초의 원전을 찾아내지 못할 경우에 영원히 순환되는 책이 되므로 텍스트라고 부르지 않습니다. 낮잠을 자다가 꾼 꿈과 연결됐다면 그건 고립된 텍스트이므로 그것을 우리는 책으로 취급하지 않습니다."

그런 주장을 그 사서의 개인적 신념이라고 치자면, 그만한 신념을 가졌다고 해서 그 사서를 비난할 문제는 아니었다.

"아무튼 그런 책이 있는지 제가 선생님께 여쭤보겠습니다."

사서가 말했다.

"제가 직접 여쭤보면 안 될까요?"

선풍기 유폐자에게 도서관을 둘러싼, 공야장과 그 사서 사이의 암투에 대해 들은 바가 있었기 때문에 나는 한사코 고집했다.

"규정상 그건 어렵기도 하거니와, 어차피 그런 책은 없단 말입니다. 선생님께 남은 시간은 그다지 많지 않습니다. 돌아가시기 전에 선생님이 기억하는 책들의 위치를 모두 알아내야만 하기 때문입니다."

"시간을 많이 뺏지는 않겠습니다."

"왜 자꾸 고집을 피우시죠?"

"누군가 이 도서관에 선풍기 수집가에 대한 책이 있다고 말했기 때문입니다."

사서가 나를 빤히 쳐다봤다. 그는 잠시 고민하더니 내 부탁을 들어줬다. 사서는 도서관장실에 전화를 걸었다. 들어오라는 허락이 떨어져 도서관장실로 걸어가려다가 몸을 돌리고 사서에게 물었다.

"그런데 새로 생긴 도서관에서 일하려면 하실 일이 꽤 많지 않나요? 제가 아는 사서들은 대개 말하면서도 항상 뭔가를 긁적이고 있던데요."

"저것 때문입니다."

사서가 천장을 가리켰다. 로톤다의 둥근 천장에 매달린 대형 선풍기를.

망가진 공야장 선생의 상상도서관

"로비의 선풍기는 봤어?"

치아가 상해 오물거리는 입으로 말하면서 공야장 선생은 주름이 쭈글쭈글한 양손으로 둥근 모양을 그렸다. 구십 세를 넘긴 지 이미 오래였다. 지금에야 치매가 온 게 오히려 다행이라고 여겨야 할 정도였다.

"봤습니다."

"그럼 됐어."

"뭐가 됐단 말입니까?"

"그렇게 얘기해도 못 알아듣는단 말이야? P2-2098-638 서가 좌측 맨 끝에서 세번째에 보면 A. R. 루리야가 쓴 책이 있어. 러시아인 솔로몬 셰르셉스키에 대한 연구 결과를 담은 책이야. 솔로몬 셰르셉스키가 어떻게 칠십 개가 넘는 숫자의 목록들을 단숨에 외웠는지 알아? 감각을 담당하는 변연계가 보통 사람들보다 엄청나게 발달했던 거야. 숫자를 소리, 색, 맛, 냄새, 촉감으로 변환시키고는 머릿속으로 상상의 길을 떠올리지. 그다음에는 그냥 그 길을 걸어가면 되는 거야. 마치 동네 골목을 걸어가듯이 말이야. 아, 이 시끄러운 목소리는 그 앞에서 허구한 날 죽치고 앉아서 술을 마시는 동네 사내들이 내는 소리일 테니 근대화슈퍼이겠고 그다음에는 바람이 불면 매달린 철물들이 절렁대는 소리가 들리니 우리철물점, 이 기름진 냄새는 홍콩반점에서 나는 것이렷다.

바로 이런 식이지. 마찬가지야. 책은 도서카드 따위로 분류되는 게 아니라 내 마음속의 도서관을 따라 꽂히지. 위험한 책은 빨간색으로 보이고 경쾌한 책은 파란색이야. 폐기해야 할 책에서는 쓰레기 냄새가 나. 뻔할 뻔자라구. 이 향신료 냄새는 뭔가? 바로 A. R. 루리야의 책이지."

그건 내가 아니라 포스트 공야장을 꿈꾸는 아까 그 사서를 향한 훈계였다. 포스트 공야장은 시스템을 통해서 완전한 사서가 되는 걸 꿈꾸고 있었고, 공야장은 오감의 기억으로 그 길에 도달하려고 했다. 어쨌든 내가 찾아온 목적은……

"선풍기 수집가에 대한 책이 있는지 알고 싶어서 왔습니다."

"뭐?"

"선풍기 수집가에 대한 책이 이 도서관에 있다고 들었습니다."

"옳지. 시원한 바람 말이구나."

"예, 그렇습니다."

"시원한 바람 중에서도 산들산들 봄바람이야. 많은 사람들이 그 봄바람을 쫓아다니지. 보리 색깔을 돌아가면 있어. 어, 그런데……"

갑자기 공야장 선생이 머리를 감싸쥐었다.

"이상하다, 이상해. 어떤 놈이 내 서가를 무너뜨렸다. 보리 색깔과 산들산들 봄바람이 서로 뒤엉켜 엉망이 되어버렸어. 어디였더라? 어떤 놈이냐? 어떤 놈이 내 서가를 이렇게 엉망진창으로 만들어버렸느냐? 네놈이렷다. 틀림없이 네놈이 내 밥에 독을 탔으렷다."

공야장 선생은 소리를 버럭버럭 지르며 길길이 날뛰었다. 나는 당황스러웠다. 그 소리를 듣고 사서와 여직원이 들어왔다. 그들은 날뛰는 공야장 선생의 두 팔을 잡고 연신 진정하라고 애원했다. 몇 번 그들을 뿌리치는가 싶더니 선생은 주름투성이 얼굴로 굵은 눈물 한 방울을 떨어뜨리고는 이윽고 잠잠해졌다.

여직원이 공야장 선생을 부축해서 밖으로 나갔다.

"선생님은 좀 쉬셔야만 합니다. 무슨 말씀을 하셨기에 선생님이 발작하신 건가요?"

사서가 추궁하듯이 물었다. 나는 공야장 선생과 나눈 대화를 그에게 들려줬다. 사서는 잠시 뭔가 생각하는 눈치였다.

"아무튼 그만 돌아가십시오."

나는 공야장 선생이 한 말을 사서에게 전했다.

"선생은 누군가가 자신의 밥에 독을 탔기 때문에 기억 속의 도서관이 망가졌다고 하던데요."

그 말이 끝나기도 전에 사서가 내 팔을 잡았다.

"뭔가 오해가 있는 모양이군요."

사서는 내 팔을 잡아끌고 로비로 나갔다.

"혹시 알로이스 알츠하이머라는 사람에 대해서 아십니까?"

사서가 선풍기 바람을 맞으면서 말했다. 물론 모르는 사람이었다.

"작가라고 하셨죠? 그럼 알아둬서 나쁠 건 없습니다. 1907년 알츠하이머 병을 처음 발견한 독일의 내과의사입니다. 그는 육십오

세 이하인 사람들의 치매증을 설명하기 위한 열쇠를 찾으려고 사체를 해부했다고 하죠. 그 결과 생전에 치매증을 앓았던 사람들의 뇌조직이 퇴화된 세포의 파편 속에 무질서하게 뒤엉켜 있는 걸 발견했습니다. 정보의 분류체계가 망가졌다는 뜻이죠. 기억력의 대가인 공야장 선생이 환각 속에서 본, 무너진 서가가 바로 그것입니다."

"그렇다면?"

"그렇죠. 선풍기 수집가에 대한 항목을 담당하는 뇌세포, 당신이 들은 바에 따르면 공야장 선생만의 분류법인 '산들산들 봄바람' 항목을 담당하는 뇌세포가 노화로 죽어버린 겁니다. 매일 그렇게 세포들이 죽어가기 때문에 우리가 지금 황급히 정리작업을 하는 겁니다. 사실 사서에게 이제 기억력은 필요 없습니다. 컴퓨터가 기억하면 되는 일이니까요. 이제 사서는 예전처럼, 그러니까 공야장 선생 세대처럼 기억력의 대가가 아니라 분류의 대가이면 됩니다."

그렇게 말하면서도 사서는 뭔가 다른 생각에 빠져 있는 듯했다.

"오해해서 죄송합니다. 어쨌든 선풍기 수집가에 대한 책을 찾을 길은 요원해졌군요."

내가 사과했다.

"지금은 공야장 선생의 기억력에만 의존해서 책을 찾는 게 빠르지만, 때문에 선생이 돌아가시기라도 하면 여간 곤란한 일이 아닙니다. 일일이 다 수작업으로 목록을 작성하는 수밖에 없지요. 제가 그 일을 할 겁니다. 그때라도 그런 책이 발견되면 연락드릴 테니,

연락처를 남겨두세요."

나는 사서가 건넨 종이에다 펜으로 연락처를 쓰려고 했지만, 선풍기 바람 때문에 제대로 쓰기가 힘들었다.

"상당히 바람이 세군요. 잠시 멈추게 할 순 없습니까?"

"공야장 선생이 살아 있는 동안에는 어쩔 수 없습니다."

하는 수 없이 나는 몸으로 바람을 가리고 연락처를 썼다. 글씨가 비뚤비뚤했다. 연락처를 건넨 뒤, 나는 사서에게 인사했다. 사서가 어색한 웃음을 지으며 내게 잘 가라고 했다.

공야장 도서관 음모사건의 진상

다음날, 집으로 찾아온 친구가 이런저런 소문들을 떠들어대다가 이렇게 말했다.

"더워죽겠다. 이렇게 더운데도 살인하는 인간이 다 있더라. 더운 날, 살인하면 땀이 날까, 안 날까?"

냉장고에서 주스를 꺼내며 나는 아무렇게나 대답했다.

"열심히 하면 땀이 날 것이고, 그러지 않으면 안 날 테지."

헥헥거리며 내놓은 주스를 쭉 들이켜더니 친구가 말했다.

"결국 그 공야장이 사서에게 살해됐다. 소문이 사실이 된 셈이지 뭐."

그 말에 깜짝 놀란 나는 하마터면 입에 든 노란 주스를 친구의 얼굴에 뿜을 뻔했다.

"정말이야?"

"그럼, 이 신문에 나와 있는걸."

친구가 건네는 신문을 받아들고 기사를 읽었다. 로비의 큰 선풍기를 끄는 문제로 사서와 공야장이 말다툼을 벌이다가 얼떨결에 사서가 공야장을 밀쳤는데, 그만 바닥에 머리를 부딪혀 죽었다는 내용의 기사였다.

"말도 안 돼."

내가 소리쳤다.

"물론 말도 안 되지. 하지만 세상에는 말도 안 되는 일투성이야."

친구의 대꾸였다. 그러나 그런 문제가 아니었다. 나는 선풍기를 사간 사람의 연락처를 황급히 찾았다. 친구는 여전히 주스를 들이켜며 선풍기 타령을 하고 있었다. 선풍기 바람을 너무 오래 쐬면 정신이 좀 이상해진다는 게 녀석의 주장이었다.

녀석이야 떠들든 말든 나는 선풍기 유폐자에게 전화했다.

"안녕하세요? 선생의 선풍기를 되팔았던 사람입니다. 한 가지 여쭤볼 게 있어서 전화드렸습니다."

"말씀하시죠."

"왜 지난번에 제게 왔을 때, '저는 선풍기를 유폐하는 사람입니다. 마치 공야장 선생처럼 말이죠'라고 말하지 않았나요?"

"공야장 선생 때문에 전화하신 거군요. 저도 오늘 신문을 읽었습니다. 살해 동기치고는 참 사소하더군요."

"그때는 무슨 뜻으로 그런 말씀을 하신 겁니까?"

잠시 사이를 두고 그가 말했다.

"별 뜻 없었습니다. 공야장 선생도 희귀본을 유폐시키고 있었기 때문이죠. 복권을 예로 들죠. 만 장 중에 당첨복권이 한 장 들어 있다고 칩시다. 당첨번호를 발표하지 않는 한에는 모든 복권은 당첨확률이 만분의 일이 될 겁니다. 희귀본이라는 것도 마찬가지입니다. 공야장 선생처럼 희귀본을 수집하는 사람은 아직 발견되지 않은 책이 있어야만 존재의의가 있는 것이지요. 우리가 그런 식으로 존재할 수 있다는 건 참 의미심장한 얘기입니다. 예컨대 선생 역시 불후의 소설을 쓰게 된다면, 그후에는 소설가로서 존재의의가 사라집니다. 불후의 소설을 이미 썼으니까요. 저라면 만약 불후의 소설을 쓰게 된다고 해도 그 소설을 발표하진 않을 겁니다. 자신의 존재의의를 스스로 없애버리는 우를 저지르고 싶진 않으니까요. 눈치채셨는지 모르지만, 공야장 선생이 도서관을 만들었다는 건 이제 모든 희귀본을 없애버리겠다는 뜻이나 마찬가지였습니다. 그래야 수집가로서 자신은 영원토록 살아남지 않겠습니까?"

그제야 사정이 어떻게 돌아가는지 알 것 같았다.

"그래서 사서가 공야장 선생을 죽인 모양이군요."

"뭐, 그럴까요? 아무튼 지금 저는 튼튼한 선풍기를 하나 제작하고 있는데, 완성하는 대로 제일 먼저 선생에게 드리겠습니다."

전화를 끊고 나는 경찰서로 달려가 희귀본에 얽힌 공야장과 사서의 암투에 대해서 얘기했다. 공야장의 방대한 서가에서 돈이 될 만한 희귀본을 전혀 찾을 수 없었던 사서는 목록을 만든다는 핑계로 공야장에게 희귀본의 위치를 날마다 물었다. 하지만 이미 희귀본을 없애버린 공야장은 그때마다 치매에 걸린 사람처럼 행동했다. 공야장이 입을 열지 않아 도서관에 어떤 희귀본이 있는지 정확하게 알지 못했던 사서는 내게서 선풍기 수집가에 대한 책을 열람하고 싶다는 말을 듣고는 공야장이 자신을 속이고 있다는 사실을 깨달았다. 사서도 인정하듯이 공야장 같은 기억의 명수들은 죽을 때까지 치매에 걸리지 않는다. 화가인 조지아 오키프는 구십대 초반, 노안으로 시력이 약해지자 새로 도예를 배웠다. 이런 예는 무수하다. 그 사실을 사서는 너무 늦게 깨달았다.

그와 거래하던 고서적상의, "곧 눈이 뒤집힐 만큼 진귀한 책을 가져오겠다고 늘 말했습니다"라는 증언을 확보한 경찰은 사서의 집을 압수수색해서 공야장 도서관에서 빼돌린 책을 찾아냈다. 증거를 제시하자, 마침내 사서는 희귀본이 탐나서 공야장 도서관에 취직하게 됐다고 말했다.

"사서직은 얼마나 힘든지 모릅니다. 아이들은 책의 가치보다 더 빨리 자라지요. 책에서는 쌀도, 떡도 나오지 않습니다. 게다가 저는 기억의 명수도 아니란 말입니다. 사서로서 아무런 재능이 없어요. 이런 판국에 책 한 권만 팔면 일 년 치 봉급을 벌 수 있는데 누가 그런 길을 가지 않겠습니까? 정말이지 선생님을 죽이려는 마음은 손톱만큼도 없었습니다. 설사 선생님이 그간 수집한 희귀본을 모두 없앴다고 해도 제가 선생의 나이가 될 즈음에는 지금 소장본 중에서도 희귀본이 나올 게 분명하니까요. 하지만 그 긴 세월을 기다리는 일이 제게는 너무나 힘들었습니다. 아이들은 커가고 재능은 없고…… 흐흐흐. 하루종일 돌아가는 선풍기 아래에서, 앞으로 보내야만 할 시간만 오십 년이라니."

결국 그는 시간만 흐른다면 저절로 희귀본들이 그 모습을 드러낼 것이라는 걸 알면서도 살인자의 길을 간 셈이었다.

없는 책

"사실 나는 그 사서한테 동정심이 들어."

경찰서에서 돌아오는 차 안에서 친구가 말했다.

"왜?"

"기약 없이 세월을 견디는 일이 세상에서 제일 힘드니까. 날마다 한 가지 일만 열심히 하면 누구나 위대해질 수 있다는 걸 누가 모르겠어? 하지만 길고도 험한 동굴의 한쪽 끝에서 출구를 찾아

헤매는 사람의 심정을 상상해봐. 오직 두렵고 불안할 뿐이겠지. 과연 그 동굴에서 빠져나갈 수 있을지 없을지 확인할 방법이 없으니까. 그럴 때 희망이란 너무 가혹하잖아."

"그렇게 치자면 나는 공야장 선생 쪽이 더 마음에 들어."

"어떤 점에서?"

"당첨번호가 아직 발표되지 않은 날의 복권들이라면 꽤 매력적이지 않아? 아마 영원히 당첨번호가 발표되지 않는 것, 그게 바로 공야장 선생이 생각하는 인생일 거야. 평생 희귀본만 수집한 위대한 사서만이 할 수 있는 생각이랄까."

"그나저나 너는 어떡하니?"

"뭘?"

"선풍기 수집가에 대한 소설을 쓰지 못했잖아. 덕분에 탐정 노릇은 재미있게 했지만."

"쓸 수 없을 거야."

"왜?"

"공야장 선생이 유폐시켰다는 그 선풍기 수집가에 대한 책이 계속 마음에 걸려. 그 책보다 더 잘 쓸 수 있을까? 자신이 없네."

"결국 없는 책이 너의 경쟁 상대라는 뜻이구나. 명작을 쓴다고 하더라도 확인할 길은 없고. 결국 글쟁이들이란 읽어볼 길이 없는 위대한 책만큼 좋은 책을 써야만 하는 자들이군."

"그럴지도 모르지."

사랑이여, 영원하라!

대지 위의 모든 것은 죽어가리라 ─ 어머니도, 젊음도,
아내는 변하고, 친구는 떠나가리라.
그러나 그대는 다른 달콤함을 배워라,
차가운 북극을 응시하면서.
─ 알렉산드르 블로크

빗소리

그날 밤, 쏟아지는 비를 잔뜩 맞은 태섭은 사무실로 올라가는 계단에 앉아 있는 한 여자를 봤다. 몸에 달라붙는 하얀 민소매 티셔츠와 허벅지가 드러나는 짧은 스커트를 입은 그 여자는 태섭이 나타난 줄도 모르고 절반 정도 노랗게 물들인 머리를 무릎에 처박고 있었다. 태섭의 사무실이 입주한, 뒷골목의 더럽고 오래된 건물의 출입문은 열고 닫을 때마다 삐거덕거리는, 낡은 나무문이었다. 처음에야 멋있었는지 모르겠지만, 세월이 흐르는 동안 그 나무문은 형편없이 망가졌다. 바람과 빗줄기는 결을 따라 나무를 뒤틀었고, 덕분에 문은 제대로 닫히지 않았다. 하지만 건물에 입주한 사람들은 그 문에 대해 불평하지 않았다. 대부분의 시간 열어두기 때

문에 닫히지 않는다고 해서 불만을 품을 리는 없었다. 밤이 되어도 그 문을 닫으려는 사람은 없었다. 해서 비를 피해 계단으로 들어온 여자일지도 몰랐다. 하지만 그렇다고 젊은 여자가 어쩌자고 비내리는 밤에 그런 뒷골목의 수상쩍은 건물의 어두운 계단에서, 그것도 졸면서 비를 피하게 된 것일까? 태섭은 사무실 열쇠를 흔들면서 그 여자가 앉아 있는 계단까지 올라갔다. 태섭이 나무로 만든 계단을 소리내어 밟고 올라가는 동안에도 여자는 아무런 움직임도 보이지 않았다. 이윽고 태섭은 고개를 무릎에 파묻고 앉아 있는 그 여자의 바로 옆에 섰다. 밟을 때마다 삐거덕거리던 나무계단에서는 이제 아무런 소리도 나지 않았다. 대신에 건물 뒤편에서 둔탁한 소리가 규칙적으로 몇 번 들렸다. 누군가 쓰레기를 건물 뒤편으로 던지는 것 같았다. 사람들은 늘 쓰레기를 검은 비닐봉지에 넣어서 창밖으로 던졌다. 자연스럽게 건물 뒤편에는 쓰레기장이 형성됐다. 거기는 집 잃은 고양이들과 개들의 놀이터였다. 버림받은 동물들의 거처. 어느 겨울엔가 부랑자 한 명이 쓰레기 더미 속에서 얼어죽은 일도 있었다. 그 부랑자는, 말하자면 쓰레기였던 셈이었다. 아래층에서 새어나오는 보안등의 흐린 불빛을 제외하면 계단에는 그 어떤 불빛도 없었다. 그 희미한 보안등 불빛이 여자의 어깨를 더듬고 있었다. 태섭은 손을 뻗어 그 어깨를 건드렸다. 여자의 몸이 움찔거렸다. 어깨는 많은 얘기를 태섭에게 들려주고 있었다. 태섭은 그 여자를, 더 정확하게는 그 어깨를 이미 알고 있었다. 쓰레기가 떨어지는 둔탁한 소리에 이어 어디선가 자동차 시동 거는 소리가 들릴 때, 태섭은 여자의 어깨에서 손을 떼고 주머니에서 담배를 꺼내물었다. 파란 라이터 불꽃이 잠시 태섭의 눈앞에서 어른거리다가 사라졌다. 여자는 여전히 무릎에 얼굴을 묻은 채 앉아 있었고, 태섭은 어둠 속으로 연기를 내뿜었다. 불빛이 희미했으므로 마치 렘브란트의 자화상처럼 어둡고 우울한 풍경이었다. 그 우울한 풍경 속으로 하얀 연기들이 흔적도 없이 사라졌다. 이윽고 태섭은 반이나 남은 담뱃불을 가운뎃손가락으로 툭 쳐서 꺼버렸다. 일층 문밖까지 날아간 담뱃불은 이내 소리를 내며 꺼졌다. 담배를 피우고 난 태섭은 다시 여자의 맨어깨를 잡았다. 다시 그 어깨가 이야기를 들려줬다. 비단에 감싸인 밤처럼 편안하고 나른한 이야기들. 그제야 태섭은 그 여자가 누군지 알 수 있었다. 언젠가 술집에서 만난, 선희란 이름의 여자였다. 처음 만난 자리에서 태섭을 사랑한다고 말해서 꽤 오래 웃었다. 그러더니 선희는 사는 게 너무 힘들다고, 그러니 같이 살자고 말해 웃고 있던 태섭을 당황시켰다. 태섭은 한동안 선희의 어깨를 만지작거렸다. 흐린 빛을 받아 해안선처럼 윤곽만 보이는 어깨가 태섭의 눈 속으로 들어왔다. 태섭의 목젖이 어둠 속에서 조금씩 떨렸다. 태섭의 주위에는 여전히 빗소리가 있었다. 빗소리는 옛날의 파도 소리처럼 태섭의 귓바퀴를 둥글게 둥글게 굴렸다. 선희는 천천히 고개를 들어 태섭을 올려다봤다. 어둠 속에서 보이지 않는 태섭의 눈과 선희의 눈이 서로 마주쳤다.

울고 있었구나. 태섭이 눈으로 말했다. 음절들이 목 안에서 울리다
가 사라졌다. 선희의 눈 속에도 비가 내리고 있었다. 태섭은 선희
의 몸을 일으켜세웠다. 그러고는 선희의 하얀 목덜미에다 입을 맞
췄다. 입을 맞추는 순간, 목덜미가 꿈틀거렸다. 이젠 괜찮을 거야.
태섭의 입술이 조금 움직였다. 선희는 태섭을 껴안았다. 잔뜩 힘
을 줬으나 부드러운 밤과 같은 손길이었다. 그들은 비틀거리며 계
단을 올라가 맞은편 나이트클럽 간판의 현란한 불빛이 명멸하는
어두운 사무실에서 허겁지겁 옷을 벗고 소파에 앉은 채 사랑을 나
눴다. 선희가 가끔 소리를 냈지만, 사랑이 끝날 때까지 들려온 건
주로 빗소리와 소파가 흔들리는 소리뿐이었다. 그리고 조금 지나
빗소리 사이로 누군가 쓰레기를 내던지는 둔탁한 소리가 다시 들
렸다.

바다로!

"원래는 바다로 가려고 했어요. 여기가 아니라."
선희는 어둠 속에서 담배연기를 내뿜으면서 말했다. 태섭은 소
파에 누워 빗소리를 듣고 있었다. 빗소리는 항상 겹쳐서 들렸다. 가
까운 쪽에서 먼 쪽까지. 선희는 태섭이 자기 얘기를 듣고 있는지 궁
금한 듯, 그가 있는 쪽을 힐끔거리고 난 뒤 다시 연기를 내뿜었다.

"괘종시계처럼 하루에도 열두 번이 넘게 내 머릿속으로는 '바다로! 바다로!'라는 말이 울렸어요. 모든 것은 끝이 나버렸고, 캄캄해. 바다로!"

"그런데 왜 바다로 가지 않고 여기로 온 거야?"

태섭이 높낮이가 없는 목소리로 물었다. 선희는 한숨을 길게 내쉬었다.

"지금 여기가, 내가 앉아 있는 여기가 바다나 다름없는걸. 여기가 끝인걸."

태섭은 왼손으로 팔베개를 하고 오른손으로 성냥갑을 만지작거리면서 선희의 말을 들었다.

"집에 무슨 일이라도 생긴 건가?"

태섭의 말에 선희는 두 발을 의자 위에 모아 올리고 웅크린 자세로 잠시 참고 있다가 이내 얼굴을 무릎에 묻고 울기 시작했다. 그녀가 아직 쥐고 있던 담배에서 나이트클럽의 불빛을 받은 연기가 부드러운 선을 그리며 허공으로 피어오르고 있었다. 연기는 진한 하나의 선에서 시작돼 여러 갈래로 나뉘었다. 가끔씩 울음을 참으려는 듯 선희의 어깨가 들썩거렸고 그때마다 연기도 심하게 흔들렸다. 잠시 후, 선희는 들고 온 가방에서 휴지를 꺼내 눈물을 닦은 뒤 소리를 죽여 코를 풀었다. 그러고는 면접시험에서 취미에 대해 말하듯 태섭을 바라보며 무덤덤하게 말했다.

"아빠가 죽었어요."

태섭은 그녀의 아버지가 병을 앓아 오랫동안 누워 있었다는 사실을 알고 있었다. 그녀의 아버지는 바닷가에 심어진 식물이나 다름없었다. 간조와 만조에 따라 흔들리는 수초 같은. 도시로 도망쳐온 이래, 그녀는 매달 집에 돈을 얼마간 송금했다. 그녀가 송금한 돈으로 여동생이 아버지의 병시중을 들었다. 그녀는 태섭에게 동생이 보낸 편지를 몇 번 보여주기도 했다. '난 하루에도 몇 번씩이나 아빠가 빨리 죽었으면, 하고 생각해. 난 나쁜 년이야. 하지만 언니를 미워하지는 않아. 어쨌든 돈을 보내주니까. 나는 바다가 싫어.'

"언제?"

"며칠 전에."

태섭은 아버지가 죽는다는 게 어떤 의미인지 잘 몰랐다. 태섭에게는 원래 아버지가 없었으니 아버지의 죽음도 없었으며, 또 없을 것이다. 태섭은 아무런 말 없이 계속 성냥갑을 만지작거렸다. 성냥갑이 조금씩 구겨지기 시작했다.

"무슨 생각 해요?"

"그냥. 죽기를 바랐던 사람의 시체를 보면 기분이 어떨까?"

그녀는 들고 있던 담배의 불이 모두 꺼진 것을 보고 꽁초를 바닥에 던져버렸다.

"속이 다 시원하겠죠."

"왜 안 간 거니?"

선희는 아무런 말이 없었다.

"어쨌든 여동생은 이제 바다를 떠날 수 있겠구나. 그것만 해도 다행이야."

선희는 어둠 속에서 고개를 끄덕였다. 슬슬 태섭에게 피로가 몰려오기 시작했다. 태섭은 눈을 감아도 보이는 그 어둠을 쳐다봤다. 선희는 창문 너머로 깜빡거리는 간판 불빛을 바라보다가 문득 말했다.

"우리 같이 살아요."

선희가 또 그 말을 했다. 태섭은 웃지 않았다. 아무런 말도 하지 않았다. 서서히 잠에 빠져들고 있었던 것이다. 그래서 말하지는 않았지만, 태섭은 생각했다. 난 네 아버지가 아니야.

"혼자 사는 건 너무 끔찍해. 우리 같이 살아요. 제발."

태섭은 이미 어둠에 익숙해졌다. 태섭이 아무런 말도 하지 않자, 선희는 고개를 숙이고 다시 울기 시작했다.

모퉁이

태섭은 모퉁이를 돌았다. 어둠이 골목 곳곳을 차지하고 있었다. 태섭은 어두운 골목 안으로 들어가다가 본능적으로 걸음을 멈췄다. 골목 저편에서 어두운 그림자들이 달려오고 있었다. 태섭은 얼른 옆에 있는 건물 계단으로 몸을 피했다. 태섭은 계단 벽에 몸을 붙이고 달려오는 발소리를 들었다. 귀를 기울이니 마구 뒤엉킨 여러 명의 발소리와 함께 턱까지 차오른 숨소리가 뒤섞여 들렸다. 정확하게 무슨 일인지 알 수 없었지만, 아마도 쫓기는 사람과 뒤쫓는 사람일 거라는 생각이 들었다. 태섭이 몸을 피한 계단 근처에 이르러 도망자는 뒤쫓던 사람들에게 잡히고 말았다. 어둠 속에서 태섭은 그 광경을 고스란히 훔쳐볼 수 있었다. 도망자는 등을 걷어차인 뒤, 빗물이 고인 웅덩이에 머리를 처박고 쓰러졌다. 처음에는 어린 학생인가는 생각도 들었지만, 곧 쓰러진 자가 난쟁이라는 사실을 태섭은 알 수 있었다. 세 명의 경찰이 쓰러진 난쟁이를 둘러쌌다. 한 경찰이 구둣발로 난쟁이의 뒷목을 밟고 있는 동안, 다른 경찰이 난쟁이의 손을 뒤로 돌린 뒤에 수갑을 채웠다. 난쟁이의 뒷목을 밟고 있던 사내와 태섭의 시선이 마주쳤으나, 사내의 시선은 태섭이 마치 투명인간이라도 되는 양 태섭의 몸을 통과해 그 뒤쪽 어둠을 향했다. 태섭은 이 난쟁이를 알고 있었다. 그 난쟁이는 이 나라에 유일하게 남은 서커스단에서 공을 던지고 접시를 돌렸다. 서커스단은 두 달 전에 이 동네로 들어왔다. 동네 한쪽 공터에 공연을 위한 천막을 설치한 뒤, 그 난쟁이와 피에로와 원숭이와 코끼리를 앞세운 서커스단이 시장 쪽을 돌아다녔다. 태섭이 그 난쟁이를 처음 본 건 그 선전 퍼레이드에서였다. 난쟁이는 짧은 다리로 우스꽝스럽게 시장 거리를 뛰어다니거나, 사람들에게 전단을 배포하다가 기분이 좋으면 누가 시키지 않아도 텀블링을 했다. 난쟁이의 손목에 수갑을 채운 경찰은 기름이 둥둥 떠 있는 웅덩이에 얼굴을 파묻고 있던 난쟁이를 일으켜세웠다. 그들은 사이보그처럼 아무런 소리도 내지 않았다. 몸을 일으킨 난쟁이는 빗물을 뱉으면서 소리를 질렀다. 개새끼들, 이라든가 씨발, 혹은 좆같은 같은. 난쟁이의 뒷목을 밟았던 경찰이 난쟁이의 얼굴을 주먹으로 때렸다. 생 나뭇가지가 부러지듯이 둔탁한 소리가 났다. 난쟁이의 코에서 피가 쏟아졌다. 코는 부러졌으리라. 난쟁이는 오른손으로 코를 한번 만져본 뒤에 코를 훌쩍이며 구슬피 울었다. 난쟁이를 붙잡고 서 있던 두 명의 경찰 중 한 명이 난쟁이의 머리칼을 잡아 뒤로 당겼다. 하지만 코피는 빗물과 범벅이 되어 얼굴로 흘러내렸다. 두 명의 경찰이 난쟁이를 데리고 큰길 쪽으로 나가자, 난쟁이의 뒷목을 밟았던 그 경찰이 다시 태섭이 있는 계단 쪽을 빤히 쳐다보면서 담배를 꺼내물었다. 이번에는 그 경찰이 자신을 알아본 게 확실하다고 생각했으나, 이내 자신이 아닌 다른 것을 본다는 걸 태섭은 또 깨달았다. 그 경찰은 잠시 후, 동료들이 먼저 떠난 큰길 쪽으로 나갔다. 그들이 사라진 뒤에도 한참 동안이나 계단 옆에서 꼼짝도 하지 않고 서 있다가 태섭은 조심스레 길가로 나왔다. 태섭은 아까 그 경찰이 담배를 피우던 자리에 서서 자신이 서 있던 곳을 쳐다봤다. 열린 문이 보였고, 문 뒤로는 어둠뿐이었다. 태섭은 한참 동안 그렇게 서서 어둠을 쳐다보다가 그들이 걸어간 반대쪽으로 몸을 움직였다. 멀리서 둔탁한 소리가 들렸다. 다시, 태섭은 모퉁이를 돌았다.

최상품

"최상품이야. 주먹 크기로 압축된 금덩어리라고나 할까. 마법을 걸기만 하면, 그 녀석은 가방 하나를 가득 채울 만한 크기로 불어나지."

"그런 물건을 어떻게?"

"간단해. 우린 절대로 손을 대지 않아. 우우우, 절대로 안 되지. 어떤 여자의 구두 뒤축에 들어 있어. 그년이 구두 뒤축을 부러뜨리기라도 하면 여러 명의 목이 날아가지. 그러니 아주 조심해야 해. 우리에겐 신데렐라의 구두보다도 더 소중한 보물이니까."

"그 여자도 그쪽 조직원입니까?"

"자세한 건 나도 몰라. 다만 우린 직접 손대지 않는다는 거야. 우리는 그 구두를 가져와서 그대로 다시 팔면 되는 거야. 우린 구두 장수인 거야. 우린 구두만 파는 거야. 동화 속에 나오는 유리구두 말이야. 정작 발에 맞는 사람은 따로 있어. 그 구두를 가져와. 그럼 모든 일이 끝나는 거야."

"모험이 아닐까요? 그런 일 우린 한 번도 해보지 않았잖아요."

"말했잖아. 난 이제 발을 뺄 수가 없어. 승기가 죽은 뒤로 나는 뒤도 안 돌아보고 여기까지 달려왔어. 이번 일을 제대로 해내지 못하면 우린 버림받을 거야. 너도 잘 알잖아. 나는 버림받는 게 제일 싫어. 이 일은 내 일생을 걸고 하는 도박이야. 도박이란 실패할 확률이 높을수록 좋은 거야. 판돈이 커지니까. 이번 일까지만 도와줘. 그러고 넌 미국으로 가면 돼. 이건 죽은 승기와의 약속이니까."

"난 갈 곳이 따로 없어요."

"네가 갈 곳이 바로 미국이야. 가서 다시는 돌아오지 마. 이건 여권과 비자, 비행기표 같은 것들이야. 구하느라 애를 먹기는 했지만, 나가는 데는 아무 문제 없을 거야. 난 이번 일을 성사시킨 뒤에 감옥에서 공부 좀 할 거야. 나는 야망이 큰 놈이야. 크게 한판 먹을 거야. 하지만 너는 미국으로 가. 네가 여기 있으면 성가셔. 승기가 죽기 전에 한 말이 있어. 자, 이거 받아."

"이게 뭐예요?"

"네 엄마가 살고 있는 곳의 주소야. 네 엄마. 무슨 말인지 알아듣겠어? 미국. 시애틀."

"내겐 엄마가 없어요."

"씨팔, 아무 상관 없어. 하지만 이건 나와 승기의 마지막 약속이야. 일이 끝나면 네 몫도 정확하게 나눠줄 거야. 제법 큰돈일 거야. 멋지게 차려입고 보란듯이 비행기를 타란 말이야. 물쓰듯이 돈을 써. 네 엄마 앞에서."

"설사 거기 살고 있다고 해도 엄마 따위는 보고 싶지 않아요."

"여기 없으니까 그런 거야. 하지만 미국에 가면 생각이 달라질 거야. 거기로 가."

"전 여길 떠날 수 없어요."

"선희는 잊어버려. 그년에게는 그냥 남자가 필요할 뿐이지, 네가 필요한 게 아니니까."

"선희 뱃속에는 지금 아기가 있어요."

"……"

"……"

"그럼 지우라고 해."

"엄마 때문에요?"

"넌 아직 애송이에 불과해. 뭐가 뭔지도 몰라. 그런 건 사랑도 아니야. 사랑은 돈으로 살 수 있어. 하지만 엄마는 돈으로 못 사. 우린 그걸 잘 알지. 죽기 전에 승기가 한 말이 있어서 이러는 거야. 난 그 말을 지켜야만 해. 애를 지우라고 해. 말을 안 들으면 발로 차버려서라도 애를 떼."

"그럴 수 없어요. 애가 문제가 아니라 나는 선희를 사랑해요."

"사랑이라면 잊을 수 있어. 다 잊을 수 있어. 여자를 잊어버려. 추억을 잊어버리고, 지난날들을 무덤 속에다가 묻어버려. 그리고 네 엄마를 찾아가. 네 엄마를 만난 뒤에도 여기가 그리우면 그때 다시 돌아와. 네 인생에 이런 기회는 다시 오지 않을 거야."

"……어떤 구두인가요?"

"검정색. 굽이 높고 두꺼워. 태국에서 어떤 여자가 샀어. 국적은 미국이지만, 한국말을 할 줄 알아. 그 여자에게 맞는 구두가 아니지. 그 구두에 발이 맞는 사람은 따로 있어. 널 보면 반할 거야. 넌 그런 놈이니까. 그 구두를 가져와. 그 구두를 가져오면 엄마에게 갈 수 있어. 그 구두가 너를 엄마에게 보내줄 거야. 넌 착하잖아. 언제나 그랬잖아."

나비

문이 열렸다. 태섭은 눈을 비비며 잠에서 깨어났다. 해는 벌써 중천을 지나 오후의 그 깊은 나른함 속으로 들어가고 있었다. 물을 찾아 머리맡을 더듬거리다가 그는 선희가 곁에 없다는 사실을 알았다. 그 사실은 어떤 감정의 해석도 없이 고스란히 태섭에게 전달됐다. 태섭은 몸을 일으켜 문을 열고 수돗가로 나가 스테인리스 그릇에 찔끔거리며 나오는 물을 한참 받은 뒤, 그대로 죄다 들이켰다. 선희는 벌써 나갔구나. 언젠가 선희가 복대로 배를 졸라매면서 그런 말을 한 적이 있었다. 우린 몰랐는데 그때 많은 사람들이 죽었대요. 그렇게 많이 죽었을 줄이야. 끔찍했대요. 임신부의 배를 대검으로 도려내고 아직 숨이 끊어지지 않은 아기를 공수부대원들이 끄집어냈대요. 언제부터인가 그런 풍문이 들려왔다. 다시 군인이 정치를 한다면, 제일 먼저 태섭 같은 이들을 희생양으로 삼을 게 분명했다. 태섭은 본능적으로 그런 위기감을 느꼈다. 찬식은 사회가 어지러운 틈을 타서 크게 한 건 해야 한다고 했지만, 어쩌면 바로 그 때문에 두 사람은 어려움에 직면할 수 있었다. 태섭은 다시 물을 가득 받아 들이켰다. 그리고 수돗가에 걸터앉았다. 선희가 그간 술집에 다니면서 모은 돈으로 구한 집이었다. 그 동네 대다수의 집들이 그렇듯 국유지에 최소한의 자재로 대충 얼기설키 지어 집처럼 보이게 만든, 그런 집이었다. 집 같은 건 아무래도 좋았다. 그건 중요한 문제가 아니었다. 중요한 건 그게 집처럼 보이자, 태섭에게 책임감이 생겼다는 사실이었다. 아이가 태어나면 태섭도 아버지가 될 것이었다. 시간이 흐르면 자기 같은 사람도 아버지가 된다는 사실을 태섭은 도무지 이해할 수 없었다. 자기 아버지도 시간이 흐르다보니 아버지가 된 것일까? 태섭은 가끔씩 그게 궁금했다. 아버지란 도대체 어떤 사람일까? 자기 안에도 아버지의 흔적은 남아 있을 텐데, 과연 어디가 아버지를 닮았을까? 아들이 없다면 아버지도 없다. 반대로 아버지가 없다면 아들도 없다. 그렇다면 태어날 때부터 아버지가 없었다고 태섭이 말한다면, 그건 태어날 때부터 태섭도 없었다는 소리가 되는 것일까? 뜻도 모를 생각들이 이어졌다. 엄마 얘기를 처음 해준 사람은 고아원에서부터 같이 지내던 승기였다. 어린 태섭에게 승기는 아버지나 마찬가지였다. 승기는 자신이 돌보는 아이들과 그러지 않는 아이들을 구분했고, 자신이 돌보는 아이들을 위해서라면 다른 아이들은 얼마든지 무자비하게 다룰 줄 아는 사람이었다. 결국 그렇게 자기편과 다른 편을 갈라서 서로 다르게 대한 일이 부메랑이 되어 승기를 죽음으로 몰고 갔다. 승기가 죽던 그날 밤, 승기 덕택에 목숨을 구한 찬식은 항상 죽은 친구의 마지막 소원을 기억하고 있었다. 그러니까 태섭을 미국으로 보내는 일. 찬식에게서 엄마가 시애틀에 살고 있다는 이야기를 듣고 난 뒤, 태섭은 가끔씩 자신에게 정말 엄마를 만나보고 싶은 마음이 하나도 없다는 것인가 의심해봤다. 엄마라는 게 있다가 없어졌다면 모르지만, 애당초 의식이 없는 아기 시절에 그를 떠났기 때문에 엄마는 원래 없었다고 말해도 상관없는 일이리라. 하지만 그럼에도 태섭은 가끔씩 엄마를 그리워했는데, 그때의 엄마는 추상적인 존재였다. 식민지에서 태어나 독립운동을 하는 사람이 생각하는 조국 같은 것. 막상 독립을 쟁취해서 조국이 생긴다면, 그는 당황할지도 모른다. 태섭은 사선으로 내리쬐는 여름 햇살을 맞고 있다가 앉은 자리에서 일어났다. 산이 가까운 동네였기 때문에 매미 소리가 귀를 때렸다. 매미가 울어대는 언덕을 넘어 한시간 남짓 걸어가면 도시의 북쪽을 병풍처럼 둘러싼 산이 나왔다. 그 산에 태섭은 한 번도 올라가본 일이 없었다. 태섭은 방 쪽으로 돌아가 문을 열려다가 문득 다시 황토색 플라스틱 슬리퍼를 고쳐 신고 흘린 물건을 찾기라도 하듯 땅바닥을 살피면서 자기가 앉아 있던 수돗가까지 걸어갔다. 긴장해서일까, 아니면 오랫동안 햇살을 받으며 수돗가에 앉아 있었던 탓일까? 아래쪽을 응시하는 태섭의 이마에서 땀방울 하나가 미끄러지더니 바닥으로 떨어졌다. 마침내 태섭은 쪼그리고 앉아 뭔가를 주워 올린 뒤, 햇살에 비춰 봤다. 태섭이 손에 든 건 죽어가는 나비였다. 태섭은 초등학생이 생물표본을 만지듯 엄지와 검지로 나비의 한쪽 날개를 조심스레 잡았다. 자신이 잡지 않은 다른 쪽 날개를 파닥이는 나비를 물끄러미 바라보던 태섭이 천천히 손가락을 비비자, 날개에서 먼지 같은 게 반짝이면서 떨어졌다. 태섭은 손가락에 좀더 힘을 주면서 앞뒤로 문질렀다. 나비의 날개가 점점 말리기 시작했다. 한동안 그 짓을 계속하더니 태섭은 성냥개비처럼 완전히 말린 채 죽어버린 나비를 흐린 그늘에다 집어던지고는 곧장 방문을 열고 뛰어들어갔다. 큰 소리를 내면서 문이 닫혔다.

시애틀

아시아를 여행하는 동안, 진영은 다양한 유형의 친절한 아시아 남자들을 만날 수 있었다. 일단 그녀는 눈부실 정도로 젊었고, 또 혼자 여행중이었으니까. 남자들은 그녀에게서 풍기는 미묘한 어떤 차이에 끌렸다. 그녀는 아시아인의 정체성을 가진 미국인이었는데, 아시아 남자들은 그걸 성적인 자유로움과 자주 혼동했다. 그녀는 남자들에게서 풍기는 다양한 종류의 냄새에 끌렸다. 그건 향신료 냄새일 수도 있었고, 천박한 욕망의 체취일 수도 있었고, 비열함으로 가득차 욕지기를 느끼게 하는 비린내일 수도 있었다. 한편으로 끌리면서도, 한편으로는 견딜 수 없을 정도로 역겨웠으므로 남자들이 그녀에게 호의를 베풀기 위해 다가올 때면 진영의 콧등으로는 종종 의지와 무관한 주름이 잡혔다.

태섭을 만날 때도 예의 그 주름이 잡혔다. 모든 일은 우연에 불과했다. 호텔을 나선 진영은 중심가의 복잡한 골목길을 빠져나가려다가 그만 길을 잃어버렸다. 당황한 진영이 두리번거리며 길에 서 있을 때, 근처에 태섭이 있었다. 다행히 진영은 한국어를 조금 할 수 있었고, 태섭도 간단한 영어 단어는 알아들을 수 있었다. 진영이 찾아가고자 한 곳은 북쪽 동네였다. 거긴 진영이 태어난 곳이었다. 다른 친절한 아시아 남자들과 마찬가지로 태섭은 진영이 자기가 태어난 집을 찾을 때까지 곁을 떠나지 않았다. 골목 끝에 있는 한옥의 대문을 보자마자 진영은 "아, 생각나요"라고 말했다. 그러자 그 대문을 보기 위해서 태섭이 진영 쪽으로 몸을 바짝 붙여왔다. 걸으면서 땀을 흘렸기 때문인지 태섭의 몸에서는 쉰내가 풍겼다.

사람들에게는 석사학위를 받고 연구소에 들어가기 전에 경험을 쌓기 위해 아시아로 여행을 떠난다고 떠들어댔지만, 기실 진영에게 그 여행은 이별의 고통을 달래고 자기혐오를 치유하기 위한 것이었다. 처음으로 찾아간 인도의 한 싸구려 호텔 화장실에서 진영은 변기를 붙잡고 토하며 펑펑 눈물을 쏟았다. 아직 고통이 남아 있어서이기도 했지만, 어떤 친절하고도 잘생긴 독일 남자가 건넨 마리화나에 취했기 때문이기도 했다. 마지막으로 마리화나를 피운 건 방콕에서였다. 역시 친절한 남자들은 도처에 깔려 있었다. 하지만 한국에서는 그 어떤 마약도 흡입해서는 안 된다는 사실쯤은, 비록 초등학교 때 미국으로 이민을 떠난 진영이었지만 잘 알고 있었다. 그후로 처음 찾은 한국이었다. 그전 해, 장기 집권하던 대통령이 부하에게 살해당한 뒤로 정세가 불안하다는 점이 찜찜하기는 했지만, 아시아를 돌아보는 김에 태어난 옛집에 와보고 싶었다.

옛집을 보고 돌아오는 길에 태섭은 자꾸만 진영에게 백설공주 같다고 말했다. 온몸이 까무잡잡해서 그게 늘 콤플렉스였는데, 백설공주라니. 진영은 좀 웃었다. 진영은 태섭에게 지난 5월에 그 나라에서 일어난 민간인 학살에 대해 물었고, 그는 별생각 없이 그 일로 자신은 쫓기는 신세라고 말했다. 정말이지 모든 일은 우연에 불과했다. 진영은 그 말을 잘못 이해해 태섭을 수배중인 학생운동가로 오해했다. 쉰내에도 불구하고(이렇게 말하는 게 당시 진영의 심정을 가장 잘 표현하는 것이리라) 그날 저녁에 진영이 태섭을 자기 호텔방까지 끌어들이게 된 건 오직 그 오해 때문이었다. 태섭으로서는 생각보다 일이 잘 풀린 셈이었다. 태섭은 잠들기 직전에야 자기가 하고 싶었던 말은 백설공주가 아니라 신데렐라였다는 걸 깨달았다.

모든 일시적인 관계는, 특히 우연한 만남이 다음날 새벽까지 이어진 경우라면, 잠에서 깨어나는 즉시 모르는 사람인 것처럼 자기 물건을 챙겨서 그 방을 빠져나오면 더이상 문제를 일으키진 않는다. 물론 그날 태섭이 챙겨서 가져와야 할 물건은 진영의 구두였다. 하지만 태섭은 새벽이 되자마자 방을 빠져나오지도 않았고, 진영이 방콕에서 친절한 아시아 남자에게 선물 받았다던 구두도 가져오지 않았다. 태섭은 한번 더 진영을 만나고 싶었던 것이다. 가면을 쓸 때, 우리는 서로 딱 한 번 만날 수 있다. 그게 규칙이다. 만약 두번째로 만난다면, 둘 중 하나는 상대방의 가면을 벗기고 실제 얼굴을 보고 싶어할 것이다.

진영은 미국에서 항암제를 연구하는 연구소에서 박사과정을 밟기 전에 마지막으로 조국이라는 곳에 찾아왔다. 그러나 그곳에서 그녀가 본 건 온통 가짜들뿐이었다. 그림자처럼 아무런 움직임도 없이 지면을 미끄러지듯 스쳐가는, 우울한 얼굴의 사람들. 연일 계속되는 각종 성명과 담화와 발표. 누구도 언급하지 않는 학살에 대한 사람들의 무의식적인 두려움. 그런 와중에 진영은 자신이 쫓기는 신세라고 밝힌 태섭을 만났다. 진영은 태섭이 다만 도피중인 학생운동가일 뿐만 아니라 조국의 진실된 모습이라고 생각했다. 어쩌면 진영은 태섭에게 자신이 생각하는 조국의 모습을 투사했는지도 모른다. 하지만 진실은 딱 한 번뿐이었다. 두 번 만나자 진실에서는 이상한 냄새가 났다.

태섭의 경우에는 최상품의 물건을 찾기 위해서 진영을 만났다. 그녀가 자신을 학생운동가로 오해를 하든 뒷골목의 건달이라고 생각하든, 그런 건 하나도 중요하지 않았다. 물건만 챙겨서 떠나면 그만이었다. 하지만 태섭은 떠나지 않았고, 결과적으로 한번 더 진영을 만나 가면 속 얼굴이 탄로난 것이었다. 그건 오로지 진영이 시애틀에 살고 있다고 말했기 때문이었다. 시애틀이라는 말에 태섭은 잊고 지내던 그리움을 느꼈다. 진영도 태섭을 오해했지만, 태섭도 진영을 오해하기는 마찬가지였다.

밤하늘

태섭은 밤이 늦도록 선희가 돌아오기만을 기다리며 집 앞 골목 어귀에 앉아 있었다. 이미 시간은 자정이 가까워오고 있었다. 가끔씩 술에 취한 남자라든가 어두운 표정의 아이들이, 축대에 기대어 시내 쪽을 바라보는 태섭을 피해 골목 저편으로 지나갔다. 거기 서 있으면 아래쪽 시내의 불빛이 한눈에 들어왔다. 조금만 지나면 저 불빛들도 모두 꺼지고 통금이 시작될 것이었다.

태섭은 주머니에서 담배를 꺼내물고 하늘을 올려다봤다. 산 가까운 곳에 보름을 앞둔 달이 떠 있어 밤하늘이 유난히 환했다. 태섭의 눈에 그 밤의 풍경은 비현실적으로 보였다. 오랫동안, 정성 들여 담배를 피운 뒤에 태섭은 손가락으로 퉁겨서 담뱃불을 밤하늘로 날렸다. 동시에 통금을 예고하는 사이렌 소리가 길게 울렸다. 붉은 불꽃은 포물선을 그리며 어둠 속으로 사라졌다. 태섭은 노래를 흥얼거렸다. 동그라미 그리려다 무심코 그린 얼굴……

그때 골목길 한쪽에서 한 여자가 뭔가에 쫓기듯 비틀비틀 언덕을 올라오고 있었다. 태섭은 흥얼거리던 노래를 멈추고 그 여자를 바라봤다. 어둠 사이로 여자의 왜소한 몸이 보였다. 태섭은 여자에게 다가갔다. 그 여자는 낯선 그림자가 다가오자 움찔거렸지만, 곧 그 그림자가 태섭이라는 걸 알고 긴장을 풀었다.

"웬일로 나와 계세요?"

태섭은 대꾸 없이 선희에게 다가갔다. 선희는 코를 킁킁거리더니 외쳤다.

"또 술 마셨구나. 요즘 되게 많이 마시네."

"그래, 술 마셨어. 오늘 찬식이 형이 잡혀갔어."

그러자 선희는 화들짝 놀라는 표정을 지었다.

"왜?"

"나도 몰라. 길을 걸어가는데 경찰들이 다짜고짜 잡아갔어. 다른 애들도 다 잡아가고 있어. 아직 물건도 안 들어왔는데, 왜 그런지 모르겠어. 경찰들이 모두 잡아가고 있어."

"그래도 그 사람은 뒤를 봐주는 사람이 있다고 했잖아요."

선희가 어둠 속에서 약간 떨리는 목소리로 말했다.

"요즘 같아서는 누구도 뒤를 봐주지 않아. 우린 그냥 이 길 위에 떨어져 있는 거야."

밤톨처럼 외롭게 떨어져서 우리는 서로만이 기억해주는 서로의 이름을 부르며 서서히 말라가고 있는 거지. 문득 태섭은 선희에게 미안하다는 생각이 들었다.

"나도 곧 잡혀갈 거야."

태섭은 고개를 돌렸다. 시내 쪽에서 하나둘 불이 꺼지기 시작했다. 이제 방범대원들이 골목을 돌아다니면서 쓰러진 취객이나 아직 귀가하지 못한 자들을 집으로 돌려보내거나, 파출소로 데려갈 것이었다.

"무서워."

"경찰에 잡혀갈까봐?"

"아니, 그런 게 아니고. 뭔지 모르겠지만 되게 무서워."

그러더니 태섭은 선희의 얼굴을 바라봤다.

"선희야, 미안해. 난 아직 아버지가 될 수 없어. 애를 포기해."

그 말에 선희는 눈을 크게 뜨면서 태섭을 쳐다봤다.

"그게 무슨 소리예요? 누군 아버지가 되고 싶어서 아이를 낳는 거야? 어른이 되면 다들 아이를 낳고, 그냥 그렇게 사는 거야. 힘들어도 서로 의지하면서 그냥 사는 거란 말이에요. 그냥 남들처럼 살면 되잖아요. 경찰에 잡혀가는 게 무서우면 다른 일을 하면 되잖아요. 내가 돈을 벌 테니까 다른 일을 하면서 그냥 사람 사는 것처럼 살면 되잖아요."

"사람 사는 것처럼 살 수가 없어. 무서워. 미안해. 미안해."

"무서워할 것 하나도 없어요. 그냥…… 그냥 말이에요. 다른 사람들처럼. 저기 저렇게 살아가고 있는 다른 사람들처럼. 아무 일도 없는 것처럼 멀쩡하게 살아가면 되는 거야. 우리라고 왜 그렇게 살지 못하겠어? 아이를 없애라고? 절대 그렇게는 못해요. 아버지가 돌아가신 지도 얼마 되지 않았단 말이야."

선희가 가리키는 시내 쪽에서 불빛들이 하나둘씩 사라지고 있었다. 그제야 선희는 태섭이 뭔가 이상한 마음을 먹고 있다는 걸 눈치챘다. 선희는 본능적으로 뒷걸음질쳤다. 태섭은 그런 선희에게 달려들어 그녀를 계단 아래로 굴러떨어뜨리려 했다. 하지만 그전에 이미 뒷걸음질치던 선희는 축대 아래로 굴러떨어졌다. 선희의 비명소리가 어두운 산동네에 울려퍼졌다. 태섭도 언덕 아래쪽으로 뛰어내려가면서 소리를 질렀다. 호루라기 소리가 길게 태섭의 귓전을 때렸다.

밤바다

태섭은 어둠 속에서 밤바다를 바라보고 있었다. 낮 동안 부두를 어슬렁거리면서 미국 국적의 화물선을 알아냈다. 며칠 동안 그는 밀항하기 위해 부둣가의 술집들을 돌아다녔지만, 밀항의 밀자도 꺼낼 수 없을 정도로 다들 서로를 의심하는 분위기였다. 어떤 사람들은 태섭에게 광주에서 왔냐고 노골적으로 물어보았고, 또 어떤 사람은 실제로 그를 신고하려고 전화기를 집어들었다. 결국 태섭은 혼자서라도 밀항해야겠다고 마음먹었다. 계속 어영부영 부둣가를 떠돌다가는 자신도 찬식처럼 어디론가 끌려갈지도 모른다는 생각이 들었다. 우선 여인숙에서 찬식이 자신에게 건넸던 여권과 주민등록증을 불에 태워버렸다. 자신의 정체가 탄로나던 날, 진영에게서 빼앗아 들고 온 구두의 뒤축에는 아무것도 없었다. 최상품의 물건은커녕 뭔가를 넣을 만한 공간조차 없었다. 진영이 구두를 바꿔치기한 게 아니라면 뭔가 착오가 생긴 것이 틀림없었다. 진영이 그런 물건을 빼돌릴 만한 여자가 아니라는 생각이 들었으므로 태섭은 착오라고 생각했다. 진영이 인도와 방콕에 머무는 동안 마리화나에 취해 있었다는 사실을 태섭은 상상조차 하지 못했다. 구두에 최상품이 없다는 게 밝혀졌으니 그 여권도 더이상 믿을 수 없었다. 자신을 증명할 모든 걸 불태워버리고 난 뒤, 태섭은 다음날 새벽에 일본으로 떠난다는 화물선에 몰래 올라탈 계획을 세웠다.

그는 방수가 되는 배낭을 구해 그 안에 비상식량, 랜턴, 칼, 옷가지 등을 넣었다. 해가 지기를 기다려 태섭은 검은 옷을 입은 뒤, 그 배낭을 들고 부둣가로 나갔다. 태섭은 거기서 오랜 시간을 들여 철

조망을 끊었다. 화물선이 있는 곳까지 기어가는 데는 그보다 더 오래 걸렸다. 누군가 그를 봤다면 틀림없이 무장공비라고 생각했을 것이다. 그는 화물선 가까운 부두의 컨테이너박스들 사이에 웅크리고 앉아 밤이 깊어지기만을 기다렸다. 거기서 느닷없이 태섭은 자신이 숙식하던 건물에서 밤마다 들리던 둔탁한 소리를 떠올렸다. 꽤나 춥군. 노래라도 부를까? 태섭은 좀더 편한 자세를 잡으려고 몸을 뒤척였다. 늦가을 추운 바람에 밤톨들이 굴러가듯이. 그때 멀리서 불빛이 솟아올랐다. 텅 빈 하늘로 불빛이 터졌다.

(미수록 단편)

뒈져버린 도플갱어

인화한 사진에는 분명 승민의 모습이 찍혀 있었다. 불가능한 일이었다. 그 사진을 찍은 사람이 승민이었으니까. 자기가 찍은 사진에 자기가 찍힌다는 것, 그건 이 물질세계의 법칙을 벗어나는 영역의 일이었다. 심령사진이라면 승민도 몇 번 본 일이 있었다. 대개가 믿기 어려웠으며, 나중에 조작된 사진으로 밝혀지는 경우가 많았다. 사진은 가장 현실적인 예술이다. 항상 사진기가 놓인 그 공간에서 시간의 가장 마지막 순간을 찍을 뿐이다. 단 하나의 시공간. 거기에 사진의 매력이 있었다. 그 시공간은 무엇으로도 대체할 수 없었다. 그런데 어떻게 사진을 찍는 사람이 사진 속에 들어갈 수 있느냐 말이다. 승민은 혼란스러웠다.

핏기 없는 시간과 공간

그 사진은 대학로 마로니에 공원의 여러 풍광을 촬영한 사진 중의 하나였다. 잡지사의 기자는 기획 의도를 설명하면서 시간의 흐름에 따라 시시각각으로 변하는 대학로의 모습을 입체적으로 바라보면서 가장 1990년대적인 공간을 시각적으로 사색하고 싶다고 말했다. 며칠 동안 가장 1990년대적인 공간이란 무엇일까 고민한 뒤 승민은 대학로가 열린 모습으로 비쳐졌으면 좋겠다는 결론에 이르렀다. 프레임의 바깥, 사진기가 포착하지 못하는 공간까지 담을 수 있도록. 하지만 사흘 동안 모두 사십여 통의 필름을 허비한 뒤에야 승민은 그게 불가능한 계획이라는 사실을 깨닫게 됐다. 프레임 밖의 시공간을 끌어들이기는커녕 프레임 안의 시공간마저도 논리가 결여된, 모순 상태로 존재했다. 대학로를 가득 메웠던 1980년대 노동자들의 행렬과 중앙선을 가로질러 방향을 꺾으려다가 자동차에 부딪혀 불꽃을 튀기며 날아가는 십대들의 오토바이를 한 프레임에 담을 수는 없었다.

고민 끝에 승민은 그렇다면 역으로 프레임 안에 보이는 것들을 하나하나 지워나가기로 했다. 프레임 안의 피사체들을 완전히 무시할 수는 없었지만, 텅 비어 있는 것처럼 보이게 촬영할 수는 있었다. 공허한 피사체들이 떠도는 핏기 없는 시간과 공간들이 프레임 안으로 들어오자 애당초 승민이 원했던 느낌이 미약하게나마 표현됐다. 거기에는 절대적인 무無가 있어서, 지금까지 흘러온 모든 시간과 공간이 그 안에 자리잡았다. 인화할 때마다 느끼는 일이지만, 사각형의 필름 안에서 빛의 입자를 모두 받아들인 부분, 즉 인화된 슬라이드에서 그저 투명하게만 나타나는 부분들은 단지 투명하다고만 하기에는 너무나 많은 것들을 담고 있었다. 승민은 그 여백을 사랑했으므로 대학로에서 찍은 사진들 곳곳에는 이 투명한 여백이 남아 있었다.

그런데 그 여백에 자신의 모습이 찍힌 것이다. 무無, 텅 빈 시간과 공간 안에 투명하게 감광되지 않고 자신의 형상대로 착색된 부분이 나왔다. 왜 이런 일이 일어났을까? 프레임 안을 비워서 모든 걸 담겠다는 승민의 욕망이 전이된 것일까? 심령과학에서 말하듯이 그 욕망이 물질화된 것일까? 혹시 승민은 자신의 또다른 존재를 본 건 아닐까? 옛날이야기 속에 나오는 분신을? 거기에 누가 있었을까? 기억을 아무리 더듬어봐도 그 사진을 찍을 당시의 상황이 승민의 머리에는 떠오르지 않았다. 여러 사람들이 대학로를 배회하는 모습을 찍은(승민은 그 사람들 하나하나가 유령의 모습으로 인화되기를 바랐다) 그 장면에서 승민을 닮은 사람, 혹은 승민이 한쪽 벤치에 앉아 있었다. 최초의 놀라움이 가신 뒤부터 들여다볼 때마다 그건 자신이 분명하다고 승민은 확신하게 됐다. 믿을 수 없다고 생각하면 생각할수록.

승민은 자신의 모습이 찍힌 일련의 사진 중에서 가장 잘 나온 사진을 포함, 몇 컷의 사진을 골라 잡지사에 보낸 뒤, 그 사진을 공책 만한 크기로 인화해서 작업실 한쪽 벽에 붙였다. 그 사진을 볼 때마다 어쨌든 그때까지 자신이 찍은 사진 중에서 가장 훌륭한 사진이라고 승민은 생각했다. 승민은 승민을 찍었다. 그러나 누구도 자기 자신을 찍지는 못한다. 자기 자신을 찍을 수 있는 사람은 없다. 그렇다면 승민은 없는 셈이다. 투명인간이 된 셈이었다.

불길 터널

녀석들은 모른다. 세상이 어떻게 흘러가는지. 어떻게 멀리 있는 나무들이 순식간에 다가와 내 몸을 뚫고 아득하게 사라져가는지, 결코 모른다. 시속 백오십 킬로미터를 넘어서면 그 순간 들리는 건 나를 스쳐지나가는 세상이 내는 바람 소리뿐이다. 귀는 멍해지고 두 눈과 손과 발을 제외하곤 아무런 감각도 남지 않는다. 부릅뜬 시선 속으로는 둥글게 휘어진 길만이 보인다. 나는 두 눈만 존재하는 동물처럼 둥글게 휘어진 길을 뚫고 전진한다. 나를 향해 둥글게 휘말려 들어오는 도로로 내 시선의 연장인 양 헤드라이트가 직선의 불빛을 비춘다. 나는 비로소 세상의 중심에 서게 된다. 세상 모든 것들이 웅크린 자세로 내게 매달린다. 그러다 죽으면 어떻게 하냐고? 역시 녀석들은 모른다. 시속 백오십 킬로미터가 넘으면 거기에는 오직 단 하나의 욕구뿐이다. 죽음의 욕구. 세상 모든 것들의 한가운데에 내가 있는데, 여기서는 나만이 소중하고 귀한 존재인데 내가 죽지 않을 이유란 또 무엇이겠는가? 하지만 나는 죽지 않는다. 이런 걸 두 눈으로 똑똑히 봤기 때문에 죽지 않는다. 내가 죽으면 그런 세계는 영영 사라지고 말 테니까. 그러고 나면 녀석들이 살아가는 밋밋하고 아무런 변화도 없는, 반쯤 죽은 세계만 남을 테니까. 내가 죽으면 이 멋진 세계도 끝장이다.

언젠가, 아마도 제2차세계대전이 끝난 직후였으리라, 오토바이를 타고 오십 미터 정도 되는 불길 터널 속을 지나가는 묘기를 펼친 스턴트맨이 있었다. 사람들은 나무로 터널을 만든 뒤, 불을 붙였다. 그는 시속 이백 킬로미터가 넘는 속도로 오토바이를 가속시킨 뒤, 그 불길의 아가리 속으로 달려갔다. 잠시 침묵이 흐르고 카메라는 다른 쪽 출구로 빠져나오는 오토바이의 모습을 잡을 수 있었다. 나는 어릴 때 그 필름을 텔레비전에서 봤다. 흑백필름으로 상태가 좋지 않았다. 하지만 그가 불길 터널에 들어가자마자 나왔다는 사실을 눈으로 확인할 수는 있었다. 정말 빨랐다. 묘기는 성공적이었다. 스태프들은 환호했고 구경꾼들은 박수를 쳤다. 그리고 믿을 수 없는 일이 벌어졌다. 불길 터널을 지나온 그 스턴트맨은 환호하는 사람들을 뒤로하고 이제 막 허물어지는 터널 속으로 다시 들어갔다. 그는 그 터널에서 다시 빠져나오지 못했다. 불길을 비추는 화면의 뒤에서 "왜 다시 들어갔을까요? 왜 다시……"라는 목소리가 들렸다.

　삼십 년 남짓 세월이 흐른 뒤, 후배 스턴트맨이 그 수수께끼를 풀기 위해 똑같은 조건에서 불길 터널 통과를 시도했다. 전례가 있었던지라 스태프들은 불상사에 대비해 터널 주변에다 소방차와 구급차를 대기시켰다. 후배 스턴트맨은 이글거리는 불길을 바라보면서 오토바이를 충분히 가속시켰다. 삼십여 년 전의 스턴트맨과 마찬가지로 그는 눈 깜짝할 사이에 불길 터널을 지나 반대편으로 빠져나왔다. 사람들이 경악한 건 그다음 순간이었다. 삼십여 년 전의 스턴트맨과 마찬가지로 그는 오토바이의 방향을 돌렸다. 스태프들이 달려갔다. 그 몇 초의 차이로 스태프들이 그를 붙잡지 않았다면 그 역시 불길 속으로 들어가 재가 됐을 것이다. 그렇게 불길 터널의 수수께끼는 풀렸다. "왜 다시 들어가려고 했는가?"라고 기자가 질문하자, 그가 대답했다. "터널 속은 너무나 아름다웠다." 세상에는 그 대답을 이해하는 사람이 있고 이해하지 못하는 사람이 있다. 물론 나는 이해하는 사람이다.

　아름답게 죽는다면 우리는 영원히 살 수 있다고 나는 생각한다. 주유소에서 총잡이 짓을 해서 겨우 모은 돈으로 중고 오토바이를 사서는 밤마다 거리를 질주해야만 삶을 버틸 수 있는 사람들처럼 나 역시 살아남기 위해서 남들이 자칫하면 죽을 수도 있다고 여기는 속도 속으로 질주하는 것이다. 나는 아름다운 죽음을 본다. 불길 터널 속을 막 빠져나온 스턴트맨처럼 나는 매일 오토바이를 타면서 그 아름다운 죽음을 본다. 그 죽음은 얼마나 나를 매혹시키는지. 터널처럼 둥글게, 그리고 불길처럼 따뜻하게, 또 환하게 죽음은 나를 감싼다. 녀석들은 아무리 말해도 무슨 뜻인지 알 수 없을 것이다. 녀석들은 모를 것이다.

시계는 라도, 차는 똥카

그건 아버지의 시계였다. 그 시계와 국민주택 한 채는 아버지에게서 물려받은 유산이었다. 시계는 잘 모르겠지만, 집에 대한 아버지의 애착은 심했다. 메콩 델타의 정글에서 하루종일 습기, 모기, 향수병에 시달리던 시절부터 꼭 가지겠다고 마음먹었던 집이라고 했다. 그 집만 생각하면 박정희 대통령이 떠올랐다. 오래전 흑백 영상 속의 집 같았다. 여름 장마 때면 지붕에 천막을 둘러도 안으로 비가 샜고, 한겨울에는 창문마다 비닐을 덧붙여도 방에 냉기가 가득했다. 네 살 때 우리는 그 집으로 이사했다. 내게 그 집의 첫인상은 참 크고도 견고하다는 것이었다. 자라면서 그런 느낌은 서서히 사라졌다. 이제는 몰락의 이미지만 남아 있다. 그 집에서 아버지는 죽었다. 결국 그런 것이다. 베트남에서 아버지는 자기 소유의 집에서 죽고 싶었던 모양이었다.

오토바이 사고였다. 술에 취한 채 도로 가장자리에 가만히 서 있던 트럭의 뒤꽁무니를 받았다. 브레이크 자국도 남지 않아 혹시 자살을 하려고 한 게 아닐까는 생각이 들 정도였다. 그럴 수도 있었다. 자살할 이유는 너무나 많았으므로. 그렇다면 그 시도는 실패로 돌아갔다. 아버지는 하반신이 마비된 채 퇴원해서 그 집으로 돌아왔다. 그리고 반년 동안 아버지는 땀과 침과 체액으로 요를 적셨다. 아버지가 정말 죽고 싶었던 게 맞다면, 그런 식으로 산다는 것에 엄청난 치욕을 느꼈을 것이다. 그 치욕은 이따금 아래층에서 들려오는 소리로 표현됐다. 그건 벽을 두들기는 소리였다. 아버지가 죽고 난 뒤에 안도의 한숨을 내쉬는 사람들도 있었을 것이다. 또 누가 있는지 모르겠지만 그중 한 명이 나라는 건 확실했다.

하관하는 동안 박살난 오토바이와 박살난 아버지 중 하나를 선택하라면 무엇을 선택할 것인지 잠시 생각해봤다. 사각형의 땅 속에 관이 자리를 잡았다. 어머니는 흙을 관 위에 조금 뿌리며 소리 내어 울었다. 나는 당연히 오토바이를 선택할 것이었다. 누군가 내가 든 영정을 달라더니 내게도 흙을 던지라고 말했다. 나는 관을 내려다봤다. 오토바이 역시 수리해서 타긴 어렵겠지만, 완전히 부서진다고 해도 장례를 치를 필요는 없을 테니까. 나는 붉은 흙을 아무렇게나 움켜쥐고는 사각형의 어둠 속으로 던져버렸다. 이런저런 절차들이 지긋지긋하게만 여겨졌다.

집은 거대한 관처럼 느껴져 싫었지만, 그 시계는 꽤나 좋아했다. 교통사고로 아버지의 생명이 위독하다는 소식을 전해듣고 병원으로 갔더니 머리를 다 깎인 사람이 중환자실에 누워 있었다. 머리통은 우스꽝스러울 정도로 부풀어올라 있었다. "손대면 톡 하고 터질 것만 같은"이라는 노래 가사가 생각났다. 내가 제일 먼저 한 일은 아버지의 시계를 찾은 것이었다. 시계는 멀쩡했다. 무선호출기만큼이나 컸는데, 위대해 보였다. 죽는 일 따위는 없다는 듯이. 그 모습은 장엄했다. 아버지가 죽은 뒤, 나는 밤이면 그 시계를 차고 올림픽공원이나 화양리나 대학로나 가리봉동 등지로 원정을 나갔다. 그 시계는 내 인조 가죽재킷과 잘 어울렸다.

오토바이를 타는 아이들이 모이는 곳으로 가면 가끔씩 내게도 뒤에 타고 싶다는 여자애들이 붙을 때가 있었다. 한눈에도 헤프게 보이는 애도 있었고, 어떻게 하면 그렇게 촌스럽게 차려입을까 싶은 애도 있었고, 가출한 여중생도 있었다. 그럴 때마다 나는 시계를 보여주며 물었다.

"이 시계를 보니 뭐 느껴지는 거 없어?"

"꼰대 시계."

"미친년."

"왜, 씨발, 욕이야? 난 스와치 차고 싶어."

"이게 스와치보다 더 좋은 거야, 이년아. 꺼져버려."

스와치 차고 싶다는 애들은 그래도 낫다. 오딘을 선물 받고 싶다는 여자애도 있었다. 예물도 아니고. 애송이들은 라도가 얼마나 좋은 시계인지 모르기 때문에 부끄러운 줄도 모르고 그러는 것이었다. 장엄하지 않냐고 물어보면, 태반은 나를 구닥다리 꼴통으로 취급했다. 그런 애들은 무조건 탈락이다. 장엄한 시계를 알아보지 못하는데 장엄한 속도를 이해할 리 없다. 당연히 불길 터널 같은 이야기는 한마디도 알아듣지 못한다. 내가 원하는 건 장엄에 대해 아는 애였다. 라도의 장엄, 불길 터널의 장엄, 죽음의 장엄.

그런 애가 한 명 있기는 했다. 이미 오래전부터 나는 그 여자애를 알고 있었다. 혼다 CBR600을 끌고 다니는 대학생의 뒤에 항상 앉아 있는 여자애. 나이는 많아봐야 내 또래였을 것이다. 가끔씩 밤에 자려고 혼자 누워 있으면 그 여자애의 덧니와 종아리가 떠올랐다. 언젠가 한 친구가 그 여자애를 부르는 소리를 들은 적이 있었다. 미희라고 했다. 잠들기 전에 나는 그 이름을 몇 번 속삭여봤다. 미희, 미희, 미희. 그건 이름이라기보다는 독일어 대명사처럼 느껴졌다. 미희는 오토바이 뒤에 앉아도 다른 계집애들처럼 몸을 움직이지도 못하게 허리를 꼭 껴안거나 사타구니에 손을 넣는 짓 따위는 하지 않았다. 그저 두 손을 뒤로 모아 오토바이를 잡고 속도를 즐겼다. 밤의 오토바이 모임에서 나는 그 오토바이의 600이라는 숫자에 이미 기가 죽어버리는 천민이나 다름없었다. 내 125시시짜리 마그마로는 600의 높은 경지에 다가갈 수 없었다. 한번은 혼다를 쫓아가는데, 미희가 뒤돌아보고는 혀를 빼고 나를 놀린 적이 있었다. 죽여버리고 싶었지만, 내겐 혼다를 쫓아갈 방법이 없었다.

"이 도둑년이 싸가지 없이 얻다 대고." 언젠가 미희가 어떤 여자

애의 귀뺨을 때리는 걸 다들 둘러서서 구경한 적이 있었다. 미희는
다 용서해도 거짓말하고 훔치는 것들만은 용서할 수 없다고 말했
다. 다들 그 말을 들으면서 웃음을 터뜨렸다. 거짓말 안 하고 뭐 안
훔치는 것들은 그 모임에 나올 자격도 없다고 누군가 말했다. "니
들하고 난 출신 성분이 달라." 미희가 말했다. 다들 더 크게 웃었
다. 하지만 나는 웃지 않았다. 나 역시 거짓말을 한 적도, 뭘 훔친
적도 없었으니까. 그리고 며칠이 지난 뒤에 대학생이 안 나온 날,
나는 미희에게 가 내 뒤에 탈 것인지 물어봤다. 담배를 피우던 미
희가 같잖다는 듯이 나를 훑어봤다. 나는 시계를 봤다.

"시간은 많이 남아 있지 않아."

나는 한번 더 시계를 봤다.

"졸라 웃기다. 시계는 라도네."

미희가 말했다.

"차는 똥칸데. 오랜만에 똥카 한번 타볼까?"

캄보디아에서의 학살

그다음날, 승민은 자신의 모습이 찍힌 대학로의 그 벤치가 잘 보
이는 찻집을 찾아 창가 자리에 앉았다. 고전음악만 틀어주는 찻집
이어서, 음악도 실내도 햇살도 한적한 느낌이 들었다. 승민은 피아

노소나타 곡을 들으며 조금은 밝은 심정으로 아무도 없는 벤치를 쳐다봤다. 마치 누군가 그 벤치에 앉기로 약속이라도 한 것처럼. 또 그 누군가가 승민 자신일 수도 있으니 만약 그런 일이 일어나더라도 크게 놀라지 말자고 다짐하면서. 사람이 미쳐간다면 바로 그렇게 미쳐가는 것이리라. 승민은 혼자서 웃었다. 만약 사진에 찍힌 그 사람이 자신이 아니라는 사실을 확인하지 못하면 진짜 미쳐버릴지도 모를 일이었다. 미치지 않는다고 해도 사진 작업을 계속하지 못할 수도 있었다. 자신이 뭘 찍는지도 모르고 렌즈를 들이대는 사진가가 자신이라면 말이다.

이따금 고개를 들어 벤치 쪽을 바라보면서, 승민은 롤랑 바르트의 책을 읽었다.

캄보디아에서의 학살. 반쯤은 허물어진 집 계단에서 굴러떨어져 죽은 시체들. 그 위쪽에는, 계단에 앉아 있는 어린 소년이 사진작가를 응시하고 있다. 그 시체들은 살아남은 사람들로 하여금 나를 응시하는 임무를 위임하였다. 그리고 내가 그들이 죽은 것을 보는 것은 어린 소년의 시선 속에서다.

승민은 번역투 문장 속의 '그 시체들은 살아남은 사람들로 하여금 나를 응시하는 임무를 위임했다'라는 문장을 두고 골똘히 생각했다. 승민으로서는 그 문장 속의 '나'가 누구를 뜻하는지 알 수 없었다. '나'란 시체들인가, 살아남은 사람들인가, 롤랑 바르트인가, 아니면 그 글을 읽는 독자인 승민인가? 문맥상 '나'란 롤랑 바르트 이자, 그 글을 읽는 승민이었으리라. 승민은 계속 생각했다. 그렇다면 그 사진은 롤랑 바르트와 승민의 시선을 그대로 되비추는 것이 아닐까. 보는 사람으로 하여금 자기 자신을 응시하게 만드는 일. 캄보디아에서의 학살. 사진가는 그 말에 해당하는 장면을 사진 속에 담을 수 없다. 소년은 롤랑 바르트를 응시할 수 없고, 롤랑 바르트는 소년을 응시할 수 없다. 사진을 볼 때, 우리는 자신을 응시할 뿐이다.

롤랑 바르트는 후에 앙젤로 슈바르츠와 대담하면서 이렇게 말했다.

만일 우리가 신중한 수준에서 사진에 대해 말하기를 정말로 원한다면, 사진을 죽음과 관련지어야만 할 것입니다. 사진이 증인이라는 건 사실이지만, 더이상 존재하지 않는 것의 증인인 것입니다. 비록 주체가 아직 살아 있다고 하더라도, 사진 찍히는 것은 주체의 어떤 한순간이고 그 순간은 더이상 존재하지 않습니다. 그리고, 그것은 인류에 있어서 엄청난 충격이며 되풀이되는 충격입니다. 그런데, 그 사진을 찍고 읽는 각자의 행위는 은연중에 억압된 방식으로, 더이상 존재하지 않는 것, 즉 죽음과의 접촉입니다. 사진의 수수께끼에 접근해야 하는 것은, 그리고 또

한 사진은, 매혹적이면서도 장례와도 같은 수수께끼와도 같은 것이라고, 적어도 나는, 보고 있는 것입니다.

승민은 바르트의 말에 동의했다. 그가 이미지들을 장사지내고 있는 것만은 틀림없는 사실이었다. 사진을 통해 자신을 응시한다면, 그건 죽음을 응시한다는 뜻이리라. 승민은 계속 생각했다. 어쩌면 자신의 죽음. 사진 속의 시공간은 공허하고 텅 비어 있다. 거기에 캄보디아에서의 학살 같은 건 없다. 거기에는 다만 죽음뿐이다. 바라보는 사람의 죽음. 짧은 순간, 승민의 머릿속으로 뭔가가 스쳤다. 그건 절대적인 이해랄까. 찰나의 순간, 승민은 자신이 죽은 자신의 모습을 사진으로 담았다는 그 기이한 사실을 사실로 받아들였다.

투명인간

우리는 달리고 또 달렸다. 헤드라이트가 비추는 길을 따라서. 광나룻길에서 한천로로, 강변북로에서 자유로로, 꿈길에서 다시 꿈길로. 가장 멋지게 사는 건 가장 멋지게 죽는 거야. 우리 머리 위로 불길 터널이 지나갔다. 속도를 높일수록 그 터널은 더 붉게 타올랐다. 내가 무슨 말을 해도 미희는 알아들을 수 없었다. 그애가 알아들을 수 있는 건 바람 소리뿐이었으리라. 수많은 공기 알갱이들이 우리를 스쳐지나가는 소리뿐. 그렇게 흘러가는 시간과 공간 속에서 고개를 들어 주위를 둘러보면 세상 모든 것들은 종이 그림처럼 평면적으로 존재하고, 살아 있는 건 오토바이를 타고 달리는 우리뿐이라는 생각마저 들었다. 우리는 죽지 않으리라는 생각. 우리는 여기 이렇게 살아 있다는 생각.

장엄하지 않아? 불길 터널이 보이니? 한 번도 지나가본 적이 없는 녀석들은 눈앞에 있어도 저게 뭔지 몰라. 저렇게 아름다운 걸. 듣거나 말거나 나는 혼자 중얼거렸다. 늘 그랬듯이 그애는 손을 뒤로 하고 오토바이를 잡은 채 바람에 긴 머리카락을 흩날리고 있었을 것이다. 그렇게 출신 성분이 다르고 잘사는 애가 왜 밤이면 나이트클럽을 전전하는지 나는 알지 못했다. 왜 밤새도록 오토바이 뒤에 매달려야만 하는지도 나는 알지 못했다. 이렇게 길 위에서 만나는 사이에서는 어차피 논리적인 이유 같은 건 찾을 수 없다는 걸 잘 알고 있었으니까. 내 삶에서도 논리를 찾기는 어려웠다. 아버지는 왜 죽었단 말인가? 그 집에는 정확하게 어떤 내력이 숨어 있었던가? 알 수 없었다. 내가 아는 건 단 하나, 불길 터널은 장엄하다는 것이었다. 오토바이 안장에 앉아서 바라보는 둥근 세계는 다시는 거기서 빠져나오고 싶지 않을 정도로 매혹적이었다.

속도를 더 올리자, 당장 터질 것처럼 엔진은 굉음을 내기 시작했고 핸들이 요동치기 시작했다. 나는 두 손에 힘을 줬다. 나는 몸의 중심을 잡았다. 일단 속도에 익숙해지면 내가 어디에 있는지 알 수 있었다. 나는 머물러 있는 세상에는 존재하지 않는 곳에 있었다. 그곳에서는 세상의 모든 것들이 지나쳐갔다. 아버지도, 집도, 좌절도, 슬픔도, 시간도, 공간도. 지상에는 그런 곳이 없었다. 거긴 시속 백오십 킬로미터로 달리는 오토바이 위에 앉아 있어야만 찾을 수 있었다. 그게 어떤 것이든 다 지나가는 곳. 때로는 검은 뼈의 형상으로, 어두운 구름의 움직임이나, 가끔은 한꺼번에 흩날리는 푸른 꽃잎처럼, 모든 것은 지나갔다.

나는 아무것도 되고 싶지 않았을 뿐이야. 여자애가 듣거나 말거나 나는 중얼거렸다. 아버지처럼 남방에 가서 낯선 민족을 향해 총질하고 번 돈으로 집을 사고 싶지는 않았어. 속히 좋은 직장에 취직해서 성실하게 출퇴근하는 가장이 되고 싶지도 않았어. 그저 아무것도 아닌 인간이 되고 싶었어. 자식들에게 들려줄 무용담을 만들고 싶지도 않았고, 자식들이 나처럼 고생하지 않도록 열심히 일하고 싶지도 않았어. 그저 내 멋대로 살다가 내 멋대로 죽고 싶었을 뿐이야. 그래, 아버지는 평생 고생만 하다가 집과 시계를 남겨두고 죽어버렸지. 하지만 그래서 어쩌란 말이지? 아버지의 집에서 나는 끊임없이 유령을 봐. 어떨 때는 나란 존재는 이미 죽어버린 것인지도 모른다고 생각해. 내가 보는 건 아버지의 유령이자, 나의 유령이야. 왜 너는 쓸데없는 일만 하느냐? 너란 인간은 이 세상에 태어나 제대로 된 포부 하나 펼치지도 못하고 그저 길에서 뒈져버릴, 그런 인간이다. 유령들은 항상 그렇게 말하지. 맞아, 나도 알아. 하지만 그게 내가 하고 싶은 일이란 말이야. 아무짝에도 쓸모 없는 인간이 되고 싶어. 실제로 그런 인간이 바로 나야. 사람들 사이에 있으면 다른 사람들은 내가 있는지조차 모르지. 너무나 쓸모 없어서 온몸이 투명해진 거야. 이미 사라져버린 거야. 하지만 그게 좋아. 그게 좋다구.

그러다가 내가 잘못했는지 그애가 잘못했는지 갑자기 오토바이가 한쪽으로 휘청거렸다. 누가 잘못했든 간에 애당초 잘못된 인생이라는 생각이 갑자기 들었다. 그럴 줄 알았다는 확신이랄까. 언젠가는 오토바이를 타다가 크게 다치거나 죽게 될 줄 알았다는, 뭐 그런 생각. 혜화로터리에서 고가도로를 타려다가 진입 램프의 돌출 안내등에 앞바퀴가 튀며 핸들이 꺾였고 우리는 도로로 미끄러졌다. 이 생에 태어나기 전에 흘러갔던 수천 번의 삶과 이후에 계속될 수천 번의 삶이 한꺼번에 밀려왔다가 아득히 사라져갔다. 빛이 잠시 번뜩였다가 사라졌다.

가짜 시간

나는 찰과상에다가 가벼운 뇌진탕 증세, 미희는 나보다 더 심하게 구겨진 상태였다. 흔들어대는데도 그애는 정신을 차리지 못했다. 일단 오토바이를 도로 한쪽에 세워놓은 뒤, 뒤에서 안아 미희를 일으켰다. 축 늘어진 그애의 몸은 백 킬로그램이 넘는 마그마보다 훨씬 더 무겁고도 뜨겁게 느껴졌다. 겨우 인도에 눕혀놓은 뒤, 나는 도로에 세워놓은 오토바이를 골목 한쪽으로 끌고 갔다. 카울이 완전히 박살났고 시동도 걸리지 않았다. 오토바이를 끌고 가다보니 여자애가 걱정이 됐다. 내가 알 게 뭐냐는 생각이 들었지만, 발길이 떨어지지 않았다. 하는 수 없이 골목 안쪽에 오토바이를 세워놓고 다시 길거리로 나갔다. 하지만 미희는 그 자리에 없었다. 정신이 돌아왔는지 어땠는지 미희는 일어나서 걸어가고 있었다. 다행이라고 생각하고는 돌아서려는데, 미희가 다시 쓰러졌다. 거기에서 조금만 더 내려가면 파출소가 있었으므로 길바닥에 쓰러진 저 여자애 때문에 골치 아픈 일이 생길까봐 걱정이 되었다. 나는 다시 그애를 업고 도로를 건너 대학로 쪽으로 걸어갔다. 그 몸이 얼마나 무거웠던지 혹시 죽은 게 아닐까는 걱정까지 들었다. 게다가 뭔지는 알 수 없었지만 왼쪽에서 뭔가 덜렁거렸다. 하지만 일단 경찰의 눈을 피하고 보자는 생각만 들었다. 죽을힘을 다해서 여자애를 업고 길을 따라가다가 문이 열린 건물로 들어갔다. 어딘지 모르고 무작정 들어간 곳이었는데, 그애를 눕히고 둘러보니 성당이었다. 나는 미희의 왼쪽 가슴에 귀를 붙였다. 다행히도 심장은 뛰고 있었다. 그제야 안심이 된 나는 미희 옆에 벌렁 드러누웠다. 하늘에, 별에, 바람에, 새벽에, 나뭇잎에, 갑자기 졸음에. 그렇게 얼마나 시간이 흘렀을까? 다시 정신을 차렸는데, 하늘은 여전히 어두웠다. 이마에 땀이 흐르는 것 같아서 손으로 훔쳤더니 피가 말라붙어 있었다. 온몸이 덜덜덜 떨리더니 공포가 밀려들었다. 나는 얼른 옆에 누워 있는 미희의 몸을 만졌다. 손을 티셔츠 안으로 넣어 맨살을 만져댔다. 그 몸은 다행히도 뜨거웠다. 나는 그애를 안았다. 미희가 아파서 죽겠다며 소리를 지르더니 울기 시작했다.

"죽은 줄 알았잖아."

그렇게 말하는데 내 눈에서도 눈물이 났다. 성당 같은 곳에서 잘 모르는 여자애의 시체와 나란히 누워 있었다면 과연 어떤 기분이었겠는가? 아마도 그랬다면 눈물도 흘리지 못했겠지. 죽지 않아서 얼마나 다행인지 몰랐다. 미희는 어디가 아픈지 계속 구슬프게 울었다. 나는 미희를 꽉 안고 입을 틀어막았다. 미희가 자꾸만 입을 가린 내 손을 떼어내려고 발버둥을 쳐서 다른 손으로 머리를 몇 대 쥐어박았다. 그러자 미희는 숨을 삼키면서 끙끙댔다. 얼마간 시간이 지나니 그애의 몸이 들썩였다. 울음이 끝나고 찌꺼기처럼 딸꾹질이 남았다. 울음보다 딸꾹질이 더 오래갔다. 어둠 속에서 서로 바라보다가 내가 먼저 피식거리며 웃었다. 갑자기 살아 있는 게 얼마나 다행스러운 일인지 깨달았기 때문이었다. 내가 웃음을 터뜨리자, 여자애도 웃었다. 그러나 이내 미희는 웃음을 그쳤다.

"아, 아, 웃으니까 팔이 너무 아파. 울 때는 몰랐는데. 부러졌나봐."

주머니에서 라이터를 찾아내어 불을 밝혔다. 팔꿈치 쪽에 뼈가 비정상적으로 툭 튀어나와 있었다. 나도 모르게 고개를 돌렸다.

"멀쩡한데. 조금 긁힌 것 빼고는."

"그런데 왜 아무 느낌이 없는 거지?"

"부딪힐 때 충격 때문일 거야."

"그러게 왜 그렇게 빨리 달려. 오토바이도 안 좋으면서."

"어차피 새 오토바이 사려고 한 거니까 차라리 잘된 거야."

"그래서 일부러 사고낸 거야?"

"미친 소리. 그럴 리야 있겠냐?"

"그럼 웃긴 소리 하지 말고 이 팔 좀 어떻게 해봐."

하지만 난감하기만 했다. 오토바이 고칠 돈도 없는데, 까딱하면 병원비까지 물어줘야만 할 상황이었으니까. 나는 주머니에서 제멋대로 찌그러진 담배를 꺼내물었다.

"나도 좀 줘봐. 여긴 혜화동 성당이잖아. 씨팔, 이렇게 성당에 오네. 나, 원래 모태신앙이었는데."

"신자 년이 성당에서 담배 피우냐?"

담배를 건네면서 내가 말했다.

"어차피 내 죄는 넘치고 또 넘치니까. 원래 어깨에 날개가 있었는데, 죄가 잔뜩 쌓여서 날지 못하는 거야."

"완전 미친년이네. 잔뜩 쌓일 죄를 왜 짓냐?"

"그거라도 지어야지 태어난 흔적이 남는 거잖아. 안 그러면 나란 존재는 아무런 의미도 없는 거잖아. 부모라고 지들 마음대로 낳아서는 책임지지도 못하고 말이야. 그냥 높은 데서 뛰어내려서 죽으면 딱 좋겠는데, 겁이 나서 죽지도 못해. 씨팔, 죽겠어."

"그래도 넌 좋은 부모 만나서 가난한 거 모르고 사니까 행복한 줄 알아라, 이 미친년아."

"좋은 부모, 지랄하고 있네. 속도 모르면 지껄이지나 말 것이지. 씨팔, 가난이라면 내가 아주 지긋지긋하다."

내가 담배를 문 채 그애를 쳐다봤다.

"니네 집 부잣집 아니었어?"

미희는 말이 없었다. 그게 본명일까, 그런 의심마저 들었다. 나는 아직 많이 남아 있는 담배를 몇 번 세게 빤 뒤 손가락으로 불을 튀겨 껐다.

"야, 우리 할래?"

"여기서? 성당인데?"

"씨발, 어때, 캄캄한데."

"팔 부러지고 해본 적은 없으니까, 궁금하기는 하네. 하지만 지금 그걸 할 때야? 빨리 병원에 데려다줘. 빨리."

"하기 싫으면 관둬라, 미친년아."

나는 일어섰다.

"어디 가려고?"

"여기 가만히 누워 있어. 병원 어디 있는지 내가 둘러보고 올 테니까."

"빨리 올 거지? 나 혼자 내버려두고 가면 안 돼."

"알았어, 이년아."

나는 성당을 빠져나왔다. 다행히 경찰들은 보이지 않았다. 도로에는 부서진 플라스틱들이 흩어져 있었다. 나는 골목길에 세워둔 오토바이를 슬슬 끌어봤다. 끌고 가는 데는 지장이 없을 것 같았다. 로터리를 지나서 종로 쪽으로 내려가다가 나는 팔이 부러진 채 그애가 누워 있을 성당 쪽을 한번 쳐다봤다. 괜찮아. 팔이 부러졌다고 죽진 않을 테니까. 죽더라도 부활할 거야. 가난한 사람은 복이 있으니 하느님이 구해주시겠지. 게다가 뱃속에서부터 하느님을 믿었다니까. 나는 마로니에 공원까지 오토바이를 끌고 갔다. 벤치 옆에 오토바이를 세워놓고 나는 벤치에 누웠다. 온몸이 욱신거렸지만, 견딜 만했다. 당장 돈 걱정부터 들었다. 부러진 팔이야 하느님이 고쳐주시니 버려두고 올 수 있다 치더라도 오토바이는 어떻게 한단 말인가? 공사판에서 일이라도 해야겠지. 그러다가 저러다가 나는 잠에 빠졌다. 모든 게 귀찮았다. 높은 데서 뛰어내리면 딱 좋겠다는 생각이 들었다.

눈을 뜨니 이미 아침이었다. 시계를 보니 여덟시였다. 출근하고 등교하는 사람들로 거리는 분주했다. 깨고 나서도 돈 걱정뿐이었다. 그러다가 시계 생각이 났다. 아버지 시계. 시계를 팔면 되겠구나. 그래도 다이아몬드가 박힌 명품인데 어느 정도는 값을 쳐줄 것

이다. 그런 생각을 하면서 나는 대학로 뒤쪽 골목에 있는 전당포로
달려갔다. 사고를 쳐서 돈이 급할 때, 그 전당포에다 집 물건이나
오토바이를 맡기고 급전을 구했다는 이야기를 들은 적이 있었다.
좁은 목조 계단을 밟고 올라갔더니 아직 이른 시간이라 그런지 문
이 닫혀 있었다. 나는 오른손으로 그 문을 세게 두들겼다. 한참 두
들겼더니 그제야 부스스한 머리로 전당포 사내가 문을 반쯤 열고
나를 내다봤다. 쇠사슬로 잠금장치를 해놓아 그 이상 열리지는 않
았다. 원래는 늙은이가 하던 가게였는데, 죽었는지 죽였는지 소리
소문도 없이 언제부터인가 중년 남자가 앉아 있었다. 나는 급하게
돈이 필요하다고 말했다.

"사고쳤구나. 인피냐?"

"사람은 없어요. 제가 한 것도 아니구요. 순식이 형이라고 잘 아
시잖아요. 여기 일도 도와주고 그랬다던데. 정오까지 합의금만 막
으면 된대요."

"순식이가 누군지는 나도 모르고, 돈도 모르고, 어쨌거나 물건
은 뭐냐?"

"시계예요. 라도. 다 쳐줄 필요는 없고, 그냥 이십만원만 우선 주
세요. 다시 찾아가야 하니까."

"그런 구닥다리 시계에다가 이십만원이면 더이상 쳐줄 수 없을
만큼 쳐준다는 소리야."

"그 이상은 바라지도 않아요."

"오만원."

어이가 없어 내가 소리쳤다.

"말도 안 돼요. 이런 일이 아니라면 오십만원을 준다고 해도 팔지 않을 거예요."

"오만원이라도 가져가든가."

나는 대답하지 않았다.

"밥을 먹다가 나온 길이라……"

"좋아요."

사내는 문을 닫은 뒤, 전당포 창구 쪽으로 갔다. 쇠창살 밑으로 내가 시계를 내밀었다. 초조했다. 한참 살펴보더니 사내는 시계를 다시 창구 밖으로 내밀었다.

"가져가라. 이거 가짜다. 오만원은커녕 오백원도 못 주겠다. 라도의 라는 L이 아니라 R이란다. 배고픈데 자꾸 그러지 말고 다시 가져가라. 시간이나 정확하면 다행이네. 차고 다니면 될 테니까. 너나 그런 시계 차고 다니지, 이 세상 천지에 그 시계 차고 다닐 사람은 한 명도 없다."

사내는 자리에서 일어나 안으로 들어갔다. 아, 씨팔. 나도 모르게 욕이 튀어나왔다. 속은 것이다. 완전히 속은 것이다. 가짜라니, 가짜였다니. 나는 오토바이를 세워둔 곳까지 터덜터덜 걸어갔다. 벤치에 앉았다. 뭘 어떻게 해야 할지 알 수 없었다. 멍한 표정으로 나는 시계를 내려다봤다. 어김없이 초침은 움직이고 있었다. 그게 가짜 시계의 시간일 줄은 몰랐는데…… 가짜 시계의 시간…… 가짜 시간…… 나는 고개를 들고 앞을 쳐다봤다. 핏줄기가 말라붙은 내 이마 속에서 출혈이 일어나고 있었다. 불길 터널처럼 세상이 붉게 변하더니 이내 하얀색만 남기고 그 빛들이 증발하기 시작했다. 나는 내가 아닌 다른 어떤 것으로 바뀌고 있었다.

한여름의 아침.

대학로의 한 벤치.

구름 한 점 없음.

길게 늘어진 마로니에 그늘 아래.

그림자

승민은 벤치를 향해 자기 모습이 찍힌 사진을 집어던졌다. 주변에서 모이를 찾아 헤매던 회색, 검정색, 하얀색 비둘기들이 승민의 동작에 화들짝 놀라며 날개를 파득거렸다. 사진은 키 높은 떡갈나무에서 떨어진 가을 잎처럼 시간을 두고 천천히 너울거리며 떨어졌다. 승민은 그 사진의 그림자를 찾았다. 그림자를 보며 승민은 사진에서 그림자까지의 거리와 태양에서 사진까지의 거리에 대해 상상했다. 빛이 태양을 떠나 그 사진에 닿기까지 걸린 거리와 그 사진에서 그림자까지의 거리는 서로 비교할 수도 없을 것이다. 스무 살이 되던 어느 날, 승민의 삶은 그 사진처럼 멈췄다. 태어나던 시절의 광채, 승민이 아직 갓난아기여서 세상 모든 걸 경외심에 가득차 바라보던 그때의 그 광채가 스무 해가 되던 해의 승민의 삶을 비추자 그 이후의 삶은 그림자가 됐다. 광채를 받으며 스스로 존재했던 순간은 참으로 짧았다. 그림자는 어느 해 봤던 검은 만장처럼, 도로를 가득 메운 검은 머리칼들처럼, 지하수처럼 용솟음치던 어둠 속의 울먹거림처럼, 너울너울 벤치를 향해 기어가고 있었다. 그림자를 중심으로 이 세계가 돌아간다는 듯이 빙글빙글. 모든 빛들이 한데 섞이면서, 서로 녹아들면서, 모서리 날카로운 빛부터 잃어가면서. 어디선가 함성소리가 피어올랐고, 불길이 당겨졌다. 사진 한쪽 귀퉁이가 순간적으로 빛을 발했다. 승민은 그 빛을 놓치지 않았다.

승민에게는 뜨거운 피와 단단한 근육이 있었다.

승민에게는 사물을 바라보는 눈과 소리를 듣는 귀와 음식을 맛보는 혀와 냄새를 맡는 코가 있었다.

승민에게는 감각으로 이뤄진 거대한 세계가 있었다.

승민에게는 태양과도 같은 광채가 있었다.

승민은 한때 자신의 모습이었던 어떤 이미지를 본다. 그림자로써 승민은 자신의 이미지를 본다. 이미지는 허공에 떠 있다. 오래전의 광채가 없다면 그림자도 없어지리라. 승민은 티셔츠 안으로 손을 넣어 자기 맨살을 만져본다. 살갗이 차가웠다.

구국의 꽃, 성승경

1. **위스퍼** 편의점에 들어갔다가 승진은 재민을 처음 만났다. 재민은 계산대 앞에 앉아 판매용 시사주간지를 읽고 있다가 자기 쪽으로 다가오는 승진을 봤다. 재민은 읽고 있던 주간지의 갈피를 조심스레 덮은 뒤 한쪽으로 치웠다. 녹음된 것처럼 재민의 입에서 "어서오십시오"라는 말이 튀어나왔다. 어깨가 드러나는 까만 원피스를 입은 승진의 얼굴에는 상처가 나 있었다. 자세히 보면 그 원피스도 먼지가 묻어 더러웠다.

"아저씨, 생리대 하나 주세요."

그 말을 듣는 순간, 재민의 머릿속으로 섬광 같은 뭔가가 스쳐지나갔다. 그게 정확하게 무엇인지는 재민으로서도 알 수 없었다. 그저 놀랍고 충격적인, 불가능한 어떤 일이 벌어졌다는 것만은 분명했다. 재민은 손을 들어 한쪽 구석의 선반을 가리켰다. 승진이 절뚝거리며 재민이 가리키는 방향으로 걸어갔다. 재민은 생리대를 찾아 걸어가는 승진의 뒷모습을 유심히 바라보며 그런 확신이 과연 어디서 온 것인지 궁리했다. 단발머리에 수수깡 같다고 표현할 수밖에 없을 정도로 가느다란 뒷모습이었다.

승진은 한쪽에 놓인 생리대를 바라봤다. 승진은 손을 뻗어 그중 하나를 집어 포장지에 적힌 정보들을 한참 읽은 뒤, 다시 제자리에 놓았다. 재민은 그런 승진을 계속 지켜봤다. 뭔가 훔쳐갈까봐 시선을 떼지 못하는 것과는 전혀 다른 종류의, 두려움과 호기심이 뒤엉켜 있는 눈빛이었다. 재민 쪽을 보면서 승진이 무표정한 목소리로 외쳤다.

"이중에서 어떤 게 제일 좋은 건가요?"

재민의 눈앞으로 다시 어떤 섬광 같은 게 지나갔다. 재민은 승진을 바라봤다. 아니, 더 정확하게 말하자면, 그 검은 원피스를.

2. 재민과 서영 며칠이 흐른 뒤, 재민이 자고 있는데 누군가 문을 두들겼다. 수면 부족이 계속되면서, 묵직한 돌멩이가 머릿속에 들어 있는 듯한 나날이 계속 이어졌다. 자리에서 일어서다가 재민은 먹다 남긴 과일주스를 엎질렀다. 문을 열었더니 서영이 서 있었다. 서영은 좀 못마땅한 표정이었다.

"들어오라는 소리도 안 하냐?"

"어, 들어와. 방이 하도 엉망이어서."

"방보다 네 꼴이 더 엉망이다, 얘."

"피차 꼴 같은 이야기는 할 게 못 되는 것 같은데?"

그러면서도 재민은 공연히 머리칼을 매만졌다. 재민은 반바지에 러닝셔츠 차림이었고, 서영은 청바지에 하얀 박스티 달랑 한 장이었다. 서영은 워낙 그런 애였다. 서영은 들어오더니 용의자를 찾아온 형사처럼 방안을 이리저리 살폈다. 방바닥에 놓인 책들을 가리키며 서영이 물었다.

"너, 영화 공부 다시 시작한 거야?"

"아니, 그냥. 할 일이 없어서 보는 거야."

"할 일이 없으면 재미있는 책을 읽어야지, 왜 저런 이론서를 읽어?"

"난 저런 게 재밌더라. 그런데 어쩐 일이야? 지금 회사에 있어야 할 사람이?"

서영은 바닥에 털썩 주저앉으며 말했다.

"어제 철야를 했어. 너무 피곤해. 좀 자고 갈게."

"철야했으면 집에 가서 쉬어야지."

"알다시피 우리집, 일산으로 이사했잖아. 오후에 다시 나와야 하는데, 지금 들어가면 못 나올 것 같아. 어디 여관에라도 갈까 했는데, 여관비도 아깝고. 친구라고 있는 것들한테 가자니 그것도 뭐 이것저것 다 귀찮고. 그래서 너한테 온 거야. 잠만 자고 갈 거니까 이상한 맘 먹지 마."

"너야말로 그러지 마. 저기 침대에서 꼼짝 말고 잠만 자."

"네가 영웅호걸이라고 해도 지금은 내가 피곤해서 아무 짓도 못하니까 걱정하지 마라."

서영은 금방 잠이 들었다. 서영이 잠들자, 재민은 영화책들을 챙겨 책꽂이에 꽂고는 바닥에 모로 누웠다. 서영이 다시 그 방으로 찾아올 줄은 몰랐다. 왜 찾아온 것일까? 다시 잘해보자는 것일까? 아니면 정말 여관비가 아까워서? 이런저런 생각들이 재민의 머릿속에서 오갔다. 그러다가 이런 생각이 떠올랐다.

3. 이런 생각 대학에 입학하기 전부터 내 꿈은 영화감독이었어. 하지만 신입생이 되고 얼마간은 데모한 것밖에는 생각나는 게 없네. 그때는 그게 당연한 일이었고, 평생 데모하면서 살아도 상관없다는 마음이었지. 영화를 찍어야겠다고 다시 마음먹은 건 제대하고 난 뒤였어. 카메라 하나 없이 잘도 영화동아리를 만들었지. 서영이도 그랬고 나도 마찬가지였지만 다들 열정적이었어. 하지만 대선을 앞두고 민중 후보를 지원하는 문예조직에 들어가고 난 뒤에야 우리한테는 열정밖에 없다는 걸 알게 됐지. 거기엔 재능 많은 사람들이 정말 많았어. 거기서 우린 〈구국의 꽃, 성승경〉이라는 다큐멘터리를 제작했어. 1991년 충무로에서 시위를 하다가 죽은 한

여학생의 삶과 주변을 재구성했지. 재능이 없다면 열정으로. 그 당시의 모토랄까. 정말 쫄쫄 굶어가며, 잠도 안 자고 그 영화에만 몰두했어. 내가 살아 있다는 걸 증명하는 영화랄까. 돈도 모자라고 시간도 촉박해서 최대한 빨리 찍으려고 했는데도 촬영에만 삼 개월 이상이 걸렸어. 완전히 진이 다 빠졌지. 그러는 동안, 오해와 다툼은 또 이루 말할 수 없을 정도였고. 그 다큐멘터리 제작에 관여한 사람들 중 반이 조직을 탈퇴하고 새 조직을 만들었으니까. 의문이 생긴 건 그 어려운 촬영을 모두 끝내고 나서였어. 내게 어떤 일이 생긴 거지. 그 일을 계기로 회의가 밀려오기 시작했어. 왜 그토록 다큐멘터리에 매달렸는지, 이유를 찾을 수 없었어. 절대적인 소명이라고 하기엔 나는 그 죽음을 완전히 이해하지 못했어. 내 존재의 증명이라고 해도 마찬가지였어. 그건 그냥 영화를 만들고 싶다는 내 오랜 꿈의, 아주 이상한 결과물일 뿐이었어. 애당초 성승경이라는 여자와는 아무런 관련도 없었던 거지. 영화라고 부를 수도 없는, 욕망의 이상한 찌꺼기. 그렇게 나는 편집을 포기했지. 그러자 모두들 나를 떠나버렸고, 나는 외톨이가 됐어. 영화를 향한 열정이 아니라 영화를 둘러싼 추문이 계속되자, 조직은 자연스럽게 와해됐지. 남은 건 편집되지 않은 비디오테이프들과, 공금을 유용하고 조직 내에서 연애를 했다는 비난을 들으며 쫓겨난 내 모습뿐이었어. 조직에서는 원본 테이프들을 달라고 여러 차례 연락해왔지만, 나는 끝까지 넘겨주지 않았어. 모두들 나를 미친놈이라고 부

르기 시작했어. 잘못된 일이었지. 그건 정말 잘못된 일이었어. 그때
나는 미치지 않았으니까. 그 일이 있고 나서 서영이는 맹렬히 언론
고시를 준비하더니 신문사에 취직했어. 그게 결정타라면 결정타랄
까. 물론 사소한 어떤 일이 결정타가 되기까지는 이미 많은 중요한
일들이 선행되고 있었겠지. 이제 할 수 있는 일이라고는 고작 비현
실적인 내용의 시나리오를 긁적이거나 압구정동의 편의점에서 아
르바이트를 하며 밤의 취객들을 상대하는 일. 새벽 편의점 계산대
앞에 서서 멍하니 인적 끊긴 길을 내다보고 있노라면 나란 존재는
이미 오래전에 죽은 게 아닐까는 생각마저 들어. 이건 불모의 육신.
욕망만 들끓어댈 뿐, 이런 육신 안에서는 어떤 아기도 자라나지 않
아. 내 代에서 피는 멈춰버리는 거야. 아주 더러운 피지.

   4. 검은 원피스 죽은 누나의 옷을 입고 다니는 동안만은 승진도
편안했다. 누나가 자신을 위로해주는 것만 같았다. 승진은 팔짱
을 끼고(이젠 자신을 안아줄 사람은 이 세상에 단 한 명도 없으니
까) 새벽의 거리를 쏘다녔다. 누나의 옷을 따로 챙긴 것만은 정말
잘한 일이었다. 제정신이 아니었던 아버지와 어머니는 누나를 떠
올리게 하는 것이라며 모두 불태워버렸으니까. 유품은 화장터 뒤
쪽에서 외삼촌과 검은 양복의 남자들이 태웠다. 외삼촌과 그 남자
들이 담배를 피우며 화장터 인부와 얘기하는 동안, 승진은 그 옷을

몰래 챙겼다. 다른 건 모두 불길 속으로 들어갔다. 만화 속의 괴물처럼 불길은 그 탐욕스러운 입을 날름거리며 누나의 유품들을 집어삼켰다. 승진이 빼돌린 옷은 소매 없는 검은 원피스였다. 소매만 없다뿐이지, 장례식에 입고 가면 딱 좋을 옷이었다. 어쩌자고 누나는 그런 옷을 동생에게 남겼을까? 아니, 승진은 어쩌자고 그런 옷을 챙기게 됐을까?

장례식이 끝나고 나서도 얼마간 그 검은 양복의 남자들은 집으로 찾아왔다. 한 남자는 양복 상의를 살짝 젖히며 승진에게 권총을 보여주기도 했다. 그러다 검은 양복의 남자들도, 또 누나의 친구들이라는 사람들도 갑자기 발길을 뚝 끊었다. 집안에 적막이 가득했고, 그제야 식구들은 승진의 누나가 죽었다는 사실을 깨달았다는 듯이 행동했다. 어머니는 우울증에 걸려 하루종일 눈물을 흘리며 이불 속에 누워 있었다. 승진은 자기 방에 틀어박혀 누나의 옷에 뺨을 대보거나 손으로 어루만지며 천의 질감을 즐겼다. 최악의 경우는 아버지였다. 아버지는 폐암에 걸렸다. 누가 딸 때문에 병이 났다고 할까봐 승진의 아버지는 자신이 삼십 년간 줄담배를 피워온 골초라는 사실을 강조했다. 불행은 겹쳐서 오는 것이고 연이어 오는 것이니, 불행의 와중에 정신을 차리고 뭔가를 바라본다는 건 거의 불가능하다. 아버지와 어머니는 승진이 더이상 자라지 않는다는 걸 알지 못했다.

누나가 죽고 나서 승진의 키는 더 자라지 않았다. 코밑도 깨끗했고, 목소리도 높고 날카로웠다. 쉬는 시간이면 덩치가 큰 애들 중에는 승진을 자기 무릎에 앉히려는 녀석까지 나왔다. 승진이 그 손을 뿌리치려고 하면, 그 녀석은 씩씩거리며 승진의 두 팔을 잡았다. 승진은 모욕을 느꼈다. 승진은 분노를 느꼈다. 승진은 죽고 싶지 않았다. 승진은 죽이고 싶었다. 한 해 두 해 지나면서 승진은 허공에 뜬 섬처럼 외롭고 무기력해졌다. 병원에서 돌아온 아버지는 강해져야만 한다고 승진에게 말했다. 자신은 암을 이겨낼 것이라고 선언했다. 그러니 너도 포기하지 말고 끝까지 이겨내라고 승진에게 말했다. 그 말을 하면서도 아버지는 알지 못했다. 승진이 이미 약해져 있다는 걸. 아니 지고 있다는 걸. 사실은 모든 걸 포기했다는 걸. 승진의 키가 몇 년째 그대로라는 걸. 어쩌면 그 키는 승진의 누나가 죽을 때의 키와 거의 같을 것이라는 걸.

5. 이제 무엇이 그 시절을 증명할 것인가 "성승경을 봤어." 재민이 창밖을 내다보며 말했다. 벌써 뜨거운 낮이었다. 침대에서 몸을 뒤척이던 서영이 고개를 돌렸다.

"뭐라고?"

서영의 이마에는 땀방울이 맺혀 있었다. 냄새나고 더운 방이었다. 재민이 담배를 꺼내물고는 선풍기를 켜 서영 쪽으로 돌려주었다.

"무슨 소리야?"

서영이 다시 물었다.

"성승경을 봤다고. 구국의 꽃, 성승경. 우리가 찍었던 다큐멘터리의 주인공."

"무슨 소리야?" 한국어를 모르는 외국인처럼 서영이 한번 더 물었다. "죽었잖아." 서영이 따지듯이 말했다.

재민은 고개를 흔들었다.

"그래, 분명히 죽었어. 우린 장례식에도 갔으니까. 하지만 확실히 성승경이었어. 나는 누구보다도 더 자주, 더 많이 그 얼굴을 봤어. 잘못 볼 리가 없어. 분명히 성승경이었어. 내가 일하는 편의점으로 들어와서는……"

"들어와서는?"

"생리대를 사갔어."

"생리대?"

서영이 미간을 찌푸렸다.

"도대체 성승경이 다시 살아왔다는 사실도 웃기지만, 왜 하필이면 생리대지?"

"나도 몰라. 어떤 생리대가 좋으냐고 내게 물었어. 그래서 위스퍼라고 대답했어. 맞나?"

서영이 다시 누웠다. 침대에서는 땀냄새가 났다. 그게 재민의 땀냄새일 거라는 생각이 드는 순간, 서영은 괜히 찾아왔다 싶었다.

"아는 게 위스퍼뿐이지? 몸이 허약한가봐. 헛걸 다 보고."

"더 희한한 건 그 옷이었어. 그 옷, 성승경이 입고 있던 그 옷 말이야. 그 까만 원피스. 왜 생각 안 나니? 대동제 때 찍은 행사 비디오 중에 사회를 보던 성승경이 나오는 장면. 그때 그 화면 속에서 성승경이 입고 있던 그 까만 원피스 말이야. 그 옷이었어. 분명해."

서영은 갑자기 정신이 번쩍 들었다. 사람은 변한다. 한 해 두 해가 지나면 예전에 알던 사람에서 조금씩 알 수 없는 사람으로 바뀌어간다. 그게 무슨 헛소리인가? 성승경은 구국의 꽃이었다. 애국장 때 십만 학도들이 연세대를 가득 메웠었다. 그럼 거기 모인 학생들은 모두 허깨비를 장사지냈단 말인가?

"그게 말이 되는 소리라고 생각하니? 우리가 바보들이니?"

서영이 쇳소리를 내면서 말했다. 아무래도 여길 찾아오는 게 아니었다고 서영은 생각했다.

"나도 그렇게 생각해. 그리고 우린 바보들 맞아." 재민이 담배를 비벼끄면서 말했다. "그게 말이 된다면 나는 더이상 아무런 존재 이유도 없는 거야. 너보다도 내가 더 못 믿겠어. 내 대학 시절을 증명하는 유일한 게 바로 〈구국의 꽃, 성승경〉이란 말이야. 그런데 성승경이 죽지 않았다면, 모든 게 다 거짓말이 되는 거잖아. 내가 더 못 믿겠어. 하지만 분명히 성승경이었어. 똑같았어."

"그럼 그때 물어보지 그랬니? 혹시 영면하신 성승경이 맞냐고."

"너라도 못 물어봤을 거야."

창으로 들어오는 환한 햇살 덕분에 재민의 실루엣이 흐릿해졌다. 서영은 침대에서 일어나 재민에게 다가갔다. 멍하니 바닥만 내려다보던 재민의 머리를 서영이 감싸안았다. 서영은 재민의 머리칼을 쓰다듬었다.

6. 어떤 일 재민에게 계기가 된 일은 다음과 같았다. 재민이 졸업한 대학교의 예술대 건물 앞 화단은 1980년대 한 학생이 몸에 불을 붙이고 뛰어내린 뒤부터 성역화됐다. 학생들은 거기에 그를 기리는 기념비를 세웠다. 반짝반짝 윤이 나는 검은색 화강암 기념비였다. 거긴 1980년대식 성지聖地였다.

재민이 2학년 1학기에 재학중이던 어느 날, 그 기념비 앞에서 집회가 열렸다. 재민은 한쪽에 서서 과 깃발을 들고 앞을 바라보고 있었다. 식순에 따른 지루한 말들이 계속됐다. 아직 여름이라고 할 순 없었지만, 햇볕은 따가웠다. 재민은 깃발을 들지 않은 오른손으로 햇살을 가리며 앞쪽을 쳐다보다가 문득 고개를 들어 예술대 건물 위쪽을 올려다봤다. 옥상에 한 학생이 있었다. 그 학생은 아래쪽을 향해 뭐라고 고함치고 있었다. 스피커에서 흘러나오는 소리 때문에 뭐라고 고함치는지는 알 수 없었다. 재민이 그쪽을 손으로 가리키자, 다른 학생들도 고개를 들어 그 학생을 바라봤다. 모두들 저게 뭘까, 궁금해하며 바라보고 서 있는데 누군가 "투신이다!"라고 소리쳤다.

　상황을 깨닫게 된 학생들이 건물에 도착하기도 전에 그 학생은 옥상에서 뛰어내렸다. 아주 짧은 순간이었지만, 나중에 재민이 그 일을 회상할 때마다 그 장면은 슬로모션으로 떠올랐다. 재민의 기억 속에서 그 학생은 아주 천천히, 마치 새처럼, 떨어진다. 그러다가 그 학생은 건물 앞 벚나무에 한 번 부딪혔다. 나뭇가지가 부러지는 소리가 요란하게 들렸다. 벚나무 꽃잎들이 한꺼번에 떨어져 내렸다. 마치 벚나무가 그대로 주저앉는 것 같았다. 그 학생도 거기 떨어졌다. 다른 학생들이 거기로 달려갔다.

　"들것! 들것하고 자동차 좀!"

　누군가 외쳤다. 재민이 얼떨결에 깃발을 들고 뛰어갔다. 하얀 꽃잎들 위에 재민이 붉은 깃발을 펼쳤다. 그 학생의 몸을 그 깃발 위로 올렸다. 그때였다. 쓰러져 있던 그 학생이 눈을 한 번 떴다 다시 감았다. 죽진 않은 것 같다는 안도감이 학생들에게 찾아왔다. 그 학생이 뭐라고 중얼거렸다. 기획부장이 그의 입에 귀를 갖다댔다. 이야기를 다 들은 기획부장은 어색하게 웃었다.

　"뭐라는 겁니까?"

　그 정도 높이에서 뛰어내렸다면 정권더러 퇴진하라거나, 하다못해 총장이라도 퇴진하라고 했을 것 같은데 그 학생이 한 말은 "배고파, 배고파"였다. 다들 어색하게, 웃는 것도 아니고 웃지 않는 것도 아닌 표정을 지었다. 곧 자동차가 도착해 그 학생을 싣고 병원

192

으로 출발했다. 후일담은 다음과 같았다. 뼈가 부러지고 내장이 꼬여서 몇 달 병원 신세를 지긴 했지만, 생명에는 별다른 지장이 없었다고 했다. 떨어지고 난 뒤에 한 말은 억압받는 민중들의 생존권을 보장하라는 뜻이었다고도 했다. 그뒤로 재민은 그 검은 기념비에 대해 의심하기 시작했다. 같은 곳에서 떨어졌는데, 왜 누군가는 죽고 누군가는 죽지 않은 것일까? 과연 그 기념비는 솔직할까?

7. 기념비 "뭐야? 이 씨팔년, 사내새끼 아니야!" 승진의 사타구니 속으로 손을 집어넣던 뚱뚱한 남자가 기겁을 하며 승진의 몸에서 떨어졌다. 뒤에 서서 담배를 피우며 망을 보던 남자가 돌아봤다. 남자들의 얼굴은 보이지 않았다. 얼굴이 없는 남자들이었다.

"이런 호모새끼."

때에 전 하얀 남방셔츠를 입은 이십대 후반의 그 뚱뚱한 남자는 쓰러진 승진의 등을 발로 걷어찼다. 이미 끌고 올 때부터 두 남자는 승진의 얼굴과 복부를 잔인하게 구타했었다.

"똥구멍에라도 할까?"

담배연기를 내뿜으며 망을 보던 남자가 능글맞게 지껄였다.

"미친놈, 지랄한다. 에이즈 걸려서 죽을 일 있냐? 좌우지간 이런 호모새끼들은 죄다 죽여버려야 해. 쓰레기들이야. 사회가 썩어들어가면 이런 고름들이 나온다니까. 어휴, 재수 옴 붙었다."

뚱뚱한 남자가 다시 승진의 배를 걷어찼다. 검은 원피스에 하얀 흙먼지가 잔뜩 달라붙었다. 승진은 두 팔로 배를 움켜쥐고 신음을 했다.

"야, 가자. 이런 호모새끼 붙잡고 있는 것보다는 돈 주고 하는 게 낫겠다."

뚱뚱한 남자는 승진에게 침을 뱉으며 말했다. 망을 보던 남자는 약간 아쉬운 듯이 승진을 한번 쳐다본 뒤에 뚱뚱한 남자를 따라갔다. 그 남자들에게 맞고 난 뒤에야 승진은 자신이 비로소 누나가 됐다는 느낌을 받았다. 그 남자들이 충무로 그 거리에서 누나를 쫓아간 전경들일지도 몰랐다. 누나는 생각이 다르다는 이유만으로 몰이를 당하는 토끼처럼 거리에서 쫓겼고, 공포 속에서 죽었다. 승진은 폭력 앞에서 누나를 되살려야만 한다고 생각했다.

승진은 주위를 두리번거리다가 반쯤 깨진 빨간 벽돌 하나를 집어들었다. 승진은 비틀비틀 남자들의 뒤를 쫓아갔다. 죽어가는 누나를 되살리기 위해 승진은 달렸다. 망을 봤던 남자가 인기척에 놀라 돌아봤다. 하지만 승진이 벽돌로 뚱뚱한 남자의 뒤통수를 내리친 게 더 빨랐다. 머릿속에서 뭔가 중요한 전선 같은 게 끊어지는 듯한 둔탁한 소리와 함께 뚱뚱한 남자가 비명을 지르며 쓰러졌다. 망을 봤던 남자는 몇 발자국 뒤로 물러섰다. 어둠 속에서 승진과 남자는 경계하면서 서로 노려봤다. 뚱뚱한 남자는 뒷머리를 움켜잡고 발버둥을 쳤다. 승진은 망을 봤던 남자를 노려보면서 옆에 떨어진 벽돌을 집어 다시 한번 뚱뚱한 남자의 머리통을 내리쳤다. 피가 튀었다.

정신을 차렸을 때, 거기에는 승진과 뚱뚱한 남자밖에 없었다. 남자는 축 늘어져 있었다. 승진은 벽돌을 집어던지고 일어섰다. 뚱뚱한 남자의 남방셔츠에는 먼지와 피가 뒤엉켜 있었다. 승진은 엎드린 남자를 내려다봤다. 그 사내를 세워놓으면 멋진 기념비가 될 것 같았다. 생각이 다르다는 이유만으로 죽은 누나를 위한 기념비이자, 모두 똑같은 얼굴의 좀비들이 떠돌아다니는 세계인 1990년대를 위한 기념비. 1990년대는 이미 죽은 자들의 시대다. 이미 죽은 자들은 아무리 벽돌로 내리쩍어도 죽지 않고 다시 살아난다. 1990년대의 기념비는 영원히 살아 있을 것이다.

승진은 사내에게서 눈길을 거두고 골목길을 걸어나갔다. 동쪽 하늘이 희부옇게 밝아왔다. 반대쪽에서 사람들이 뛰어오는 소리가 들렸다.

8. 내 안에서는 더이상 아기가 자라지 않아 성승경에 대해 찍으면 찍을수록 성승경은 사라졌다. 인간 성승경이 사라지고 열사 성승경이 탄생하게 되자 다큐멘터리는 극영화가 됐다. 그게 바로 재민을 비롯한 그의 세대들이 만들고 싶었던 것이었다. 누군가의 딸이자 누나이자 친구였던 성승경을 대신해 구국의 꽃 성승경이 십육

밀리 카메라 속의 어두운 공간을 꽉 메웠다. 그러던 어느 날, 한사코 촬영을 거부하던 성승경의 유가족들을 먼발치에서 촬영하고 돌아온 저녁, 뒤풀이 자리에서 재민은 술상을 뒤엎으면서 "그런 걸 찍고 싶은 게 아니었다"고 소리쳤다. 선배가 그런 재민을 붙잡고 왜 다큐멘터리를 촬영하고 싶었는지 근본부터 다시 생각해보라고 충고했다. 네 말대로 이제 한 가족의 딸이자 누군가의 애인이었을 성승경은 더이상 존재하지 않는다. 거기 존재하는 건 구국의 꽃 성승경일 뿐이다. 그녀를 네 사적인 고민의 해결책으로 삼지 마라. 해석은 역사가 하는 것이지, 네가 하는 게 아니다. 카메라에는 시선이 없어야만 한다. 다만 반영할 뿐이다. 시간이 흐르면 지금 우리가 무슨 일을 했는지 알게 될 것이다. 하지만 지금은 아니다. 지금은 그냥 만드는 게 우리의 할 일이다. 네가 〈구국의 꽃, 성승경〉을 만들었노라고 말할 수 있는 건 먼 훗날의 일이다. 오판하지 말라.

하지만 무슨 상관인가? 역사가 해석하든 말든 그게 그 다큐멘터리와 무슨 상관이 있는가? 〈구국의 꽃, 성승경〉의 속은 텅 비어 있는데. 그토록 증오하던 상업영화와 마찬가지로 재민의 다큐멘터리 속에도 살아 숨쉬는 사람은 없었다. 어디에도 없는 여자를 찍느라 그들은 그 피 같은 십육 밀리 필름을 죄다 써버린 것이었다. 그럼 성승경은 어디에 있나? 어디 가서 그녀를 찾을 수 있나? 재민은 작업을 시작하고 나서 처음으로 자신의 꿈에 회의가 들었다. 아무것도 찍지 못하는 카메라라니. 피사체가 없는 필름은 유령의 필름

일 뿐이었다. 그날 저녁, 술에 취한 재민은 서영의 소매를 붙잡고 가지 말라고 애원했다. 서영은 당황한 표정으로 재민을 바라봤다. 그러는 동안, 뒤풀이를 끝낸 사람들은 다들 뿔뿔이 어두운 거리로 흩어졌다. 날이 바뀌고 있었다. 그날 저녁 재민과 서영은 함께 잠을 잤고, 그로부터 사랑이 싹텄다. 이런 사랑의 순서는 대개 이렇게 진행된다. 서로 필요에 의해, 혹은 동정심에 섹스를 한다. 그 육체적인 행위의 결과 사랑이 발생한다. 시간이 흐르고 그 사랑이 소진되면, 두 사람은 그날의 우발적인 행위를 후회하게 된다. 어쨌든 성승경이라는 유령에 시달리던 재민에게 서영의 몸은 이 구체적인 물질세계를 상징했다. 바로 그런 세계를 재민은 카메라에 담고 싶었다.

　그뒤, 재민은 카메라를 들고 거리로 나가 후기자본주의사회의 현란한 풍경을 담기 시작했다. 이제 재민은 그 풍경이 사실적으로 텅 비어 있다는 걸 알 수 있었다. 그건 새로운 사실주의였다. 전복은 거기서부터 가능했다. 재민은 거리와, 거리를 오가는 사람들의 표정과, 빛과, 어둠과, 하늘과, 밤을 찍으며 그 화면이 아홉시 뉴스보다 편파적이고 포르노그래피보다 적나라하게 공空을 보여주기를 원했다. 그리하여 마침내 〈구국의 꽃, 성승경〉을 통해 극장은 법당이 되고, 관객들은 승려가 될 때까지. 부딪히고 부서지고 지치고 쓰러지기를 반복한 끝에 조직 사무실에 앉아서 멍하니 담배를 피우던 재민에게 서영이 임신중절수술을 받았다고 고백했다. 나는 이제 아이를 낳지 못할 거야. 아이가 자라지 않을 거야. 내가 도대체 무슨 짓을 한 거지? 아직 살아 있는 아기를 죽이고 우리가 무엇을 만들 수 있다는 거지? 우린 이미 죽은 몸들이야. 죄다 죽어버렸어. 재민은 깜짝 놀라 서영을 껴안았다. 서영은 눈물을 쏟아냈다. 재민의 품안에서 서영이 한참 울었다. 말하지 말 걸 그랬어. 울음을 그친 서영이 중얼거렸다. 아니야, 넌 말했어야만 했어. 재민은 그렇게 말했지만, 애당초 사랑을 시작하지 말 걸 그랬다고 혼자 생각했다. 사랑은 아주 추상적인 것이라고 믿겠지만, 그건 사실적인 행위들의 총합이다. 재민은 자신의 생각이 부끄러웠고, 다큐멘터리 작업을 중단했으며, 조직에서 떠났다. 역시 서영은 말하지 않는 편이 좋았을지도 몰랐다.

  9. 삼원색의 틈 속으로 "이제 그 필름 편집하는 게 어때? 내가 아는 편집실이 있거든. 취재하다가 알게 된 곳이야. 나도 옛날에 편집깨나 했다고 하니까 웃더라. 거기 부탁하면 편집할 수 있을 거야." 서영이 말했다. "네가 공空을 찍었든, 네 욕망을 찍었든 넌 그때의 진실을 찍은 거야. 〈구국의 꽃, 성승경〉이 아니라 로맨틱 코미디를 찍었다고 해도 너는 그렇게밖에 못 찍었을 거야. 이젠 그걸 받아들이고 인정해. 더이상은 죽은 사람처럼 핏기 없는 얼굴로 밤을 헤매지 마. 그런 걸 죄책감이라고 하는 거야. 네가 찍은 다큐멘

터리 속의 성승경은 분명히 죽었어. 그걸 받아들이기만 하면 되는 거야. 이젠 아무도 볼 사람이 없다고 해도 그 필름을 편집하는 게 좋겠어. 그게 너도 살고, 성승경도 사는 길이니까. 네가 어떻게 살든 내가 상관할 바가 아니지만, 이런 게 내 팔자인데 어떻게 하겠니?"

　서영은 문을 닫고 나갔다. 서영이 떠난 뒤, 재민은 책꽂이 위에서 종이상자를 내렸다. 종이상자 안에는 〈구국의 꽃, 성승경〉의 가편집본과 원본 테이프들이 들어 있었다. 재민은 가편집본을 꺼내 비디오플레이어에 넣었다. 화면이 지직거린다 싶더니 카운트다운이 시작됐다. 재민은 뒤로 물러앉아 그 비디오를 봤다. 현장음만 재생되는 상태로 성승경이 썼던 시가 실린 교지, 성승경의 모습이 담긴 사진, 1991년 가두투쟁 광경, 인문대 앞 민주광장에서 대동제 사회를 보던 성승경의 모습 등이 두서없이 지나갔다. 마지막 장면이 끝났을 때, 재민은 리모컨으로 화면을 되돌려 한번 더 그 장면을 지켜봤다. 가설무대 위에서 검은 원피스를 입은 성승경이 마이크를 잡고 구호를 선창하고 있었다. 재민은 다시 화면을 뒤로 돌렸다. 그러다 일시정지 버튼을 눌렀다. 성승경의 얼굴 위로 하얀 선이 두 개 흔들렸다. 성승경은 입을 벌리고 있었다. 그 검은 입 속으로 재민은 들어가고 싶었다. 자세히 바라보면, 결국 눈부시도록 밝은 삼원색으로 이뤄졌을 그 입 속 검정의 또다른 검은 틈 속으로.

10. 피가 흐르는 몸 하늘은 붉다. 붉은 하늘 아래로 사람들은 제 각기 자신들의 생각을 품은 채 웅크리고 앉아 있다. 저마다 한 시대의 전조가 되고 한 시대의 징후가 되는, 자신들만의 무덤 같다. 공기는 서로 통하지 않고 어두워지지도 않는다. 그런 하늘 아래에 서라면 누구도 잠잘 수 없다. 밤이 깊어지도록 하늘은 더욱더 붉어지기만 한다. 어둠은 어디에 있는 것일까? 사람이 가려지고 시대가 가려지고 세계가 가려질, 그런 칠흑의 어둠은 과연 어디에 있는 것일까? 영원히 어두워지지 않는 붉은 불빛 아래 우리는 세상에서 가장 큰 바다를 건너가는 사람처럼, 혹은 해가 지지 않는 사후의 세계를 떠도는 중음신의 육신처럼 1990년대를 건너가고 있다. 바뀐 환경에 적응하지 못하고 멸종의 길을 택한 생물체처럼 우리는 살아 있는 유령이 되어가고 있다.

승진은 원피스에 묻은 먼지를 털어내고 옷매무시를 바로 한 뒤, 걷기 시작한다. 결코 어두워지지 않는 길. 그래서 누추한 몸뚱이가 여지없이 드러나는 부끄러움의 길. 승진은 아기를 낳고 싶었다. 더럽고 추한 몸으로 새 생명을 낳고 싶었다. 그게 이 세계를 바꾸는 가장 확실한 방법이라고 생각했다. 하지만 승진은 아이를 낳을 수 없다. 남자의 몸으로는 살아 있는 생명을 낳을 수 없었다. 내 몸에서 피가 흐르면 될 테지. 매달 피가 흘러 그 뜨거운 피로 세상을 물들이면 될 테지. 온몸으로 통증을 느끼면서 승진은 생각한다. 얼굴을 만져보니 피가 말라붙어 있다. 승진은 웃는다. 마치 그 피가 새로운 생명의 피인 양. 자기 몸에서도 피가 나온다는 사실이 기쁘다는 듯이. 멀리, 밤이 깊도록 붉은 도시의 하늘 아래, 심해어처럼 자신의 내부를 환하게 밝힌 편의점이 보인다. 불빛이 따뜻하다. 승진은 그 편의점을 향해 걸어간다.

죽지 않는 인간

1. 중세의 가을

> 어느 날 밤 다시 꾸게 되는 언젠가 봤던 꿈.
> 그러나 모든 시작은 하나의 연속일 뿐,
> 그리고 프롤로그도 에필로그도 없는 운명의 책은
> 언제나 가운데가 펼쳐져 있다.
> ―비스와바 심보르스카

오른쪽 바지 주머니에서 열쇠를 꺼내 문을 잠그려던 순간, 문 저편에서 전화벨 소리가 들렸다. 벌써 몇 년째 내가 나가면 빈방에서 울리던 바로 그 전화벨이었다. 전화와 나 사이에는 두 개의 나무 문과 현관이 있었기 때문에 전화벨 소리는 마치 동굴 저편에서 들려오는 것처럼 아득했다.

문을 열고 현관을 지나 다시 문을 열었을 때, 전화벨은 없고 침묵뿐이었다. 방안을 둘러보니 전화기는 물론, 전화기가 놓인 작은 테이블이나 장판과 벽지, 의자와 책상 모두가 새로운 막이 올라간 무대 위의 배우들처럼 이상할 건 하나도 없다는 듯이 제자리를 지키고 있었다. 아무 일도 없었다고 말하고 싶은 거야? 그런 전화벨은 울리지 않았다고? 혼잣말을 중얼거리니 마음이 허전했다. 그렇다면 믿어주지. 정말 아무 일도 없었다고. 나는 다짐했다. 정말 아무 일도 없는 거라고.

하지만 내가 방을 비우면 그 전화벨이 울린다는 걸 나는 알고 있었다. 나는 그 전화를 받게 되는 걸 두려워하고 있었다.

바다낚시—1993년 7월 23일

언제였던가, 나는 강원도 속초 연금정 앞바다에 꿈틀대는 지렁이를 꿴 릴 낚싯바늘을 던져놓고 방파제 큐브 블록에 누워 있었다. 하늘은 비를 잔뜩 머금은 표정으로 바다를 내려다보고 있었다. 하늘과 바다의 시선은 수평선에서 만났다.

J형과 내가 팔자에도 없는 릴낚싯대를 잡은 이유는 단순했다. J형의 하계휴가를 맞아 전날 밤 무작정 여행을 떠난 우리가 도착한 곳이 속초였기 때문이었다. 서해 섬 출신인 J형이 낚시나 하자기에 물고기 잡는 걸 꽤 좋아하는 모양이라고 생각했지만, 막상 낚싯점에 가보니 J형은 릴낚시에 대해서는 나만큼이나 아는 게 없었다. 차를 타고 바닷가로 가면서 내가 그 이유를 묻자, 그는 이렇게 설명했다.

"우리 고향에서는 대개 대나무 낚시를 하거든. 바닷물이 얕아서. 섬에는 전기가 나중에 들어왔는데, 그래서 어릴 때는 밤이 반짝반짝했어. 넌 그런 밤을 잘 모를 거야. 그런 밤에 혼자서 대나무 낚싯대를 들고 바다로 가는 거지. 혼자 어둠 속을 뚫고 나가는 맛도 보통이 아니라구. 무섭기야 무섭지만, 그거라도 해야지 되니까 그냥 버티는 거지. 대나무 낚싯대를 보이지 않는 검은 바다에 던져놓고 그냥 버티는 거야. 그런 곳이 내 고향이야."

하늘은 점점 더 꾸물거렸다. J형은 일찌감치 낚싯바늘을 던져넣은 뒤, 잠시라도 눈을 붙이겠다며 축조물 위에 누웠다. 또 그렇게 버티는 것이겠지. 그러는 동안, 나는 낚싯바늘을 두 개나 잃어버렸다. 수초 같은 게 걸렸던 모양인지 팽팽하던 줄을 당기면 바늘이 떨어져나갔다. 나는 승부욕을 느꼈다. 하지만 변화는 없었다. 낚싯줄은 팽팽한 상태 그대로 바다와 나를 연결시켰다. 아무래도 낚싯줄은 그대로여서 나는 일어나서 파도를 바라봤다. 수평선에서 파도가 온다고 생각하면, 참 이상했다. 그렇게 멀리서 오는 것치고는 잔잔했으니까.

"고기는 세월로 낚는 거야."

내가 초조하게 찌가 움직이기를 기다린다는 사실을 잘 알고 있다는 듯이 J형이 말했다. J형은 돌아누웠다.

"아무 할 일이 없어서, 그래서 사는 게 지겨워서 미칠 것처럼 느껴질 정도가 돼야지 무슨 말인지 알지. 그렇게 조바심 내봐야 아무 소용 없어."

곧 비가 쏟아질 것 같았다.

"너, 미국에 갔다는 그애와는 연락하냐?"

나는 고개를 저었다.

"가고 난 뒤에는 아무 연락도 안 오는 거야?"

"오기는 오는 것 같은데, 못 받았어요."

J형은 몸을 일으켰다. 방파제 큐브 블록에 검은 벌레들이 달라붙어 꿈틀거렸다.

"그게 무슨 말이야?"

"그냥…… 걔는 어차피 잘 살 거예요. 그런데 굳이 연락 같은 거 할 필요 없잖아요."

"원, 자식도. 누군 잘 사는지 몰라서 연락하고 산다냐?"

"어차피 다 끝난 관계인걸요. 다 잘 지낼 거예요."

"쳇, 그걸 어떻게 알아?"

J형은 축조물 사이에 끼워놓은 낚싯대를 뛰어넘어 방파제 위에까지 올라갔다. 나는 물결을 따라 아래위로 출렁이는 찌만 바라봤다. 가끔씩 줄을 당겨보면 미끼로 달았던 지렁이의 몸통이 반 넘어 사라진 것을 볼 수 있었다. 미늘에 지렁이를 제대로 꿰는 법이 서툴러서였다. 고기는 세월로 낚는 거라……

"너, 네 생각은 어떠냐?"

등뒤에서 J형의 목소리가 들렸다. 나는 돌아보지도 않고 대답했다.

"술집을 차리겠다는 거? 그게 뭐예요?"

"그게 뭐긴 뭐야. 술집을 차린다는 거지."

"난 별로 마뜩지 않네요."

"쳇. 누군 뭐 마뜩해서 술집 차린다냐? 인생이 더 마뜩지 않으니 까 그러지."

"그래도 별로 힘들지 않네요."

"원, 자식도. 그러다가 순식간에 깨닫게 될 터이지."

마침내 빗방울이 떨어지기 시작했다. 회색 큐브 블록 위에 검은 색으로 빗방울이 찍혔다. 방파제에 서 있던 J형은 부랴부랴 뛰어내 려와 낚싯줄을 감기 시작했다. 바닷바람이 거칠게 뺨을 스쳤다. 바 다 위로 빗방울이 후드득 떨어졌다. 수천수만 방울의 빗방울이 바 다에 떨어지고 있었다. 우리는 낚시도구를 챙겼다. 미끼통에 남은 지렁이들은 모두 바다로 던져버렸고, 낚싯줄은 모두 감은 뒤 원래 주인에게서 받았을 때처럼 미늘을 손잡이 부분의 플라스틱 줄에 걸어 고정시켰다. 방파제 안쪽에는 미리 알고 출어하지 않은 고깃 배들이 가득했다. 순식간에 주위가 어두워지면서 불 꺼진 집어등 이 일제히 흔들렸다. 낚시도구를 모두 챙겨 방파제 위로 올라서자 등뒤에서 바람을 가르는 소리가 들렸다. 체육복 바지에 예비군복 상의를 입은 사내가 낚싯바늘을 멀리 날리고 있었다.

카르미나 부라나—1993년 4월 12일에서 1993년 3월 11일까지

신호가 바뀌자마자 나는 길을 건넜다. 건널목 저편 음반가게의

실외 스피커에서 미국 댄스그룹의 최신 히트곡이 요란하게 흘러나오고 있었다. 덕분에 음반가게의 문을 열고 들어가는 마음이 들떴다. 서연의 모습은 보이지 않았다. 이층에도 서연은 없었다. 잠깐 자리를 비운 게 틀림없으리라고 생각하며 나는 프로그레시브 록 음반을 구경했다. 프로그레시브. 고등학생 시절, 나는 그 단어에 사로잡혀 있었다. 진보적. 미래의, 아직 오지 않은 것들. 오잔나, 뉴 트롤스, 라테 에 미엘레 등 이탈리아 밴드들의 음악을 나는 좋아했었다.

그중 로스 카나리오스는 스페인 밴드라 나중에야 알게 됐다. 그 밴드를 소개한 사람이 바로 서연이었다. 서연이 들고 온 시디의 표지에는 요기의 모습이 기묘한 그림들과 함께 어우러져 있었다. 조금 거리를 두고 바라보면 그건 나비 모양으로 보였다. 아무리 표지를 들여다봐도 내가 알아볼 수 있는 건 하나도 없었다.

"〈사계〉예요."

서연이 짤막하게 설명했지만, 무슨 뜻인지 난 알아듣지 못했다.

"비발디의 〈사계〉란 말이에요."

그제야 나는 고개를 끄덕였다. 말을 절약하면서 사는 사람 같았다. 과연 시디에는 음반 제목이 'Ciclos'라고 적혀 있었는데, 이 단어가 스페인어로 '순환' 정도를 의미할 것이라는 짐작은 나도 할 수 있었다.

"그러니까 비발디의 〈사계〉를 프로그레시브 록으로 편곡한 앨범인 모양이군요."

서연은 그럴 듯 말 듯 고갯짓을 했다. 시디를 손에 들고 흔들면서 "좋아요?"라는, 하나마나 한 질문을 던졌다. 이번에도 고갯짓만. 구매해야만 하는 당위성에 대한 설명이 상당히 부족하다고 느꼈지만, 그 음반을 사기로 마음먹었다. 내가 어떤 사람인지도 모르면서 어떤 음반을, 그것도 프로그레시브 록을, 안 듣던 사람이라면 힘이 들 게 분명한 음반을 추천하는 사람은 어떤 사람일지 궁금증이 더 컸다.

"프로그레시브 음악을 많이 아시나봐요?"

내 짐작이 틀리지 않는다면, 그녀는 내성적인 성격에 남들과 다르고자 하는 욕구가 많을 것이었다.

"그냥, 조금."

처음 "〈사계〉예요"라고 말할 때처럼 뭔가가 하늘에서 뚝 떨어지는 듯한 말투였다. 그게 뭘까 나는 생각했다.

"저도 프로그레시브 음악을 좋아했거든요. 고등학교 다니던 시절에요. 자고 일어나면 매일이 월요일 같았어요."

우스갯소리 같은 걸 덧붙여봤지만, 그녀에게서 별다른 반응은 나오지 않았다. 추천해줘서 고맙다고 말한 뒤, 애당초 사려고 했던 스파이로 자이라의 음반과 함께 그 음반을 산 뒤 집으로 돌아왔다. 집에서 로스 카나리오스의 음반을 듣는데 불현듯 낭하라는 단어가 떠올랐다. 낭하廊下. 그녀의 말투는 낭하에 떨어지는 수도복을 닮았다는 생각이 들었다. 불신으로 구겨지고 회의로 더럽혀진 수도복. 혹은 한 타락한 인간의 표상. 그가 도달하게 될 막다른 벽. 밤새 빠른 걸음으로 쥐들이 지나가고, 다음날 오전 그 수도복 주위를 원형으로 둘러싸고 선 묵언의 수도사들. 그림자는 짧아졌다가 다시 길어지고, 멀리서 들리는 찬송. 주여, 우리를 불쌍히 여기소서. 반짝이는 스테인드글라스, 멀찌감치 물러난 하늘, 개울을 차며 달려가는 평민의 사내. 거기까지가 그녀에게서 내가 받은 이미지였다. 난 그녀가 궁금했다.

두번째로 갔을 때는 지하 클래식 코너에서 그녀를 만났다. 이번에 서연이 추천한 앨범은 〈카르미나 부라나〉였다. 그게 어떤 곡일지 상상이 가지 않는다고 하자, 들어보면 알 거라며 서연은 그 자리에서 시디를 뜯어 플레이어에 걸었다. 서연의 말 그대로 많이 들어본, 묵직한 선율이었다.

"좋네요. 지난번 그 음악하고도 비슷하구요."

그녀는 무슨 말인가는 표정으로 나를 바라봤다.

"그 〈사계〉 말이에요. 프로그레시브. Ciclos."

그녀는 경계의 눈빛으로 나를 바라봤다. 나는 그녀가 나를 기억해낼 때까지 기다렸다.

"아, 로스 카나리오스. 그때 오셨던 분이구나. 어땠나요, 그 음반? 마음에 들었죠? 그런 음악을 좋아할 만한 사람인 게 틀림없었어요."

〈카르미나 부라나〉의 첫 곡 〈O Fortuna〉가 장엄하게 울리는 가운데, 그녀가 반갑다며 내 손을 덥석 잡았다. 완전히 딴사람인 것 같았다. 우리는 로스 카나리오스의 음반에 대해서 한참 얘기를 나눴다. 그다음에는 우리가 고등학교 시절에 듣던 프로그레시브 음악 전체로 화제가 번졌다. 같은 시기에 같은 라디오방송을 듣고 같은 음악에 빠져들었다는 사실만으로도 우리는 서로에게 경계심을 늦출 수 있었다. 이야기 끝에 그녀는 저녁에 시간이 나면 그 동네에 있는 한 카페로 오라고 말했다. 자기가 한턱 내겠다는 것이었다.

"왜 내게 한턱을 내겠다는 거죠?"

서연이 말한 카페에서 내가 소리쳤다. 귀를 찢는 헤비메탈 음악을 틀어놓은 어둠침침한 카페였다. 머리를 치렁치렁 기르거나 해골 따위가 그려진 밴드 티셔츠를 입은 남자들이 그다지 기분좋지 않은 눈빛으로 들어오는 사람들을 바라보며 술을 마시는 곳이었다.

내 물음에 그녀는 손가락을 치켜들면서 크게, 그러나 음악 소리 때문에 내게는 들릴 듯 말 듯, 외쳤다.

"첫째, 오늘 월급을 탔어요."

"그렇다고?"

"둘째, 오늘 미국대사관에서 비자가 나왔어요."

설명인즉, 그녀의 집에는 미국대사관이 요구하는 만큼의 재산이 없어서 그간 좀 껄끄러운 관계에 있던 친척에게 몇 번이나 사정한 끝에 잠시 돈을 빌려 통장 잔액을 늘릴 수 있었다. 그러는 과정에서 그 친척에게 죽을 때까지 잊지 못할 모욕적인 말을 들었다. 그런 난리법석에도 불구하고 만약 이번에도 비자가 나오지 않는다면 모든 게 끝이라는 걱정 때문에 밥도 제대로 삼키지 못할 정도였다. 그런데 그날 마침내 비자 심사에 통과된 것이었다.

"내가 돈을 빌려준 것도 아닌데, 왜 나한테 한턱 내나요?"

"그렇다고 그 나쁜 새끼한테 고맙다고 술을 살 순 없는 일이잖아요. 그냥 술을 마셨으면 좋겠는데, 그쪽이 얘기도 잘 통하고 하니까 같이 마시자는 거죠. 무슨 상관이에요?"

그녀는 담배에 불을 붙였다.

"여긴 처음 와보죠?"

물론 나는 처음이었다.

"옛날에는 여기 참 좋았어요. 지금은 다 망해버렸지만. 저기 카운터 앞에 앉아 있는 사람도 정말 대단한 기타리스트였어요. 그런데 유명해지기도 전에 마약을 해서 구속됐죠. 왜 신문 보면 유명하지도 않은데 연예인이라면서 관련 뉴스에 나오는 사람들 있잖아요. 그렇게 한번 다녀오더니 재능이 다 닳았는지 아직까지 저 모양 저 꼴이에요."

"그동안에는 그럼 약 기운으로 기타를 잘 쳤던 건가요?"

"직접 물어보세요. 그 옆에 있는 까까머리는 자칭 미술가인데, 사실은 정체불명의 인물이죠. 〈스티븐〉 빼고는 아는 음악이 거의 없어요. 술에 취하면 〈스티븐〉을 틀어놓고 온몸에 휴지를 감으며 춤을 추는 버릇이 있어요. 그 앞에서 같이 맞장구를 치는 사람은 지금까지 쓴 시만 이천 편이 넘는 시인. 시 창작에 포드시스템을 도입했다고 자기 입으로 말하는 사람이죠."

"포드시스템?"

"제목을 생각할 때는 제목만 생각하고, 시어를 찾아낼 때는 사전을 뒤져 시어만 찾아내고, 그 시어들을 서로 연결할 때는 또 그 일만 하고. 그런 식으로 작업하면 하루에도 수백 편의 시를 쓸 수 있다는 게 저 사람 주장이에요."

"여기 있는 사람들, 다들 서로 잘 아나봐요."

"오래전부터 봐온 사람들이니까요. 그때는 아는 사람들이 더 많았어요. 지금은 많이들 안 보여요. 여기서 만난 제 친구도 지금은 일본에 갔죠. 인디밴드에서 드럼을 치던 애였는데, 음악 공부한다고 일본 가서는 스나쿠에서 일한다네요."

"스나쿠?"

"여자 나오는 술집 같은 곳인가봐요."

그때 떠들썩한 소리가 들려 나는 고개를 돌렸다. 까까머리 자칭 미술가가 벌떡 일어섰다. 그는 턴테이블 쪽으로 걸어갔다.

"또 〈스티븐〉을 틀 게 분명해요. 좋은 곡이지만, 저 남자가 트는 〈스티븐〉은 쓰레기죠."

역시 〈스티븐〉이 흘러나왔다. 까까머리는 음악에 맞춰 몸을 흐느적댔다.

"난 저 사람들이 불쌍해. 다들 떨어진 유성 같은 거야. 궤도에서 벗어난 존재들이죠. 옛날에는 좋았는데, 괜찮은 애들이 많았는데."

다음날 아침, 집에 돌아와 나는 서연이 추천한 그 음반을 들으면서 오랫동안 이를 닦았다. 그리고 이불 속에 들어가 몸을 웅크리고 잠들었다. 그뒤로 우린 연인이 됐다. 그즈음 그녀를 만나던 기억들은 내게 따뜻하게 남아 있다. 그녀는 미국에 간다는 기대로 들떠 있었고, 그런 모습을 보는 건 내 즐거움이었다. 하지만 미국행 비행기에 오른 뒤에 어떻게 된다는 것인지는 그녀도 나도 알지 못했다. 그냥 미국으로 간다고 생각하니 마냥 좋았던 것이다.

그즈음, 〈카르미나 부라나〉를 듣는 밤들이 있었다. 그럴 때면 나는 속지를 꺼내 〈O Fortuna〉의 가사를 읽었다.

오 운명의 여신이여. 차고 기울며 그대는 달처럼 변화무쌍하구나. 지긋지긋한 삶은 망상에 따라 나를 짓누르기도 하고 달래기도 하네. 가난도 재능도 삶은 한낱 얼음덩어리처럼 녹여버리는구나. 운명의 여신이여, 사악하고 공허한 그대 돌고 도는 바퀴여. 이제 삶을 통해 나는 그대 악덕에 빈 등을 건네. 운명이 용감한 자들을 쓰러뜨린 이후로 모든 사람들이 나와 함께 울고 있노라!

그녀와 창경궁에 놀러갔다가 돌아오는 길이었다. 며칠 동안 고민한 끝에 나는 마음속의 진심을 말했다.

"미국에 안 가면 안 될까? 그냥 같이 살면 되잖아. 방은 좁지만, 그래도……"

"왜요? 죄책감 때문에요?"

그런 단어가 나올 줄은 몰랐던 나는 무슨 소리인가 해서 서연을 바라봤다.

"그럴 거면 사랑한다고 먼저 말해야지. 내가 지금까지 이 순간을 얼마나 기다려왔는지 아세요?"

"무슨 순간?"

"미국에 가게 되는 순간 말이에요."

"알아. 난 그냥 네가 잘됐으면 해서 그랬던 거야. 그냥 잘 살면 되는 거야. 아무 문제 없어."

나중에 서연에게 편지를 받고 나서야 그때 그녀나 나나 서로해서는 안 되는 이야기를 주고받았다는 걸 알게 됐다. 서연이 미국으로 떠나는 비행기에 오르기 이 주 전의 일이었다. 서연이 나타나기만을 기다리며 매장에서 음반을 구경하다가 나는 다시 일층으로 내려갔다. 지하 매장에 있을지도 모른다는 생각이 들어서 다시 계단을 밟고 내려가는데 서연이 올라오고 있었다. 내가 알은척을 하려니까 서연이 "잠깐만!"이라고 중얼거렸다. 나는 지하 매장으로 내려가서 서연을 기다렸다. 하지만 아무리 기다려도 서연은 내려오지 않았다. 다시 일층으로 올라갔지만, 그녀는 거기에 없었다.

"최서연씨 어디 갔나요?"

계산대의 남자에게 물었다.

"아까 일 끝내고 갔는데요. 오늘까지 일하거든요. 전화해보세요."

"혹시 연락처를 알 수는 없을까요?"

"연락처? 연락처를 모르세요?"

사내는 미심쩍다는 표정으로 나를 바라봤다. 나는 그냥 밖으로 나왔다. 얼굴이 화끈거렸다. 길을 따라 걷다가 버스정류장에서 아무 버스에나 올라탔다. 버스가 미아리고개를 반 정도 올라갔을 때, 아래쪽 인도로 서연이 걸어가는 모습이 보였다. 서연도 고개를 올라가고 있었다. 나는 정차벨을 누르고 뒷문 쪽으로 걸어갔다. 도로는 차량으로 정체중이었으므로 걸어가는 서연이나 버스를 탄 나나 비슷한 시간에 다음 정류장에 도착할 것 같았다. 그런데 얼마간 가다 서다를 반복하던 버스가 갑자기 속도를 내기 시작했다. 나는 서연보다 먼저 미아리고개의 정류장에 내렸다. 서연이 걸어올 돈암동 방향으로 나는 되돌아가기 시작했다. 그녀와 마주칠 것이라고 예상한 지점까지 걸어갔는데도 서연은 보이지 않았다. 조금 더 내려가자, 도로 아래로 터널이 있었다. 중간에 기둥이 있는, 차량 왕복이 가능한 두 개의 터널이었다. 그 터널로 들어간 게 틀림없었다. 터널은 어둡고 습했다. 하지만 그 터널을 통과하는 내 느낌은 그보다 더 어둡고 습했다. 터널은 생각보다 길었다. 터널을 완전히 빠져나오자, 도로 반대쪽 동네가 나왔다. 거기에서도 서연의 모습은 보이지 않았다. 대신에 내 눈앞으로는 운명철학원 간판들이 보였다. 간판들 옆에서는 깃발이 펄럭이고 있었다. 운명의 감식안들이 저마다 깃발을 높이 치켜들고 인간에게 시위하는 것 같았다. 그들은 이 세계의 의미를 본다고 스스로 믿는 눈동자이자, 고개의 정상을 향해 올라가는 인간들에게 던지는 경고였다. 그 터널을 통과하는 게 아니었다는 생각이 들었다.

좌담—1994년 10월 25일

약속시간보다 조금 늦게 잡지사에 도착했다. 소파에 앉아 있던 J형이 어서 오라며 나를 반겼다. 내가 생각해도 인사하는 내 목소리가 좀 의례적으로 들렸다. 아무래도 좌담회는 처음이라 긴장이 된 모양이었다. 안면이 있는 잡지사 여직원이 몸이 안 좋으냐고 물을 정도였다. 반면에 J형은 느긋한 표정으로 서가에 꽂힌 책들을 둘러보고 있었다. 잠시 앉아서 기다렸더니 잡지사를 운영하는 여성 문인이 문을 열고 들어왔다. 연세가 많은 분이었다. 그녀는 자리를 옮기자고 말했다. 우리는 그녀를 따라 편집부를 나와 복도 오른쪽으로 걸어갔다.

나와 좌담하기로 한 사람 중에 J형이 있다는 사실을 알고는 좀 당황스러웠다. 좌담의 주제는 '신세대문학'이었다. 나 같은 신참이 나설 만한 자리도 아니었지만, 그렇다고 신세대문학과는 거리가 먼 J형도 어울리는 건 아니었다. 그런데 왜 J형은 좌담회에 참석해달라는 요청을 수락했을까? 그게 궁금해서 술을 마시고 돌아온 어느 저녁, J형에게 전화를 걸었다. 평상시라면 그런 전화가 좀 껄끄러웠겠지만, 술기운이 그런 민망함을 무디게 했다. 몇 마디 일상적인 대화를 나눈 뒤에 내가 말했다.

"이번에 좌담을 같이 하게 됐다면서요?"

"그렇게 됐다."

긴 침묵. 한동안 서로 말이 없다가 다시 내가 말했다.

"웬일이세요? 술집이나 차린다더니?"

"그 잡지의 편집위원 되시는 분에게 빚진 게 좀 있다."

다시 긴 침묵.

그래도 나는 들을 수 있었다. J형의 마음 가장 깊은 곳에서 들끓는 문학에 대한 욕망을. 그게 사실이 아니라면 반박해보라. 그런 말들이 입안에서 맴돌았다. 하지만 정작 나온 말은 그게 아니었다.

"그럼, 우리 한번 잘해보죠."

"그러지."

그때의 일을 떠올리며 나는 걸었다. 복도 끝에서 계단을 따라 내려간 우리는 다시 왼쪽으로 이어진 복도로 들어갔다. 어둡고 길어서 꼭 미아리의 그 터널 같다는 생각이 들었다. 바닥에는 싸구려 비닐장판이 깔려 있어 불빛이 흐릿하게 반사됐다. 어두운 건 복도의 직접조명이 워낙 약해서이기도 했지만, 복도에 접한 사무실의 창마다 블라인드를 쳐놓아 사무실의 빛이 차단됐기 때문이기도 했다. 그 복도를 다 지나가면, 거기에는 또 언덕 높은 곳의 깃발 같은 게 있어서 나를 굽어보며 펄럭일 것만 같았다.

"웬 복도가 이렇게 긴 겁니까?"

J형이 물었다.

"원래는 아까 있던 건물만 지었다가 사무공간이 좁아서 계속 이어 지은 건물들이라서 그렇습니다. 이렇게 걸어가면 쭉 이어진 것 같지만, 밖에서 보면 중간에 건물이 세 개나 연결돼 있어요. 그러니까 모두 다섯 개의 건물을 통과하고 있는 셈이죠."

잡지사 대표의 말이 끝나자마자 요란한 기계음이 복도에 울려 퍼졌다. 앞을 보니 사내 세 명이 복도로 컴퓨터를 들고 나와 진공청소기로 내부의 먼지를 빨아들이고 있었다. 그들은 성물을 씻는 사제처럼 엄숙하게 컴퓨터 청소작업을 계속했다. 복도의 어두운 조명과 요란한 소음으로 인해 그들의 모습이 비현실적으로 보였다. 마치 탈색된 필름 속의 세계처럼. 그 광경을 바라보는데 느낌이 이상했다. 이 복도를 지나고 나면 내게 중요했던 모든 것들이 그렇게 비현실적으로 바뀔 것만 같았다. 우리는 '외부인 출입금지'와 '컴퓨터실'과 '포토뱅크'를 지나 복도의 맨 끝에 자리한 방

에 도착했다. 잡지사 대표는 주머니에서 열쇠를 꺼내 문을 열면서
말했다.

"웬만해서는 잘 열지도 않는 방이랍니다. 오늘은 특별히 이 방
에서 좌담회를 하기로 하지요."

그녀가 불을 켜자, 눈이 부실 정도로 실내가 환했다. 창문도 없
는 방이었다. 바닥에는 6월 맑은 날의 바닷빛 같은 푸른색 카펫이
깔려 있었다. 형광등의 하얀 조명 때문에 서늘한 느낌이 강했다.
하얀색 페인트로 칠한 벽에 가구라고는 방 한가운데 놓인 소파세
트와 한쪽 벽의 스팀뿐이었다. 방은 깊고도 공허해 보였다. 그런
느낌을 그나마 없애주는 게 바로 벽을 돌아가면서 걸어놓은 액자
들이었다. 잡지사 대표가 이끄는 대로 J형과 나는 회색 소파에 앉
았다. 함께 좌담을 하기로 한 평론가가 지금 오고 있는 중이니 기
다리라고 말한 뒤, 그녀는 문을 닫고 나갔다. 문이 닫히자, 완벽한
침묵이 방안에 찾아왔다. 모든 게 정지된 느낌이었다. 시간도, 공
간도. 어릴 적, 아버지의 이야기 속에 나온 기억의 방이 떠올랐다.
아마도 이 세상에 그런 방이 있다면, 바로 이런 느낌이었을 것이라
는 생각이 들었다.

벽에 걸린 건 사진 액자들이었다. 상갓집에나 어울릴 만한 그 흑
백사진의 주인공들은 모두 문인들이었다. 최남선, 이광수, 김소월,
염상섭 등이 사각 액자 안에 갇혀 있었다. 당연히도 그들은 아무런
말이 없었다. 푸른 카펫 덕분에 방부防腐의 느낌이 들었다.

"희한한 방이구만."

J형이 말했다. 감탄인지 비아냥인지 잘 구분되지 않았다.

"분위기가 꼭 납골당에 들어온 것 같네요."

"납골당. 딴은 그렇군."

자꾸만 바닥의 카펫에서 방부제 냄새가 나는 것 같아서 나도 모르게 코를 감싸쥐었다.

"우리도 성공하면 저런 운명이 되겠네요."

"그럴까."

J형은 주머니에서 담배를 꺼냈다가 다시 주머니에 집어넣었다.

"여기서 담배를 피워도 되는 거냐?"

J형은 당황해하고 있었다. 그건 나도 알 수 없었다. 담배를 피워도 되는 것인지가 아니라, '위대한'이라는 수사를 붙여야 할 사람들의 데스마스크 같은 굳은 얼굴로 둘러싸인 그런 방에서 '신세대 문학'이라는 것에 대해서 우리가 이야기하는 게 온당한지. 과연 신세대란 무엇이며, 문학이란 무엇이란 말인가. 그건 운명인가? 결국은 이렇게 납골당 같은 방에 흑백의 사진으로 걸려 있어야만 할 운명. 끝없는 낭하를 지나와 중세와도 같은 어둠 속에서 제사상을 받아야만 하는 운명.

나는 좌담을 대비해서 준비해온 말들은 모두 잊어버린 채, 멍하니 우리가 들어온 문을 바라봤다. 그 문밖, 수십 미터에 달하는 어두운 복도 저편에서는 수많은 사람들이 서로 사랑하고 싸우고 그렇게 뒤엉키면서 세계라는 장엄을 이루고 있는데, 우리는 죽어 위대해지기 위해서 지금 제사를 준비하고 있는 것인지도 몰랐다. 운명이야. 그게 운명이야. 내 속에서 결코 받아서는 안 되는, 하지만 몇 년째 울리고 있는 그 전화벨 소리가 들리기 시작했다.

마지막 편지—1993년 4월 9일

내가 말할 수 있는 건 하나도 없어요. 내가 설명할 수 있는 것도 이 세상에는 없죠. 어떤 식으로든 세계는 돌아갈 것이고 나는 혼자서 존재해요. 이런 느낌을 당신이 알 수 있을까요? 과연?

언제부터인가 그 어둠침침한 세계의 한쪽에서 빛이 밝아오기 시작했어요. 언제부터일까? 가끔씩 생각해봐요. 어디서 그런 빛이 나오는 걸까? 그건 어떤 이름의 빛일까? 바람을 따라 구름은 모이고, 구름이 모이면 빗방울이 떨어져요. 물결은 밀려왔다가 사라지고, 한번 떠난 시간은 다시 돌아오지 않죠. 그런데 너는 이제 무엇을 설명하고 어떻게 증명할 것인가? 그 빛은 항상 제게 그렇게 물었죠.

오늘은 자전거를 타고 노을이 내리는 곳까지 달려갔어요. 시가지 외곽으로 난 산업도로를 따라 조그만 초등학교까지 가니까 노을은 사라지기 시작했어요. 반팔 티셔츠를 입고 있었기 때문에 내게로 불어오는 바람은 서늘하게 느껴졌죠. 노을은 우리가 눈치채지 못할 만큼의 퇴락을 조금씩 감당하다가 단숨에 무너져내리죠. 그게 얼마나 부러운 일인지. 누구도 눈치채지 못할 만큼의 허물어짐. 사람들은 결국 깨닫게 되겠지요. 어느 틈에 저녁이 왔네. 해가 지는 줄도 몰랐네.

돌아오는 길에는 가게에 들러 담배를 한 갑 사서 피우고 노래도 흥얼거렸지요. 시가지 바깥쪽에서 시내의 불빛을 바라보자, 당신을 처음 만난 날 당신이 들려준 이야기가 생각났어요. 『한없이 투명에 가까운 블루』에 나오는 이야기. 생각해보니 나는 이제 그 검은 새 아래에 있는 게 아니에요. 내겐 어렸을 때부터 간직해왔던 빛이 있었고, 이제 그 빛은 너무나 밝게 빛나고 있어요. 그게 얼마나 밝은 빛이냐면, 그딴 검은 새 따위는 보이지도 않을 정도예요.

처음 만났을 때부터 고마웠어요. 당신이 아니었다면 나는 그때 카페에서 아주 혼났을 거예요. 다 미친놈들이지, 뭐야. 지긋지긋한 인간들. 둘이 술에 잔뜩 취해서는 날뛰었으니, 모두들 놀랐을 거야. 당신은 내가 알고 지낸 사람들 중에서 제일 짧게 만난 사람이지만, 늘 고맙다고 생각해왔어요.

그간 나는 이 세계가 너무나 두려웠어요. 언제나 혼자라는 느낌뿐이었는데, 일단 나 자신을 구할 능력이 없다는 건 분명했지요. 당신 역시 나를 위해 무던히 노력했지만, 나는 선천적으로 나 외엔, 그 무엇으로부터도 단절되어 있는 아이였으니까. 고립. 뭐, 그런 단어의 영역에 속하는 사람이죠.

뭐라고 쓸 말이 잘 생각이 나질 않네요. 아마 저도, 당신도 잘 살 거예요. 잘 지냈으면 하고 늘 생각해왔어요. 그리고 이제 영원히 생각할 거예요.

2. 카르타필루스

만약 나의 대답이 다시 지상으로 돌아갈 자를 위한 것이라면
이 불꽃이 더이상 타오르는 일은 없을 것이다.
하지만 내가 좀더 진실에 가깝다는 것은
누구도 살아서 이 심연을 벗어날 수 없을 것이며
그러므로 어떤 치욕의 두려움 없이 너에게 대답하는 것이니.
—귀도 다 몬테펠트로

그녀는 한쪽 구석을 가리켰다. 거기에는 두 사내의 모습을 그린 그림이 걸려 있었다.

"저 그림이 좋아요. 로트렉의 그림이죠. 〈마지막으로 남은 빵 한 조각〉."

그러더니 그녀는 사람을 불러 밀러를 한 병 더 시켰다. 처음이라 확신할 수 없었지만, 과음하는 것 같았다.

"그건 그렇고, 재서씨는 종말을 믿나요?"

"종말이라면?"

"왜, 지구의 종말 말이에요. 갑자기 땅이 갈라지고 휴화산이 폭발하고 건물이 무너지고 뭐 그러는. 〈천년여왕〉에 나왔던 것처럼 1999년 9월 9일 0시 9분 9초에 지구가 멸망한다거나."

세계의 끝—1993년 3월 11일

나는 맥주를 들이켰다. 머리가 어질어질했다. 세상이 멸망하게 내버려둬서는 안 된다는, 도무지 말도 안 되고 맥락도 없는 뜨거운 열기가 가슴에서부터 머리 쪽으로 올라오고 있었다.

"난 내일도 제대로 생각해본 일이 없어요. 하물며 종말이라니. 하지만 종말이라니, 음, 왠지 그럴듯하군요."

"전 종말을 확실히 믿어요. 종말이 온다면 열심히 때를 밀고 목욕한 뒤에 새로 산 속옷에 새옷을 걸치고―혹시 있을지도 모를 생존자들에게 더러운 시체 꼴을 보여주고 싶은 생각은 없으니까―식탁 아래 같은 데 웅크리고 앉아서 '하나님, 제발 살려주세요'라고 기도할 거예요. 그때를 대비해서 지금은 기도를 아껴두고 있죠."

"혹시 기독교 신자?"

내가 물었다. 그녀는 손을 흔들고 담배연기를 내뿜었다.

"아니요. 전 구원 같은 건 없다고 생각해요. 우린 이미 심판받은 게 아닐까요? 성경에도 나오지만 바벨탑 이후로는 한 인간이 다른 인간을 완벽하게 이해한다는 게 불가능하단 말이죠. 심판은 이미 바벨탑이 무너질 때 일어난 거예요. 어쩌면 여긴 지옥인 거예요. 그러니까, 저는 결혼도 안 할 것이고, 아이도 낳지 않을 거예요. 내 몸으로는 절대로 어떤 영혼도 이런 지옥으로 불러들이진 않을 거예요."

우울한 내용인데도 목소리는 밝았다.

"실은 외할머니가 교회를 열심히 다녔어요. 북한 사리원이 고향인데, 전쟁 전부터 교회에 다니던 분이었어요. 가족들은 모두 북한에 남고 외할머니만 할머니 작은삼촌을 따라 월남했지요. 원래는 큰오빠 뒷바라지를 위해 따라나선 길이었는데, 그분은 집을 나오자마자 평양으로 갔다더군요. 할머니 말로는 사상 좀 하셨대나 어쨌대나. 그렇게 내려오셔서 우리 외할머니 평생 고생만 했어요. 여기서 결혼하고 나서도 고생고생. 외할아버지가 사업을 했는데, 굉장한 정력가에다가 바람둥이. 외할머니와 불쌍한 우리 엄마만 빼놓고 우리 식구들이 다 싫어요."

"아버지는?"

"아버지는 죽었어요. 우리와 말이 통하지 않았어요."

『마의 산』과 X—1995년 11월 22일에서 1995년 11월 21일까지

소설小說인데도 낮부터 남산 너머 남쪽 하늘에서 몰려온 구름이 밤늦도록 비를 쏟아붓고 있었다. 제각기 자기 운명을 결정할 수험번호가 인쇄된 수험표를 놓고 의자에 앉은 고등학생들도 한 번쯤은 그 차가운 빗줄기를 바라봤을 것이다. 그치지 않는 비. 한 빗방울 위로 다른 빗방울이 떨어지듯이, 마르지 않고 끝없이 흘러가는 강물처럼, 비는 영원히 내리고 우리가 사는 방 천장과 벽에는 양치식물 같은 이상한 무늬가 그려질 것 같았다. 하루종일 빗방울이 떨어지는 길을 걸어서 집에 돌아온 나는 X의 〈Endless Rain〉만 되풀이해서 들었다. 같은 노래를 계속 듣다보니 아주 오래전부터 이 비를 기다려왔다는 확신마저 들었다.

전날, 눈을 떴을 때, 비는 멎어 있었다. 보통 새벽에 잠들어 한낮이 되어야 잠에서 깨어나는 나를 아침 일찍 깨운 건 전화벨 소리였다. 깊은 잠 속에서 듣는 전화벨 소리는 동굴 저편 아주 먼 곳에서 울리는 것 같았다. 한참 동안 벨이 울리도록 계속 꿈에서 깨어나지 못하다가 가까스로 전화를 받을 수 있었다. 우리 동네의 우편물을 배달하는 우체부였다. 잠결이었지만, 반가웠다.

"등기우편물이 왔는데, 집에 아무도 없어서 배달할 수 없었어요. 그러니 우체국까지 와서 찾아가야겠는데……"

"그냥 던져넣으시죠."

시사주간지에 원고를 기고했더니 담당기자가 등기우편으로 잡지를 내게 보내왔다. 하지만 우체부가 우리집에 다녀가는 아침시간이면 나는 늘 곤히 잠들어 있었다. 그래서 등기우편은 받기가 어려우니 그냥 배달하면 안 되겠느냐고 말한 적이 있었다. 하지만 규정상 그건 불가능했다. 우체부의 말에 따르면 "나중에 일이 잘못되면 곤란하니까" 말이다. 제대로 읽지도 않을 시사주간지를 찾으러 우체국까지 가야만 한다는 게 귀찮았지만, 잠자코 찾으러 가겠노라고 대답했다. 등기우편물을 받을 때나 동네를 지나는 길에 몇 번 그 우체부를 본 적이 있었다. 머리가 희끗희끗한 분이었다. 그분은 가끔씩 우리 남매를 잘 알고 있는 사람처럼 우편물을 찾아가라고 전화를 걸어서는 "거, 누나가 말이지"라거나 "그래서 내가 누나에게 우편물을 찾아가라고 전화했어"라고 말했다. 그런데도 이상하거나 반발심 같은 게 느껴지지 않은 건 아무래도 그 은발의 머리칼 때문이었다.

또 인상적인 건 운동화였다. 아무래도 우체부라면 걸어다닐 일이 많으니 운동화가 더럽고 많이 낡아 있는 게 당연할 텐데 그분의 운동화는 늘 눈이 내린 것처럼 하얬다. 매번 그분을 볼 때마다 운동화를 살펴봤지만, 단 한 번의 예외도 없었다. 항상 깨끗했다. 기이하다면 피사의 사탑만큼이나 기이했다. 아직 시집가지 않고 부모와 함께 사는 착한 딸이 있어서 매일 아침 새로 세탁한 운동화를 현관에 내놓는 것일지도 몰랐다. 그러다가 최근에는 배달하는 사람이 아주 젊은 사람으로 바뀌었다. 둘이 함께 다니면서 이런저런 노하우를 전수하는가 싶더니 언제부터인가 젊은 사람 쪽만 보였다. 그 젊은 배달부의 운동화를 살펴본 적이 있었다. 한 번뿐이었고, 그다음부터는 눈여겨보지 않았다. 젊은 배달부는 여기저기 우편물을 아무렇게나 배달해놓고 주민들의 반응으로 과연 자신이 제대로 배달했는지 확인하는 사람 같았다. 몇 주간 동네의 우편배달 체계에 큰 혼란이 왔다. 내게도 한 번은 『타임』지가 배달됐고, 또 한번은 군사우편이 날아왔다.

　나는 거의 매일 집안에만 틀어박혀 있었다. 집에서 하루종일 토마스 만의 『마의 산』을 입력했다. 예전에도 그렇게 책을 베껴 쓴 적이 있었다. 하루종일 땅을 파거나 벽을 쌓다가 저녁이면 지친 몸으로 퇴근하던 방위병 시절, 밤이면 나는 무라카미 하루키의 소설을 종이에 긁적였었다. 그런 일이라도 하지 않으면 불안해서 견딜 수가 없었다. 나중에 소설가로 등단하고 나서 J형을 처음 만났을 때, J형은 다짜고짜 내게 "절대로 휘둘리지 말라"고 충고했었다. "휘둘리지 마라." 나는 그런 표현을 J형에게서 처음 들었다. 정확하게 말하자면, "휘둘림을 당하지 말라"는 충고였다. 일 년이 지난 뒤에야 나는 그 말의 뜻을 이해할 수 있었다. 나는 불안한 것이었다. 그래서 다시 동굴처럼 빛이 잘 들지 않는 방안에 앉아 멍하니 환한 모니터와 세로쓰기로 편집된 책을 번갈아 보며 『마의 산』의 구절들을 한 자 한 자 입력했던 것이다. 내가 나를 구하지 않으면 누구도 나를 구할 수 없다. 그런 절박감이 나를 감쌌다. 이제 동굴을 지나오던 시절은 지났다. 더이상 나아갈 수 없다. 거기가 벽이었다.

암모나이트―1993년 3월 23일

　언젠가 나무에 한참 물이 오르기 시작하고 꽃망울들이 저마다

어서 터지기를 기다리던 봄이었다. 찬란한 슬픔의 봄이라는 말을 금방 이해할 수 있었다. 그해 봄에 나는 서연을 우연히 만났다. 그녀는 그때 어딘가 다른 곳으로 떠나면 좋겠다는 말을 입에 달고 살았다. 어딘가 다른 곳. 지금 이곳이 아니라면 어디라도 좋았다. 이제는 그때 그곳이 됐지만. 우리는 둘 다 음악을 좋아했기 때문에 신촌 라이브클럽을 전전하며 무명밴드의 공연도 보고, 음악을 들으며 술도 마셨다. 처음부터 오랫동안 알고 지낸 사람처럼 만났기 때문에 남은 일은 친한 척 굴다가 실제로 친해지는 일밖에 없었다. 그때 그녀는 돈암동에 있는 한 레코드점에서 아르바이트를 하고 있었고, 나는 아직 펭귄판 『로빈슨 크루소』를 들여다보던 학생이었다.

그해 봄의 어느 날, 둘이서 창경궁에 놀러간 적이 있었다. 원족 遠足가는 거라고 내가 말했다. 말 그대로 그날 우린 좀 멀리 걸었다. 그녀는 비닐로 코팅된 미키마우스 그림이 너덜너덜 벗어진 낡은 플라스틱 도시락에다 김밥을 싸왔다. 내가 가져간 건 워크맨과 소형 스피커였다. 창경궁은 꽃놀이하러 온 사람들과 야외촬영을 나온 신혼부부들로 북적댔다. 매표소를 지나 우리는 오른쪽으로 놓인 흙길을 따라 식물원 방향으로 걸었다. 눈부시도록 밝은 봄 햇살에 벚나무들이 저마다 꽃잎을 환하게 밝히고 서 있는 모습을 보고 있노라니, 청춘도 저보다 밝을 수는 없으리라는 생각이 들었다. 나는 내 머리칼이 온통 그런 빛깔로 반짝이는 광경을 상상했다. 유리로 만든 식물원에 들어가 어딘지 외설적으로 생긴 여러 종류의 난蘭들을 구경하고 나서 그 옆 연못가에 앉았을 때, 연신 감탄하는 내 모습을 보고 그녀가 말했다.

"오자니까 오긴 했지만, 난 이런 눈부신 봄날이 너무 싫어요. 미쳤어. 짐승같이 무작정 찾아왔다가는 느닷없이 가버리잖아. 꽃 핀 자리며 새파란 잔디며 죄다 청승맞아요."

그녀를 만나는 동안, 우울과 비관이 자아내는 어떤 슬픈 느낌을 나는 고스란히 느낄 수 있었다. 그럼에도 그 시기에 내가 환한 것들에 더 집착하게 된 까닭은, 그리하여 지금 회상하자면 그때는 어떤 불빛 같은 게 나를 감싸고 있었다는 느낌마저 드는 까닭은, 그녀의 노골적인 적대감을 심리적으로나마 감쇄하고자 하는 욕망 때문이었을 것이다. 그녀에게 세계는 병을 앓고 있는 자신에게 창을 겨누고 서 있는 외국 병사들과 같았다. 애당초 말이 통했다면 앓지도 않았을 것이라는 게 그녀의 입장이었다. 그게 무슨 뜻일지 나도 짐작할 수 있었다. 하지만 완전히 이해할 수 있었던 건 아니었다. 그때 나는 바야흐로 따분하기 짝이 없던 학교생활에서 벗어나 사회로 나가기 직전이었다. 처음에 나를 매료시켰던 그녀의 비감은 어느 순간부터 넘을 수 없는 벽 같은 게 되고 있었다.

우리는 몇 번 연못에 돌을 던지며 앉아 있다가 다시 비원 쪽으로 걷기 시작했다. 그 길에는 사람들이 많지 않아 우리는 나무에 붙은 이름표에 적힌 글자들을 소리내어 읽어보기도 하고, 방송국 촬영

팀이 사극을 녹화하는 장면을 멀리서 지켜보기도 했다. 비원으로 건너가는 길까지 갔다가 우리는 다시 뒤돌아 잔디밭 쪽으로 걸어갔다. 거기에는 노인들이 많았다. 카스텔라에 소주를 마시는 할아버지들도 있었고, 손자들을 데리고 나온 할머니들도 있었다. 서연은 빨간색 배낭에서 도시락을 꺼내며 쑥스럽다는 듯이 미소를 지었다.

"이 도시락통, 초등학교 6학년 때부터 쓰던 거예요."

"정말?"

그녀는 고개를 끄덕였다.

"몇 번 새 도시락통 사려고 했는데, 이것보다 마음에 드는 게 없어서. 물론 싫증이 나기도 했는데, 나중에는 그 싫증마저도 익숙해져서 정이 들더라구요."

그녀는 밥통을 내 쪽으로 밀고, 자기 앞에는 반찬통을 놓았다. 양쪽 다 그녀가 아침에 쌌다는 김밥이 한쪽으로 눌린 채 담겨 있었다. 색깔이 예뻤다. 나는 잠깐만 기다리라고 말한 뒤에 자리에서 일어나 자판기까지 달려갔다. 나는 콜라를 두 잔 뽑아왔다.

"그렇게까지 달려갔다가 올 필요는 없었는데……"

내가 숨을 헐떡거리며 콜라잔을 건네자, 서연이 빨간색 보온병을 치켜들면서 말했다.

"여기 커피가 잔뜩 들어 있어요. 미리 말해줄걸."

그녀가 뚜껑을 돌렸다. 보온병 안에서 김이 모락모락 올라왔다. 나는 콜라잔을 한쪽으로 내려놓았다. 워크맨에 휴대용 스피커를 연결해서 그 시절에 잘 듣던 AFKN을 틀었다. R.E.M.의 〈Everybody Hurts〉가 흘러나오고 있었다.

"내가 워낙 좀 느려요. 빨리 말했어야 했는데, 항상 말할 기회를 놓치는 것 같아요."

우리는 음악을 들으며 김밥을 먹기 시작했다. 초록색 풀밭 위에는 하얀 비둘기들이 땅바닥을 쪼며 걷고 있었다. 노래는 레드핫칠리페퍼스를 지나 펄잼으로 이어졌다. 김밥에 대한 평을 하자면, 눌리고 차가웠다는 점, 치즈가 녹아서 이에 달라붙었다는 점 등을 빼면 대체로 훌륭했다. 김밥이 주요리인 풀밭 위의 식사라면 나는 언제나 초등학교 시절이 떠올랐다. 아직은 세계가 훨씬 더 한가했던 시절.

"암모나이트라는 것 알아요?"

그녀가 물었다.

"화석?"

"내가 눈치 없이 느린 건 그 암모나이트를 닮은 게 아닐까요? 원래 암모나이트와 오징어는 친척이었는데, 그것도 알았나요?"

이건 장학퀴즈가 아니잖아. 내게 암모나이트란 선사시대에 멸종해서 이제는 교과서에서나 찾아볼 수 있는 생물일 뿐이었다. 멸종보다 더 좋은 건 절멸이었다. 하지만 암모나이트는 절멸하지 못하고 화석을 남겼다.

"오징어는 낙지보다 암모나이트와 더 가까운 사이예요. 오징어도 공룡이 살던 시절부터 지구의 거주자였어요. 아주 오래전에는 오징어도 딱딱한 껍데기 속에 들어 있었다고 하지요. 그런데 어느 날 환경이 변한 거예요. 자기를 보호하던 그 딱딱한 껍데기를 벗어 던지지 않으면 생존할 수 없는 위기가 찾아온 거죠. 그 결과, 껍데기를 고수한 암모나이트 쪽은 지구상에서 사라지고 말았죠."

"왜 그렇게 된 거지?"

"아마도 지구에 거대한 변동이 일어났는데, 무거운 껍데기 때문에 암모나이트는 제대로 대처하지 못했던 것이 아닐까요? 저도 잘 모르겠어요. 중요한 건 끝까지 껍데기를 버리지 못한 쪽은 멸종했고, 껍데기를 버린 쪽은 살아남았다는 점이죠. 그걸 우리는 진화라고 부르죠. 암모나이트는 진화과정에서 도태됐다고 볼 수 있겠고."

"그럼 너도 암모나이트처럼 도태될 것이라고 생각하는 건가?"

"눈에 보이는 것만 놓고 보자면 그렇겠죠."

"무슨 뜻이지?"

"진화라는 것도 있지만, 변전이라는 것도 있잖아요."

그녀가 말했다. 내가 만난 중, 몇 안 되는, 그녀의 얼굴이 빛으로 반짝이던 순간이었다.

한 사내—1993년 3월 11일

"〈Ciclos〉의 주제는 변전이에요. 음반을 다 들었으니 아시겠지만, 봄에 탄생해서 여름에 자라고 가을에 성숙해 겨울에 죽어요. 그다음에는 다시 봄이 찾아오는데, 그때 우리는 완전히 다른 존재가 되어서 그 봄을 맞이하게 되는 거죠. 그건 자연스러운 일이죠. 어릴 때 잠들기 전에 외할머니한테 이야기를 많이 들었어요. 제가 어둠을 무서워해서 눈을 감고 자는 걸 힘들어했거든요. 외할머니가 들려주시던 이야기는 주로 성경에 나오는 것들이었어요. 고래 뱃속의 요나라든가 사람들에게 손가락질을 받던 노아, 무너지는 바벨탑, 소금기둥이 된 롯의 아내 등등. 하지만 그 사이에 이상한 이야기들도 섞여 있었어요. 외할머니도 어디선가 전해들은 이야기들, 출처를 알 수 없는 이야기들, 몇백 년 동안 그냥 떠돌기만 하는 이야기들. 그중에서도 아직 기억이 나는 건 세상의 모든 병을 다 앓는 몸을 지닌 사람에 대한 이야기였어요. 그 사람의 이름은 카르타필루스. 이야기는 예수가 하나님에게 기도하던 처형 전날 밤부터 시작해요. 바라바 측의 명령으로 예수를 설득하러 찾아간 그는 예수가 인간적인 갈등을 일으킨다는 사실을 눈치채고는 오히려 그에게 매력을 느끼게 되죠. 당신은 구세주입니까? 그가 예수에게 물었어요. 두말할 여지 없이 예수는 자신이 구세주라고 대답하죠. 그 말에 그는 자신이 찾아간 목적을 말하고, 예수가 구세주임을 믿는 신앙고백을 하게 되지요. 그 장면이 내겐 너무나 인상적으로 남아 있어요. 인간적인 갈등을 일으키는 걸 보고 예수가 구세주임을 믿게 되는 장면 말이에요. 너무 아름다워요. 중요한 건 그다음부터예요. 예수가 그에게 말했어요. 내가 이 땅에 재림할 때까지 너는 기다리고 있다가 사람들과 함께 나를 맞이하라. 그렇게 그는 영원히 서른의 나이로 머물게 되죠. 대신에 그의 몸으로 지상의 병이란 병은 다 모여들어요. 영원한 젊음을 얻은 대신에 병도 얻은 것이죠."

"그 이야기는 나도 들어본 적이 있어. 아리우스가 쓴 글에서. 카르타필루스가 에페소에 나타났을 때, 다른 아이들은 돌을 던지며 그 병자를 놀렸지만, 아리우스는 다가가 그 사람을 부축해서 일으켰지. 그 대가로 아리우스는 그가 구세주를 직접 두 눈으로 본 사람이며, 구세주가 재림할 것이라는 이야기를 듣게 돼. 모든 얘기가 끝나자, 운명 속을 영원히 떠도는 그 사내는 해가 지는 쪽으로 몸을 돌렸어. 그때 아리우스는 자신이 이렇게 물었다고 책에다 썼어. '당신은 구세주가 재림한다는 걸 정말 확신하는가?' 그 사람은 어린 아리우스를 돌아보며 고개를 흔들어. '내가 믿을 수 있는 건 몹시도 아픈 이 몸뚱이뿐이란다'."

지하 어딘가에서 누군가—1995년 11월 21일

나는 일층에서 엘리베이터에 올라 삼층 버튼을 눌렀다. 하지만 엘리베이터는 아래층으로 내려가기 시작했다. 지하에서 누군가 먼저 엘리베이터 버튼을 누른 모양이었다. 나는 가만히 서서 체신에 관한 구호라든가 광화문우체국의 공지사항, 승강기 안전협회에서 붙여놓은 스티커들을 쓱 훑었다. 하강하는 느낌에 나는 곧 익숙해졌다. 엘리베이터는 지하 일층을 지나 계속 내려갔다. 등기우편물을 찾으려면 지상 삼층으로 가야만 했는데, 엘리베이터는 가장 낮은 곳인 지하 삼층까지 내려갔다.

지하 삼층에 이르자, 종소리가 울리며 문이 열렸다. 형광등이 고장났는지 깜빡거리고 있었다. 거기에는 아무도 서 있지 않았다. 나는 닫힘 버튼을 누르려고 손을 뻗었다가 이상한 소리를 들었다. 거기 깜빡이는 어둠 속 어딘가에서 들리는 소리였다. 나는 버튼을 눌러 닫히려는 문을 다시 열고 엘리베이터에서 내렸다. 엘리베이터는 위로 올라갔다. 엘리베이터 앞은 복도였다. 일단 왼쪽으로 가보니 보일러실, '외인 출입금지'라고 써붙인 방 등을 지나 계단이 나왔다. 복도의 오른쪽으로는 불이 모두 꺼져 있어 캄캄했다. 그쪽으로 다가가니 소리가 가까워졌다. 그것은 울음소리였다. 나는 어둠 속으로 들어갔다.

울음소리는 복도 오른쪽 끝 방에서 흘러나왔다. 젖빛 유리 안에서 누군가 울고 있었다. 문밖에서 그 소리를 듣다가 나는 발소리가 나지 않도록 조심조심 뒷걸음질쳐서 엘리베이터 앞까지 갔다. 버튼을 누르고 잠시 엘리베이터를 기다리다가 나는 다시 복도 왼쪽 끝에 있는 계단을 올랐다.

삼층까지 걸어서 올라갔다. 거기에 집배1과가 있었다. 칸막이 책상 앞에 앉아서 우편물을 분류하고 있는 직원에게 삼청동을 담당하는 분은 누구냐고 물었다. 그는 왼쪽으로 고개를 쑥 빼내 두리번거리더니 창가를 가리키며, 저기 있는, 머리 희끗희끗하신 분이요, 라고 말했다. 우체부는 퇴역을 앞둔 노장성처럼 광화문 거리를 내려다보며 서 있었다. 나는 긴급한 소식을 전하는 당번병이라도 된 듯한 심정으로 말을 걸었다. 입을 열자마자 그분은 아, 재서씨, 라고 말하더니 왜 이렇게 늦게 왔느냐고 했다. 물론 전혀 질책처럼 들리지 않았다. 그분은 젊은 사람들이 모여서 담배를 피우며 잡담하고 있는 응접세트 옆까지 걸어가더니 소포 하나를 내게 건넸다. 그건 시사주간지가 아니었다.

서연에게서 온 우편물이었다. 우편물을 받으며 나는 거의 본능적으로 그분의 신발을 내려다봤는데, 그분은 아쉽게도 실내화를 신고 있었다. 고개를 들자, 무슨 짓이냐는 듯이 그가 나를 쳐다보고 있었다. 약간 겸연쩍어진 마음으로 얼른 인사하고 밖으로 나왔다. 어두운 계단을 내려가면서 소포를 찢어보니 일본 그룹 X의 시디와 서연이 낯선 남자와 함께 찍은, 다소 흐릿하게 인쇄된 사진이 들어 있었다. 사진은 청첩장에 인쇄돼 있었다.

3. 기억의 어두운 방
—1998년 1월 18일, 그리고 4월 11일

나의 입술에서 너의 입을 찾지 마라
문밖에서 낯선 사람을 찾지 마라
눈에서 눈물을 찾지 마라
일곱 밤 더 높아 붉음이 붉음을 향하여 다가오고
일곱 가슴 더 깊어 손이 문을 두드리고
일곱 장미 지나서 샘이 솟아오르리라
—파울 첼란

검은색 책상 저쪽에서 전화벨이 울렸다. 다섯 번 정도. 제멋대로 어지럽게 널린 책과 커피잔들, 그리고 담배와 먹다 남은 오징어 따위가 흩어져 있는 책상 위로 손을 뻗어 수화기를 집었다. 하얀 수화기에서 귓속으로 몇 마디 목소리가 들어와 이물감을 남기고 기억 속 어딘가로 사라졌다.

"잘 들어라. 아버지가 지금 병원에 계신다. 빨리 내려와라."

큰형의 목소리는 감정을 극도로 배제해, 오히려 그 상황의 급박성을 알리고 있었다. 뭐라 할말이 전혀 떠오르지 않았다. 어색하게 몇 초간 침묵이 흘러갔다.

"다른 애들에게는 내가 연락했으니까 너는 내려오기만 하면 된다. 며칠 있어야 할 테니까 이것저것 챙겨오고."

나는 알겠다고 말한 뒤, 수화기를 내려놓았다. 푸른 화면에서 커서가 반짝이고 있었지만, 나는 그냥 컴퓨터의 전원을 꺼버렸다. 저장하지 않았으므로 그때까지 내가 쓴 글도 어디론가 사라졌다. 나는 거기가 어딘지 궁금했다.

*

사내는 철 지난 『파 이스턴 이코노믹 리뷰』를 보고 있었고 나는 이어폰으로 음악을 듣고 있었다. 시선을 둘 만한 곳이 없어 앞좌석의 등에 붙은, 획기적으로 살을 빼준다는 다이어트 약 광고의 선전 문구를 읽다가 말다가, 눈을 감았다가 떴다가를 반복했다. 몹시 피곤했는데, 눈을 감으면 잡념이 끊이질 않았다. 뇌는 앞으로 겪을 감정적인 혼란에 미리 대비하느라 잠잘 생각이 전혀 없는 듯했다. 덕분에 나는 아버지와 보낸 시간들을 떠올리며 일찌감치 이별을 가상체험하고 있었다.

"학생입니까?"

사내가 느닷없이 나를 바라보며 물었다. 사십오 세, 아마 그 정도? 겹친 목살과 불룩 튀어나온 아랫배에 권위적인 태도가 몸에 배어 있었으나 유행이 지난 양복은 그 권위를 우스꽝스럽게 만들고 있었다. 그는 첫 직장에서 지금까지 근무한 관료 내지는 사기꾼을 끊임없이 넘나드는 시선으로 나를 쳐다봤지만, 이미 버스에 올라탈 때 그가 선반에 올려놓은 초라한 배낭을 봤던 터라 나는 내심 사기꾼 쪽에 무게를 두고 있었다. 가짜 이스트팩 배낭에 『파 이스턴 이코노믹 리뷰』를 손에 들고 유행이 지난 양복을 입은 사내의 모습은 왠지 팝아티스트의 설치작품처럼 느껴졌다. 나는 이어폰을 귀에서 빼고 뭐라고 했느냐고 물었다. 사내가 다시 물었다. 물론 나는 처음부터 그의 말을 듣고 있었다.

"아닙니다."

"그럼, 회사원이슈?"

"아닙니다."

워낙 버스에서 옆사람과 얘기하지 않는 성격이기도 했지만, 위독한 아버지를 뵈러 가는 판국에는 더구나 얘기하고 싶지 않았다. 나는 창 쪽에 앉은 사내에게서 좀더 떨어지고 싶어서 오른쪽 다리를 통로 쪽으로 꼬며 이어폰을 다시 귀에 꽂았다.

"실업 문제가 아주 큰일입니다. 이 잡지가 아주 유력지인데, 이 잡지에서도 싸우쓰 코리아의 경제 회생은 실업 문제에 달려 있다고 말할 정도입니다. 싸우쓰 코리아는 경제 파탄으로, 노쓰 코리아는 찢어지는 가난으로 아주 남코리아, 북코리아가 거덜이 나버렸단 말이야. 아주 큰일이야."

사내는 맞장구라도 쳐달라는 듯이 나를 바라봤다. 나는 듣고 있던 첼로 독주곡의 볼륨을 한껏 올렸으나 그 음악에는 여백이 너무 많아 사내의 목소리가 가려지지 않았다. 내가 자기 목소리를 듣는 눈치가 아니자, 사내는 혼자 중얼거렸다.

"어딜 가나 실업자투성이이구만."

불쑥 화가 치밀어올랐다.

"지금 뭐라고 하셨습니까?"

"아무 말도 안 했습니다. 제가 무슨 말을 했다고 그러십니까?"

사내는 미간을 좁히고 두 손바닥을 내게 펼쳐 보이더니 갑자기 존칭을 썼다. 뜻밖의 돌변이었다. 나는 다시 눈을 감았다. 어둠 속으로 다시 사내의 말이 들렸다.

"뭐야, 귀 막고 있어도 다 들리……"

사내의 말이 다 끝나기도 전에 주머니에 넣어둔 호출기가 울리기 시작했다. 사내는 흠칫 놀라며 말끝을 흐렸다. 호출기를 꺼내보니 음성메시지였다.

*

언젠가 호출기에 자꾸만 이상한 음성메시지가 녹음된 적이 있었다. 모르는 여자였다. 목소리를 들어보니 나보다 어린 여자 같았다. 십대 후반 정도. 그녀는 내가 아닌 다른 남자를 향해 열렬히 메시지들을 남기고 있었다.

"오빠, 아까는 미안해. 오빠가 자꾸만 승미한테 그런 식으로 추파를 던지니까 나도 모르게 화가 나잖아. 승미 그년도 오빠 좋아하는 모양이야. 하지만 나는 오빠 믿어."

추파라니. 어린 목소리에 비해 하도 어울리지 않는 말이어서 나는 사전까지 뒤져봤다.

추파秋波: [명사] ①가을철의 잔잔하고 맑은 물결 ②은근한 정을 나타내는 눈짓.

사랑하는 남자가 다른 여자에게 던지는 가을철의 잔잔한 물결을 시기하고, 한편으로는 그 물결 속으로 빠져들고픈 여자의 욕망을 상상했다. 귓속으로 질투의 물결이 출렁거렸다. 하지만 그건 내게 올 물결이 아니었다. 나는 즉각 그 번호를 지웠다. 몇 번 더 그런 푸념 같기도 하고 한숨 같기도 한 메시지가 들어왔다.

"나야, 희정이. 그렇게 오빠 보내고 나니까, 꽤 기분이 찜찜하더라. 뭣 때문인지는 모르겠지만, 이유 없이 당한 거야. 오빠! 오빠는 희정이 맘 알잖아. 난 절대로 오빠 못 잊어. 수수방관하지만 말아줘, 제발. 희정이는 지금 너무 슬퍼."

수수방관이라.

나는 다시 사전을 찾아봤다.

수수방관袖手傍觀: [명사] 팔짱을 끼고 그냥 보고만 있다는 뜻으로, 직접 손을 내밀어 간섭하지 않고 그대로 내버려둠을 일컫는 말.

한 남자가 있다. 소매가 아주 넓은 옷을 입고 있어서 그 남자는 손을 자주 소매 속에 감춘다. 그 자세로 사내는 자신을 향해 끊임없이 질투의 물결을 보내는 한 여자의 구애를 쳐다보고만 있다. 너른 소매에 들어간 그 하얀 손에는 땀 몇 방울도 맺혀 있겠네.

그후에도 몇 번 더 비슷한 메시지가 녹음됐다. 메시지를 들을 때마다 나는 그녀가 남긴 낱말을 사전에서 찾아 그 뜻을 자세히 살펴봤다. 곡해曲解라거나 연민憐憫, 책임責任 같은 한자 단어들의 뜻을. 그 추상적인 의미에 비해서 그 단어들이 지시할 현실의 일들은 얼마나 구체적일까. 사전 속의 단어들은 더없이 숭고한 것이라는 걸 그때 나는 처음으로 알게 됐다. 그에 비해 우리의 '곡해'나 '연민'이나 '책임'은 너무나 누추했다. 마지막 메시지는 사전에 있는 단어들로는 설명할 수 없는, 그런 내용이었다.

"너무 무섭고 두려웠지만, 그때 수술하러 병원까지 간 것도 사실은 그래야 오빠와 오랫동안 만날 수 있을 줄 알고 그런 거였어. 아직은 결혼할 수 없다고 했잖아. 하지만 오빠가 그런 식으로 계속 나를 피해 다니기만 하고 승미에게 내 욕이나 하고 다닐 줄은 정말 몰랐어. 씨팔, 이젠 후회도 없어. 이렇게 누더기가 될 때까지 둘이서 나를 괴롭혔으니 이젠 그냥 나를 놔줘. 그만 매달리는 게……

씨팔…… 끊어. 죽×버릴 거야. 정말 내 눈앞에 보이기만 하면 죽
×버릴 거야."

몇 번이나 반복해서 들어도 죽어버린다는 것인지, 죽여버린다는
것인지 불분명했다. 여자는 오해를 하고 있었다. 그 남자는 일부러
연락을 피한 게 아니라 애당초 연락을 받을 수 없었던 것이다. 그
런 메시지를 받고는 그냥 넘어갈 수가 없어서 찍혀 있는 호출기 번
호로 전화를 걸어 호출기 번호를 잘못 알고 있는 것 같다고 메시지
를 남겼다. 그뒤로는 그 여자도 더이상 메시지를 남기지 않았다.

그러다 작년 11월 말, 다시 메시지가 녹음됐다. 잔뜩 술에 취한
목소리였다.

"이 호출기의 주인 되시는 분, 있죠, 죄송합니다. 그 새끼가 다
른 번호를 가르쳐줬거든요. 그래서 몇 번 헛소리 녹음했어요. 그런
데 여기가 어딘지 모르겠어요. 아저씨, 죄송합니다. 여기가 어디에
요? 예? 감사합니다. 동대입구역이래요. 이리로 좀 나와주실래요?
술 먹고 자다가 깼더니 지갑도 없어지고 지금 무척 무섭거든요."

밤 열시 삼십분이었다. 얼마 전에 죽은, 영국의 전 황태자비 다
이애나의 사진을 들여다보고 있던 참이었다. 사진에는 검은색 스
트라이프 비키니 차림으로 수영장을 향해 다이빙하는 젊은 다이
애나의 모습이 찍혀 있었다. 음성메시지를 확인하고 그녀라는 사
실을 알았을 땐 짜증이 났지만, 내용을 듣다보니 걱정이 되기도 했
다. 몇 번 잘못 들어온 음성메시지를 받았다고 해서 밤중에 차비를

주기 위해서 나간다는 건 말이 안 되는 일이었지만, 왠지 나가지 않으면 무슨 일이 일어날 것만 같은 느낌이 들었다.

동대입구역에 도착한 건 열한시 십오분쯤이었다. 대화로 가는 마지막 지하철에서 내렸다. 열차에서 내린 사람들이 계단 쪽으로 빨리 움직였다. 구내를 살펴봤지만, 그녀로 여겨지는 사람은 보이지 않았다. 좀 망설이다가 이름을 몇 번 불렀다. 지하철을 기다리던 사람들 몇이 나를 힐끔거렸다. 하지만 거기에 희정이란 이름을 가진 여자는 없는 게 분명했다. 그녀가 있다던 곳이 어디였지? 동대입구역이 맞나? 여기는 어디지? 동대입구역인가? 나는 좀 허탈해졌다.

내게는 오래된 이미지가 하나 있다. 어두운 곳이다. 한 번도 빛이 들어간 적이 없는 심실心室처럼 어두운 곳이다. 어둠은 숨을 쉬듯이 천천히 수축과 확장을 반복한다. 손을 들어 그 어둠을 만지면 알 수 있다. 말랑말랑하다는 것, 또 규칙적으로 움직인다는 것을. 그건 그 어둠 속에서 누군가 울고 있기 때문이다. 마지막 지하철까지 모두 지나간 뒤, 역무원의 지시로 역에서 빠져나와 종로 쪽을 향해서 걸어가는데 그 이미지가 떠올랐다. 어떤 무의식. 내가 거기 버려두고 온 여자.

그날 밤에 나는 그녀와 살을 섞는 꿈을 꿨다. 얼굴도, 나이도 모르는, 하지만 이름만은 정확하게 아는 그녀와. 당연한 일이지만, 잠에서 깨어나자 얼굴은 전혀 기억나지 않았다. 대신에 그 벌

거벗은 몸만은 또렷하게 떠올랐다. 내 고향 동네의 골목들처럼 구석구석 낯익은 몸이었다. 나는 축축해진 팬티를 물에 한번 적셔 빤 뒤에 세탁기 안에 던져넣었다. 더이상 그녀는 메시지를 남기지 않았다.

*

"저, 서연입니다. 연락처는 출판사를 통해 알게 됐습니다. 한번 뵙고 싶습니다. 전화번호를 남길 테니 꼭 연락 주십시오."

공중전화로 녹음된 음성메시지를 확인하고 휴게소에 들러 우동을 사먹었다. 사람들이 많아서 자리를 잡지 못하고 선 채로 우동을 먹었다. 국물은 식어 있었고 면발은 찰기가 없었다. 시장기가 가시자 비로소 창밖으로 얼어붙은 금강이 눈에 들어왔다. 아이들 몇몇이 꽁꽁 언 강물 위를 뛰어다니고 있었다. 꿈결처럼 하얀 바람이 일어나 언 강을 건너가는 풍경이 보였다.

『파 이스턴 이코노믹 리뷰』의 사내는 휴게소에서 찐 감자와 콜라를 사와 차 안에서 먹고 나더니 눈을 감았다. 본격적으로 잘 채비를 하는 것 같았다. 나는 잠자는 걸 포기하고 선반에서 가방을 내려 원고를 꺼냈다. 아직 다 쓰지 못한 원고였다. 고속버스는 다시 출발했다. 많이 흔들렸지만, 빨간 펜을 들고 나는 악착같이 교정을 봤다. 어느 순간 흔들림이 너무 심해 종이 위에 긋던 빨간 선이 종이를 벗어나 원고를 잡고 있던 내 왼손에까지 이르렀다. 나는 빨간 선이 그어진 왼손을 눈에 바짝 대고 살펴봤다. 죄다 부질없는 짓이라는 생각이 드는 순간, 버스는 터널 속으로 빨려들 듯이 들어갔다.

*

아버지는 내가 내려간 그다음날 새벽에 돌아가셨다. 집에서 자고 있던 몇몇 친척들이 침침한 눈을 하고 병원으로 찾아와서는 울음을 터뜨렸다. 병실에서는 그럭저럭 참았는데…… 영안실로 아버지의 시신이 옮겨지는 동안 화장실에서 손을 씻는데 느닷없이 울음이 쏟아졌다. 세면대에 얼굴을 숙이고 엉엉 울었다. 갑작스런 죽음이었고, 나는 어찌할 바를 몰랐다. 아버지가 없다고 생각하니, 세상이 두려웠다.

*

말 그대로 원근 각처에서 문상객들이 찾아왔다. 첫날부터 대륙성 고기압의 영향권에 들었으므로 갑자기 볕이 쏟아지며 날씨가 풀리기 시작했다. 정오를 지나면서 얼어붙었던 땅이 완전히 녹았다. 영안실에서 조금 떨어진 화장실까지 가기 귀찮아 영안실 뒤쪽 벽에다 볼일을 보는 취객들의 신발에 진흙이 달라붙었다. 때로 화투장을 집어던지고 남의 신발을 아무렇게나 구겨신고 가는 사람도 있었다. 설마 일부러 바꿔 신고 갔겠는가 말하면 당한 쪽은 그게 얼마나 비싼 신발이었는지에 대해 거듭 설명했다. 고함이 나면 고함이 나는 대로 또 그게 장례식장 분위기였으니 몇 시간째 화투장을 돌리고 있는 축들이나 오랜만에 친지를 만나 이야기꽃을 피운 축들은 별달리 신경쓰지도 않았다. 그러다 언성을 먼저 높인 쪽이 오히려 민망할 지경일 정도로 차분했으니 그게 다 호상이라서 그렇다는 게 글월깨나 읊었다는 교동 아저씨의 말이었다.

"암만 삼한사온이라지만 이 날씨 풀리는 것 좀 봐라. 좋다. 부사구고婦事舅姑하고 여사부모如事父母하랬으니, 이게 다 이 집 맏며느리가 시아비 살아생전 자기 부모처럼 열심으로 섬겨서 복을 받은 거다. 엄동설한에 초상 치르자면 갈 길이 삼수갑산인데, 이게 다 인덕이고 남은 자손 도와주는 일이다."

어릴 적에 우리 형제들도 교동 아저씨에게 한문 따위는 몇 자 배운 적이 있었다. 교동에서도 향교가 자리잡은 율영산은 밤나무가 많다고 해서 붙여진 이름이었다. 가을이면 우리는 "계초명鷄初鳴하면 함관수咸盥漱하니" 소리 높여 떠들어대며, 어지러울 정도로 많이 매달린 밤송이들을 장대로 떨어뜨리는 게 너무 재미있어서 아버지를 졸라 걸핏하면 교동에 놀러가곤 했다. 우리가 가면 교동 아저씨는 "이놈들, 천자문 배우러 왔냐?"고 소리쳤고, 우리는 "계초명하면 함관수하니"라고 외치면서 율영산 쪽으로 줄행랑치곤 했다. 그러면 우리를 뒤쫓아 달릴 정도로 젊었던 교동 아저씨도 이제 싸리울 사이로 장독대 보이듯 이빨이 듬성듬성 빠지고 주름투성이 얼굴에, 뺨에는 검버섯이 피어올랐다.

날이 풀렸다고는 하나 문상객 수발을 해야 하는 여자들의 고생은 여전했다. 공동세면장의 물은 여전히 얼음물처럼 차가워 설거지를 하는 게 고통에 가까웠다. 그나마 낮 동안에는 비닐로 들어오는 따뜻한 볕을 쬘 수 있는 게 다행이라면 다행이랄까. 설거지만 아니라면 끗발이 생각보다 안 붙어 얼른 노름판에서 손 털고 일어나 양철 식용유통에다가 각목 넣으며 불장난하는 사람들 틈에 껴온기를 쬐면 그다지 춥다는 느낌도 들지 않았다. 가끔씩 영안실 측면, 바람을 피할 수 있는 처마밑에 서서 담배를 피울라치면 늙은 목련나무 가지 사이를 비껴가는 구름을 볼 수 있었다. 그처럼 흐르고 흐르는 것이 세월이라는 생각이 들었다. 바람 속으로 흩어지는 담배연기처럼 하루 이틀 시간이 지나자 슬픔도 마음속에서 풀리고 있었다.

한 이틀 고기압의 영향으로 대륙 북쪽으로 물러났던 차가운 구름이 더 많은 바람을 데리고 다시 남하하기 시작한 건 출상날이었다. 아침에 일찍 나갈 것을 대비해서 눈 좀 붙이라는 큰형의 말에 영안실 한쪽에서 아버지의 육신과 마지막으로 동숙하고 난 새벽, 창문을 때리는 바람 소리에 잠에서 깨어났다. 밤낮으로 켜놓았던 독경 소리가 내게 현실감을 되살아나게 했다. 문상 왔던 사람들도 썰물처럼 거의 다 빠져나가고 큰형과 작은아버지만이 졸음을 참아가며 대학노트에다가 숫자를 기록하며 얘기하고 있었다. 내가 일어나자, 작은아버지가 더 자라고 말했지만, 이미 잠은 멀리 달아난 후였다.

"바람이 꽤나 부나봐요?"

조의금 봉투에서 돈을 꺼내 헤아리던 작은아버지를 물끄러미 쳐다보며 큰형이 말했다.

"눈이 온다고 하더라. 눈 쌓이면 큰일이니까 아침 일찍 서둘러야겠다. 형식이 형하고 복식이는 눈 좀 붙이고 아침에 온다고 했으니 그전에 우리끼리 대충 정리를 좀 하자."

옆에 있던 주전자에 입을 대고 목을 축인 뒤, 주섬주섬 신발을 찾아 신고 문을 열었다. 살을 베듯이 차가운 바람이 나를 스치며 복병처럼 눈송이들을 영안실 안으로 쏟아부었다. 밀도가 높은 눈송이들이었다.

바람이 밀어닥치자, 큰형과 작은아버지가 내가 서 있던 문 쪽을 봤다.

"이야, 눈 한번 허벌나게 내리는구나. 풍년 들겄어, 풍년. 참, 그런데 내가 지금 어디까지 셌더라?"

작은아버지의 말이었다. 눈보라. 눈보라가 쏟아지고 있었다.

*

　"아, 저도 연락을 받긴 받았는데…… 당장 찾아뵙는 게 도리라는 건 알지만, 지금 마감중이라서 자리를 뜰 수가 없습니다. 죄송합니다만, 좀 양해해주십시오. 그 문제는 저희가 어떻게 다른 방법을 찾아보겠습니다. 그나저나 심려가 크셨겠습니다. 그럼 일 치르고 서울 오시면 연락 한번 주십시오."

　아버지 상으로 쓰던 원고를 끝낼 수가 없게 됐노라고 잡지 편집자에게 전화를 걸자 그가 말했다. 그 원고를 마무리해서 발표할 일은 없을 것이었다. 장례식이 끝나면서 이런저런 물건들을 불사를 때, 그 원고도 불길 속에 던져버렸으니까. 불길은 모든 걸 집어삼켰다. 원고뭉치도, 북풍이 데려온 눈송이들도, 아버지의 유품과 함께 태워버릴 쓰레기들도. 검은 연기는 하늘로, 하얀 눈은 땅으로. 각기 나아가는 방향이 달랐다. 그 원고는 예수가 다시 올 때까지 병에 걸릴 뿐 죽지 않는 사내인 카르타필루스에 대해 쓴 소설이었다. 스토리상 종말의 때가 오면 그는 죄사함을 받을 것이나, 나부터가 확신할 수 없었다. 확신할 수도 없는 주인공 카르타필루스와 나는 지난 육 년간 씨름했다. 그리고 이젠 끝이었다. 그 원고는 아버지의 유품과 함께 하늘로 치솟았다. 어쩌면 구름이, 어쩌면 바람이, 어쩌면 햇살이 되리라. 더이상 병들지 않을 테니, 사라진 소설 안에서는 내내 평안하여라.

*

    아버지를 매장하고 왔던 길을 다시 거슬러 서울로 돌아왔다. 밤의 종로 거리 한쪽에서 토사물을 봤다. 서울은 그대로였다.

*

    집에서 한동안 잘 듣지 않던 팝송 테이프를 꺼내 하나하나 들어봤다. 일본 재즈그룹 카시오페아, 앤디 워홀이 프로듀싱한 니코와 벨벳 언더그라운드, 비치 보이스, 저니 등등. 옛날의 정겨운 멜로디 몇 개가 내 귓바퀴 속으로 들어와 둥지를 틀었다. 엎드려 실비아 플라스의 시를 읽었다.

    이곳은 무척 크고 어두운 집. 잿빛 종이를 씹으며, 아교 방울을 짜내며, 휘파람 불며, 귀를 꿈틀거리며, 다른 것을 생각하며, 조용한 구석의 작은 방부터 하나하나 나 혼자 이 집을 만들었다네.

*

    기억의 방에 대해 들은 적이 있다. 아버지가 뜰에 목책을 박던 어느 5월의 오후였다. 꽃시절을 만난 벌떼들이 제각기 꽃송이마다 하나씩 틀어박혀 꿀을 모으던, 그리고 뭉게구름이 한가롭게 떠 있던 날이었다.

"그건 왜 박으시는 건가요?"

"호박넝쿨들에게 의지할 곳을 줘야지. 이렇게 목책을 박아놓으면 호박넝쿨이 손을 뻗어 이 목책을 잡고 자라나게 된다."

아버지는 망치로 쳐서 목책을 땅속에 박아넣었다. 나는 쪼그리고 앉아 화단 속을 기어다니는 벌레들을 바라보며 그 얼마 전 어린이대공원에 가서 놀이기구를 타던 순서를 읊조리고 있었다. 데이트컵, 회전그네, 범퍼카……

"비 맞은 중처럼 뭘 그렇게 중얼거리고 있냐?"

"아니에요."

괜히 쑥스러워진 나는 떨어진 나뭇가지 하나를 주워 바닥에 아무 글이나 긁적였다. 아무 글이라고 했지만, 결국 데이트컵, 회전그네, 범퍼카…… 해가 저물고 있었으므로 나뭇가지의 그림자가 내 팔만큼이나 길어졌다.

"아직도 어린이대공원에 갔던 일 생각하는 거냐?"

나는 고개를 끄덕였다.

"그런데 뭘 그렇게 중얼거려?"

"잊어버릴까봐요."

"뭘?"

"탔던 순서를요."

내 대답에 아버지는 큰 소리로 웃음을 터뜨렸다. 바람에 터지는 민들레 씨앗처럼 큰 웃음소리.

"이 세상 어딘가에는 말이다, 아주 큰 방이 있다."

아버지가 말했다.

"그 방에는 이 세상이 생겨난 뒤에 일어난 모든 일을 적어놓은 책이 있지. 누가 적느냐면, 바로 저승사자들이 적는다. 적어놓고 어디에 쓰는지 아느냐? 네가 죽고 나면 살아생전 착한 일을 얼마나 많이 했는가 알아보는 데 쓰는 거야. 염라대왕이 그 책에 적힌 걸 보고 극락으로 보낼지 지옥으로 보낼지 판단하는 거지. 그 방의 이름이 뭔지 아냐?"

"몰라요."

"그 방이 바로 기억의 방이다. 모든 게 거기 기록된다."

나는 아버지가 말하는 '기억의 방'이라는 걸 다시 기억하기 위해 그 말을 읊조리고 다녔다. 기억의 방이라는 건 어린 가슴에 인상적으로 각인됐다. 끝이 없을 것만 같은 선반이 쭉 늘어서 있고, 그 선반 위에는 이 세상 모든 사람들의 모든 기억을 기록한 책들이 놓여 있다. 그 책을 뒤적이면 이젠 내가 기억할 수 없는 아주 오래전의 일들도 생생하게 기억할 수 있을 것이다. 책을 잘 보존하기 위해 빛을 차단했으니, 그 방으로 들어가면 어둠침침하겠지. 습기를 제거하려고 바람길을 뚫어놓았을 테니까 여름에도 서늘하겠지. 그런 곳에서 누군가 운다면, 가슴이 철렁 내려앉겠지. 겁이 나겠지.

*

    1997년, 계절이 봄에서 여름으로 바뀌던 5월, 꽃이란 꽃들은 죄다 활짝 피어오르려 하는데, J형은 신도시 한 한방병원에서 눈을 감았다. 영정으로 쓸 만한 사진도 없어 책날개에 실린 사진을 오려서 확대했다. 해상도가 낮은 화질의 그 사진을 보면서 나는 J형과의 추억을 떠올렸다. 바다낚시를 마치고 속초에서 하룻밤 잔 뒤 44번 국도를 타고 한계령을 넘어오는 동안, J형은 죽음에 대해 얘기했다.

    "옛날에는 차가 없었으니까 버스를 타고 한계령을 넘었잖아. 가을에 산이 온통 단풍으로 물들면 중간에 내려서 구경도 하고 싶은데, 버스에 타고 있으니까 그럴 수가 없었어. 그러다가 한번은 버스에서 내린 적이 있었어. 밤이었는데, 기사에게 내려달라고 해서는 한계령 휴게소에서부터 걸어내려갔어. 왜 그랬는지 몰라."

    "객기였겠죠."

    J형은 늘 그렇듯이 피식거리고 웃었다.

    "이 국도 번호가 44번이야. 그때 걸어내려가면서 처음 봤는데, 44번이더라구. 깜깜하니까 올라오는 차선 쪽으로 걸어내려가야 해. 그러지 않으면 뒤도 못 돌아보고 치이는 수가 있으니까. 웬일인지 학교 다닐 때, 내 주위에는 죽는 사람들이 참 많았어. 건물에서 뛰어내려서 죽은 친구도 있고, 군대 가서 자살한 녀석도 있고. 개

네들이 죽었다는 소식을 들을 때마다 그런 생각을 했지. 치사한 자식들. 죽는 건 너무 쉬워. 살아남는 게 훨씬 더 어려운 거야. 그런데 그때 그 길을 다 내려간 뒤에야 죽는 게 훨씬 더 어렵다는 걸 알겠더라. 살아남는 건 생각보다 쉬웠어. 먼저 죽은 사람에게 나이가 많고 적음을 떠나서 예의를 표하는 데는 다 이유가 있는 법이지."

언덕이 조금 가팔라지자, J형은 기어를 1단으로 낮췄다.

"설사 눈을 감고 걸어내려가더라도 나 같은 사람은 절대로 죽지 않는다는 사실을 그때 알게 된 거지. 그렇게 44번 국도를 걸어내려가 양양에서 한 삼 개월 살았지. 마당에 말라비틀어진 감나무가 한 그루 서 있는 집이었어. 마당 저멀리 바다가 있었고, 가끔씩 깃털이 검은 새들이 감나무 가지 위에 앉았다가는 훌훌 날아갔지. 창이 커서 볕이 잘 들던 그 집에서 한 삼 개월 마음을 깨끗하게 씻고 나왔어. 감나무 가지 사이로 놀러온 하늘이 꽤나 맑았는데, 내가 그 집을 떠나고 나서도 아주 오랫동안 그 하늘은 맑았을 거야."

나는 검은 상복을 입은 형수에게 위로의 말을 전하고 곧장 집으로 돌아왔다. 그다음 며칠. 밤마다 나는 이력서와 자기소개서를 공들여 작성했다. 한 달 뒤. 나는 한 잡지사로부터 합격 통지를 받았다. 아침마다 넥타이 매고 출근하는 샐러리맨이 되어 만원버스에 시달리며 직장생활에 적응해나갔다. 버스 안에서 창밖을 볼 때면 늘 J형의 모습이 떠올랐다. 누구도 내게 J형만큼 잘 대해준 사람은 없었다.

얼마 전, 강원도 영월에 있는 고씨동굴에 갔었다. 입장표를 받고 한참 기다리다가 단체 관광객들과 함께 동굴 안으로 들어갔다. 굴 입구에는, 동굴 안의 차가운 공기와 동굴 밖의 뜨거운 공기가 서로 만나 수증기가 자욱했다. 아주 오래전부터, 아마도 내 아버지의 아버지의 아버지의 아버지가 살아 있을 때보다도 더 오래전부터 지하수에 마모됐을 동굴 내벽은 잘 빚어놓은 도자기처럼 매끈했다. 동굴 안은 어둡고 낯설었는데, 그래서인지 기기묘묘한 형상의 종유석에다 사람들은 분수라든가, 생강이나 오징어라든가 하는 자신들이 잘 아는 사물의 이름을 붙여놓았다. 동굴 속으로 깊이, 더 깊이 들어가는 경험은 신비로웠다. 내 몸뿐만 아니라 영혼 자체가 더 깊은 심연 속으로 빠져드는 느낌이었다. 그 동굴에서 고씨 일가를 제외한 다른 사람들은 일본 병사들이 피운 연기에 질식해 죽었다고 했다. 내 영혼 역시 가장 아래쪽으로 내려가 천천히, 꿈을 꾸듯이 아주 천천히 죽어가고 있는 것일지도 몰랐다. 제일 먼저, 나는 여기서 죽고, 그다음에 그 죽음은 영원히 유예될 것이다. 내가 글을 쓰는 한 말이다.

삼십 분, 어쩌면 그 이상의 시간이 흘렀을 것이다. 나는 동굴의 종점에 이르러서야 내가 왜 죽을 수 없는 운명이 됐는지 알게 됐다. 거기에 이르러 나는 한 여자를 떠올릴 수 있었다. 이 세계에 종말이 올 때까지 죽지 않는 여자. 그 여자를 따라 어두운 동굴 속을 지나가야만 하는 운명의 나. 동굴의 종점에서 모든 게 뚜렷해졌다. 내가 인식하는, 이 세계의 모든 사물이 온 곳. 이미 죽은 몸으로 나는 이 동굴의 종점까지 왔다. 이미 죽었으니 이제 다시는 죽지 않겠지. 아버지도 죽고 J형도 죽지만, 동굴을 지나온 나는 죽을 수 없는 운명이 됐다. 착한 사람들은 예수가 하나님의 아들이라는 걸 믿고 당대에 죽었지만, 그가 인간적으로 고뇌한다고 생각한 몇몇은 죽지 못하고 영원히 떠도는 운명이 됐다. 마치 껍데기를 벗어버린 오징어처럼, 동포를 배반하고 살아남은 변절자처럼, 한번 죽어 다시 죽지 못하는 중음신의 넋처럼.

동굴의 끝에 이르러 나는 엘리아데가 한 말을 이해할 수 있었다.

죽음을 두려워하지 않게 되는 방법을 배우고 새로이 부활하는 기술을 체득하기 위해서는 필연적으로 이 세상에서 고통을 겪고 죽어야만 한다는 사실을 입문 절차는 계시해준다.

동굴을 지나온 사람은 이제 다시는 그 동굴로 들어가기 이전의 자신으로 돌아갈 수 없다. 그는 '입문'했으며, 그는 '죽었고', 이제 그는 '영원히 죽지 않는 인간'이 됐다.

*

    1993년 4월 11일, 나는 한 여자와 영영 헤어졌다. 그 일은 내게 (이 '나'라는 것은 당신에게 말하는 실체이자, 이 말하는 실체를 움직이는 소설가이기도 하다) 실제로 일어났던 일이다. 실제의 그 여자는 내 기억 속에서 죽어버렸고 나는 소설가의 권리를 이용해서 그 여자를 소설 속에서 되살리기로 결심했다. 나는 그녀에게서 소식이 오기만을 기다렸다. 그녀에게서 소식이 온다는 건 내겐 이 소설을 완성하고 더 너른 세계로 나간다는 뜻이었다. 소설 속에 들어온 이상, 이제 그녀는 영원히 불멸할 테니 그녀를 더 구체적이고 더 독립적인 인물로 만드는 게 내 최대의 과제였다. 하지만 소설 속의 그녀는 흐릿하기만 했다. 이 일련의 소설 중, 맨 처음 쓴 소설인 「중세의 가을」은 그로써 실패했다.

    그동안, 어떤 사람은 죽고 어떤 사람은 한국을 떠났으며 어떤 사람은 재판정에 섰다. 내 현실에서는 이미 죽어 소설로 들어간 서연이 어느 날 내게 다시 찾아왔다. 그건 느닷없는 통지에 가까웠다. 우체국으로 청첩장을 찾으러 가는 장면. 그 장면만으로는 소설이 되지 않았으므로 나는 기다렸다. 아주 오랫동안 기다렸다. 그러자 서연이 하고자 했던 말들이 쏟아지기 시작했다. 그건 불멸에 대한 이야기였다. 그녀는 불멸의 존재가 되는 것을 거부하고 있었다. 그녀는 여전히 흐릿한 모습이었다. 그럼에도 나는 그 소설을 썼다.

그렇다면 이제 불멸의 존재는 누구인가? 이 세 편의 소설을 쓰는 동안, 한 번도 나타나진 않았던 '서연'이라는 존재인가? 하지만 지금 이 시점에 나는 깨닫게 됐다. 소설 안에서 절대로 죽지 않는 불멸의 존재가 된 사람은 바로 소설을 쓰는 '나'라는 걸. '나'는 이제 영원히 죽지 않는 운명이 되어, 마치 납골당에 걸린 사진 속의 운명이 되어 영원히 현실을 동경하면서 소설 속을 떠돌게 됐다. 소설을 쓰는 한, 나는 이제 죽을 수가 없다. 아버지도 죽고 J형도 죽겠지만, 나만은 죽을 수가 없다. 운명이라면 그런 것일 테니까.

*

나는 지금 아버지가 말했던 '기억의 방'에 앉아 있다. 어둡기는 하지만, 등불을 켜면 어느 정도 침침한 눈을 밝힐 수는 있다. 창밖으로 해가 지나가고 달이 지나가는 그런 방이다. 가끔씩 방 저편 아주 먼 곳에서 희미한 전화벨 소리가 들려온다. 벌써 몇 년째 내게 울리는 그 전화벨 소리다. 나는 전화벨 소리를 더 자세히 들으려고 벽 쪽으로 다가가 귀를 벽에 붙인다. 가을, 플라타너스 낙엽 길을 규칙적으로 밟으며 걸어가는 듯한 소리가 들린다. 나는 눈을 감고 오랫동안 그 소리를 들어본다.

(

'안녕하세요? 나, 서연이에요.'

'오랫동안 네 전화가 오기만을 기다렸어.'

'초승달이 매달린 자리가 꼭 차가운 저녁 하늘이 쩍 소리내며 깨진 자리 같아요. 못비 떨어진 자리마다 피어오른 감자꽃처럼 말이죠.'

'꿈은 아니었을까?'

'꿈보다는 진하던걸요. 암만해도 잊힐 리 없겠네요.'

'잘 지내?'

'잘 지내다마다요. 거긴 어딘가요?'

'낮과 밤처럼 거기와는 아주 다른 곳이야.'

'지나가니 행복한가요?'

'……'

)

오늘도 회색빛 저녁 하늘 위로 갈래 나뭇가지 뻗어나가고.

꽃 진 자리마다 다른 세계가 떠오르고.

르네 마그리트,
〈빛의 제국〉, 1954년

1

　독일에서 돌아왔을 때, 나는 우리집 안에 정적이 존재한다는 사실을 발견했다. 차가운 불꽃과도 같은 정적이었다. 그 정적의 한가운데에는 텔레비전이 있었다. 서울에 머무는 동안, 나는 그 정적이 싫어서 날마다 텔레비전을 열심히 시청했다. 아무리 들여다봐도 텔레비전 속의 세상은 지겹지 않았다. 가끔씩 친구를 만나거나 모교에 들러 선생과 진로에 대해 상의하기도 했으나 그 외 시간에는 어쨌든 텔레비전만 들여다봤다. 글쎄, 북한 사람들은 왜 저런다냐? 내 옆에서 텔레비전을 함께 보다가 어머니는 그런 질문을 불쑥 내뱉었다. 그 이유를 알지 못했으므로 나는 대답하지 않았다. 요즘 여기 쇼 프로는 애들이 하도 설쳐서 일 분도 보고 있을 수가 없단다. 어머니는 내가 채널을 돌리자, 소파에서 일어나면서 말했다. 정적은 기도문을 읊조리는 어머니의 목소리로도, 밤에 부엌에 나와 티스푼으로 커피를 저을 때 나는 달그락거리는 소리로도, 새벽 화장실 문을 열고 들어가는 아버지의 헛기침 소리로도 무시로 번졌다. 유령처럼 우리 가족을 따라다니는 그 정적. 소리와 소리 사이에 광범위하게 퍼져 있는, 빛줄기 뒤의 어둠과 같은 그 정적. 그 정적은 무엇이었을까?

언제 나하고 선산엘 좀 가야겠다. 여전히 짙게 깔린 정적 속에서 독일로 돌아갈 날만 기다리고 있는 나에게 아버지가 말했다. 증조할아버지 산소에 떼를 입혀야겠다는 것이다. 무더운 날이었다. 산소가 반 넘어 빗물에 씻겨나갔다는구나. 아버지가 담배에 불을 붙였다. 소리없이 하얀 연기가 피어올랐다. 형식이 아저씨는요? 선산을 관리하던 사람이 있었다는 사실을 기억해내고 내가 물었다. 그는 소작료 없이 문중의 땅을 빌려서 농사를 짓는 대신에 선산을 관리했다. 독일로 떠나기 전, 그가 농사지어봐야 남는 게 하나도 없다며 선산 관리를 포기해 집안 어른들이 골머리를 썩였던 일이 떠올랐다. 그 사람, 농약 마시고 자살했다. 빚이 좀 많았더구나. 그냥 있는 땅에 착실하게 농사나 지었으면 될 것을, 욕심을 내느라 이러저러하게 일을 많이 벌였더구나. 요즘 아주 문제다. 시골 사람들이 돈 벌려고 더 설친다. 무덤을 관리하던 사람이 무덤 속으로 들어갔다고 생각하니, 또 그래서 문제가 일어났다고 생각하니 기분이 묘했다. 무덤이란 참으로 부담스런 것이군. 무료하게 텔레비전만 들여다보던 차에 일이라도 생긴 게 다행일까? 전혀 그렇지 않았다. 차를 타고 경상도 산촌에 있는 선산까지 내려가고 싶은 마음은 조금도 없었다. 더운 날씨에 늙은 아버지와 단둘이 웃자란 풀은 깎아서 무엇할 것이며, 떼는 입혀서 또 무엇하겠는가?

그러고 아버지는 가자 말자 말이 없었다. 그건 애당초 하소연이었는지도 몰랐다. 어릴 때부터 내가 제사 따위를 싫어했다는 건 아버지도 잘 알고 있었을 테니까. 일가붙이라며 처음 보는 사람과도 가족인 양 친근하게 지내는 것도 싫었다. 머리가 굵어지고 반항기에 접어들어서는 아예 그런 쪽으로는 말도 못 붙이게 하려는 심사로 교회에 다니다가 아버지에게 크게 꾸중을 들은 일도 있었다. 어릴 때 선산에 따라가면 아버지는 내 손을 끌고 다니며 우리 땅을 다 확인시켰다. 할아버지의 무덤 앞에서 소리쳐 우시는 할머니에게는 그 산소 바로 옆이 할머니가 누울 땅이라고 말해주기도 했다. 아들이 그렇게 말한다면 나라면 크게 화를 낼 것 같은데, 할머니는 소매끝으로 두 눈에 맺힌 눈물을 찍어 닦으며 고맙다고 아버지에게 말했다. 그래서 다 쇼라고 생각했다. 빨리 죽어서 할아버지 곁으로 가겠다는 할머니의 말도, 위해주는 척 할머니의 무덤 자리를 가리키는 아버지의 손가락도. 모처럼 귀국해서는 그런 일들로 아버지와 언쟁하기는 싫어 텔레비전만 뚫어져라 바라보는데 아버지가 다시 입을 열었다. 독일에서 돌아오지 않을 거라고 네 엄마한테 말했다더구나. 네가 독일에서 영영 돌아오지 않으면, 네 엄마와 내 제사를 지내줄 사람은 이 세상천지에 아무도 없는 게 된다. 언제 가면 좋을지 네가 결정해라. 나는 텔레비전에서 눈을 떼지 않았다. 아버지는 방으로 들어갔다.

물이 고여 있듯이, 집안을 감싸고 돌던 그 정적을 깬 사람은 어머니였다. 집을 나간 뒤 처음으로 재식의 얘기를 꺼낸 것이다. 어머니의 마음이 왜 바뀌었는지 이해되지 않았다. 어머니가 팥쥐 엄마나 뺑덕어멈처럼 군 건 아니지만, 어쨌든 재식이 집을 나가는 데 가장 큰 기여를 한 사람이었다. 자기 배에서 나오지 않은 아이를 매일 바라보는 것도, 또 시앗의 자식도 자식이라며 할머니가 역성드는 것도 참기 힘들었을 것이다. 어머니가 알게 모르게 재식을 아끼던 할머니가 돌아가시고 얼마 지나지 않아 재식이 집을 나간 것도 우연만은 아닐 것이다. 그 당시 어머니는 화를 내던 내게 자신의 행동을 '잘 안 된다'는 말로 설명한 적이 있었다. 잘해주고 싶지만, 잘 안 된다는 것이었다. 처음에는 재식의 얼굴을 볼 때마다 한 여자의 얼굴이 겹쳐지다가 재식이 자라면서는 아예 그 여자와 동일시하게 됐다는 것이다. 그래서 날이 갈수록 재식은 어머니의 핍박을 받았다. 나와는 차림새부터 달랐다. 재식은 참고서도 마음대로 사지 못했다. 고등학교 시절에 나를 둘러싼 가장 큰 문제는 미래를 선택하는 일이었다. 나는 단식투쟁을 불사하고 미술대학을 고집해서 마침내 승낙을 얻어냈다. 하지만 미술학원에 간답시고 내가 다닌 곳은 나이트클럽이었고, 외제 물감을 사겠다고 받은 돈으로는 양주를 사서 마셨다. 재식의 장래에 대해서는 누구도 말하지 않았다. 재식은 미래가 없는 학생처럼 학교를 다니다가 실수인 것처럼 어느 전문대학에 붙었다. 재식은 1학기만 다닌 뒤 학교를 그만두고 전등을 만드는 중소기업에 취직했다. 나중에 후회하지 말고 공부할 수 있을 때 공부하라고 진지하게 충고했지만 재식은 자기는 괜찮다고 했다. 자기말고 누군가는 안 괜찮다고 생각하는 것처럼. 나는 왜 재식이를 도와주지 않느냐고 어머니에게 소리를 질렀다. 어머니는 그애를 어떻게 믿고 그 많은 돈을 주느냐고 말했다. 나는 학비가 돈이냐고 따졌다. 그게 왜 돈이 아니냐고 어머니가 말했다. 나는 평생 모은 재산을 장학금으로 내놓는 김밥집 할머니도 있다고 말했다. 어머니는 그게 아니라고, 그런 게 아니라고 말했다. 어머니는 그게 잘 안 된다고 말했다.

고등학교에 다닐 때, 재식은 독일어를 열심히 공부했다. 왜 그렇게 독일어를 열심히 공부하느냐고 물었더니 괴테 인스티튜트에 대해서 설명했다. 거기서 치르는 시험에 붙으면 독일 정부의 장학금으로 독일에 유학을 갈 수 있다고 했다. 그 말에 나는 좀 웃었다.

비웃은 건 아니고, 어이가 없어서. 모집 요강에는 분명히 한 해에 한 명이라고 나와 있었으니까. 니가 될 거라고 생각해? 내가 재식에게 물었다. 꼭 장학생이 될 거라고 생각해서 공부하는 건 아니야. 재식의 말은 틀리지 않았다. 재식이 독일어를 열심히 공부한 데에는 전혜린의 역할도 컸으니까. 뮌헨, 슈바빙, 니체 전집 같은 말들에 재식은 매혹됐다. 뮌헨에 사는 마리라는 여자애와 펜팔도 했다. 아마도 그때 재식은 독일에 가면 자신의 처지 같은 건 잊고 새로운 삶을 시작할 수 있다고 생각했을지도 모른다. 전혜린이 말한, 머나먼 곳에 대한 그리움이란 바로 그런 새로운 삶에 대한 그리움이리라. 처음 독일에 유학가서 정착하느라 정신이 없던 와중에도 나는 동양인 남자만 보면 재식이 아닐까 생각했었다. 그러다가 막상 재식을 만나게 되면 어떨까 하는 생각이 들었다. 독일에서라면 재식도 그냥 한 사람의 남자일 뿐이리라. 나의 배다른 동생이니, 아버지가 집밖에서 낳은 아들이니, 그런 사람일 리 없었다. 그러고 보면 머나먼 곳에 대한 그리움이란 보편에 대한 끌림이 아닐까.

당연히 나는 잘 안 된다는 어머니의 말을 싫어했다. 재식이 집을 나가고 난 뒤, 책상 위에서 손톱 조각을 발견했다. 재식에게는 손톱을 물어뜯는 버릇이 있었다. 나는 손톱 조각이 싫었다. 니가 자신감이 없으니까 손톱 따위를 물어뜯는 거야. 그렇게 말한 적도 있었다. 막상 재식이 사라지고 나니 그 버릇이 더 싫게 느껴졌다. 재식이 어딘가에서 쭈그리고 앉아 손톱을 물어뜯고 있는 모습이 떠올랐기 때문이었다. 재식이 그러고 있으면 그게 꼭 내 탓인 것 같았다. 같이 있을 때 그 버릇을 고쳐놓는 건데. 재식은 제 에미에게 갔다. 우리와 사는 것보다 훨씬 더 나을 게다. 재식이 나가고 난 뒤, 아버지의 말이었다. 그 무책임한 말은, 그렇다면 지금까지는 왜 우리와 살았느냐는 반문에 바로 허물어질, 그렇게 부실한 말이었다. 그냥 그렇게 생각하시는 것이냐, 아니면 실제로 친모에게 갔다는 것이냐고 묻는 내 말에 아버지는 친모에게 간 게 확실하다는 말만 되풀이했다. 재식이 집을 나가자, 집은 우리 가족만의 공간이 됐다. 그러면서 삶의 소음이 사라졌다. 무덤 속처럼 무거운 공기들, 물방울들, 냄새들. 그리고 얼마간 시간이 흐른 뒤, 나는 무슨 일인가로 사진첩을 들춰 보다가 나와 재식이 함께 찍은 사진이 모두 훼손됐다는 사실을 알고 엄청난 충격을 받았다. 사진첩 속에는 재식의 모습이 하나도 남아 있지 않았다. 내가 재식을 생각해주는 척 굴었다면 그건 잘 안 된다고 말한 어머니와 마찬가지 동기에서 비롯된 것이라는 걸 나는 깨달았다. 나 역시 본능적으로 행동한 것뿐이었다. 재식은 나와 어머니와는 달리 이성적으로 행동했다. 우리는 누구도 재식을 버렸다고 생각하지 않았지만, 재식은 자신이 버림받았다고 판단했다. 처음에는 어머니를 미워했지만, 그다음에는 재식이 미웠다. 그리고 다시 얼마간 시간이 흐르자, 이제는 누구도 미워하지 않게 됐다. 난 늦기 전에 내 꿈을 이뤄야겠다고 생각했다. 괴테 인스티튜트 독일어 과정에 등록하고 나는 매일 남산을 오르내렸다.

옛날에 듣던 레코드를 찾아서 다락을 뒤지다가 독일 잡지를 하나 발견했다. 재식이 매달 받아보던 잡지였다. 독일어 선생이 어디선가 그 잡지를 구해와서는 독일어를 배우려는 학생들에게 공짜로 나눠준다고 했던 재식의 말이 떠올랐다. 한창 독일어에 빠져 있던 재식은 그 잡지에 실린 팔코의 〈지니〉 가사를 보면서 내게 그 노래를 불러주기도 했었다. Jeanny, komm, come on, Steh auf bitte, Du wirst ganz nass, Schon spät, komm, Wir müssen weg hier, Raus aus dem Wald, Verstehst du nicht? 그로부터 십 년이 지난 뒤에야 나는 그 독일어 가사의 내용을 알게 됐다. 지니, 어서 가자, 제발 그만 일어나, 너 흠뻑 젖었잖아, 너무 늦었어, 어서, 여기에서 떠나야 해. 이 숲에서 나가야 한다고. 알겠어? Wir müssen weg hier, Raus aus dem Wald, Verstehst du nicht? 혼자 중얼거리면서 잡지를 뒤적이는데, 책갈피 사이에서 낡은 종이 한 장이 툭 떨어졌다. 신문에서 오려낸 르네 마그리트의 그림이었다. 인쇄 상태가 워낙 조잡했던데다가 종이의 색이 많이 바랜 그 그림은 별로 인상적이지 않은, 그냥 평범한 집 그림이었다. 마그리트의 화집을 본 적이 있긴 하지만 르네상스 미술사를 전공한 뒤로는 현대미술이라는 게 내게는 좀 낯설었다. 그래서 내가 그림을 잘 이해하지 못하는 것일지도 몰랐지만, 도대체 그건 아무리 봐도 어둠 속에 서 있는 집을 그린 그림에 불과했다. 값비싼 액자에 넣어서 카페의 벽에나 걸어놓으면 딱 좋을 만한 저녁 풍경. 차라리 가운을 입은 신비로운 여인이라도 한쪽에 세워놓는다면 좀 낫지 않을까? 그 그림이 실린 기사에는 미셸 푸코에게 보내는 마그리트의 편지가 인용돼 있었다. 재식은 다음과 같은 구절에 밑줄을 그어놓았다.

닮음과 비슷함이라는 단어들을 통해서 당신은 세계와 우리 자신들이 완전히 새롭게 존재하게 되는 광경을 떠올릴 수밖에 없을 겁니다.

2

"재식이한테서 소식이 한번 왔었다."

어머니가 말했다. 텔레비전에서는 뉴스 앵커가 최근 들어 부쩍 좋아진 남북관계에 대해서 보도하고 있었다. 아버지는 친구들과의 모임에 참석하느라 귀가가 늦을 것이라고 말하고 나간 뒤였다.

"어디 있대요? 잘 살고 있대요?"

건성으로 내가 물었다.

"너 독일에 간 뒤에 아버지가 말씀하시더라. 그때 얘기니까 꽤 오래됐지. 뭐, 어디 시골에서 산다는 것 같던데."

"아버지는 만나본 모양이죠?"

"그때 편지 한 통 받고는 그게 끝이야. 그뒤로는 연락 온 적도 없다고 하시더라. 무소식이 희소식이라지만, 가끔은 궁금할 때도 있거든. 잘 살고 있는지 어떤지."

"그렇게 궁금하시면 어머니가 직접 물어보면 될 것 아니에요. 편지 왔다면 주소도 있을 테고."

"아직까지 거기에 사는지도 모르겠고, 또 내가 왜 먼저 연락하겠냐? 아무리 미운 정이라지만 그래도 키워준 사람이 나인데 배은 망덕하게 그렇게 나가지 않았니? 걔 때문에 지금까지도 내 가슴이 시퍼렇게 멍이 들었어."

"그럼 그냥 죽었다고 생각하고 마음 편하게 지내세요."

"사람이 어떻게 그러니? 나라고 걔만 미워서 그랬겠니? 그때는 네 아버지고 할머니고 다 미웠던 거지. 겨우 너 하나 보면서 버텨온 거야, 나는. 재식이 만나면 사과할 마음도 있어."

그러더니 어머니는 한동안 말이 없었다. 나는 더이상 얘기하고 싶지 않았다. 한편으로는 어머니가 어리석게 느껴졌지만, 한편으로는 재식에 대한 죄책감 때문에 스스로를 피해자라 생각하는 게 측은하기도 했다. 어머니에 비하면 선산에 골몰하는 아버지는 어떤 죄책감도 느끼지 않는 것처럼 보였다. 그건 나도 마찬가지였다.

"그러니까 내 말은, 네가 재식이를 좀 만나보라는 얘기다."

"만나서, 뭘 어떻게 하라고요?"

"뭘 어떻게 하라는 게 아니라, 그냥 너도 재식이가 보고 싶을 게 아니냐? 그냥 궁금해서 그러지. 나이가 들어가니까, 어떻게, 잘 살고 있는지 어떤지. 자다가도 걔가 혹여 나 때문에 잘못되지는 않았을까 걱정될 때도 있어. 매맞은 놈은 편안하게 발뻗고 잔다지 않더냐."

"걔가 그렇게 순진한 애가 아니에요. 어머니가 잘 모르시는 모양인데, 알고 보면 독한 놈이에요. 그러니까 쓸데없는 걱정 같은 거 안 하셔도 됩니다."

나는 어머니에게 쏘아붙였다. 아마도 재식이 집을 떠나고 난 뒤부터의 일이겠지만, 집에만 들어가면 숨이 막힐 듯 답답하다고 느꼈는데, 그게 다 어머니의, 맺고 끊는 게 부족한 성격 때문이었다. 정작 함께 살 때는 잘해주지도 않으면서 떠나고 나니 하염없이 아쉬운 소리를 늘어놓았다. 결혼한 뒤에 유학을 떠나야 마음이 놓이겠다는 어머니의 간곡한 부탁에도 아랑곳하지 않고 내가 독일로 훌쩍 떠날 수 있었던 것도 그런 성격을 잘 알고 있기 때문이었다. 답답하다고 생각하는 찰나 풍선의 바람이 빠지듯이 갑자기 실내의 빛이 어딘가로 쑥 빠져나갔다. 막무가내로 어둠이 눈을 덮쳤다. 갑자기 앞이 안 보이니 겁이 덜컥 났다. 더듬더듬 베란다로 나가보니 다른 동도 모두 불이 꺼져 있었다. 정전이었다. 초가 있느냐고 물었더니 어둠 속에서 어머니가 하나도 없다고 했다. 나는 내려가서 초를 사오겠다고 말했다. 어머니는 알겠다고, 기다리겠다고 대답했다.

아파트 상가의 상점들 역시 촛불로 불을 밝히고 있었다. 슈퍼마켓 앞에 몇몇 사람들이 모여서 불 꺼진 아파트 건물을 바라보고 있었다.

"불이 나가니까 영락없는 묘비구만. 왜 불이 나갔대요?"

어둠 속에서 누군가 말했다. 슈퍼마켓 주인이 내게 초를 건네며 소리쳤다.

"낸들 알겠나? 도무지 나라꼴이 말도 아니라니까. 비행기고 배고 기차고 막 나자빠지는데 아무런 이유가 없어."

"이유가 없긴요. 그럴 때가 된 거죠. 5·16 혁명 나고 딱 삼십 년 지났잖아요. 이제 한 번쯤 무너질 때가 된 거죠."

"말 조심해. 그게 5·16하고 무슨 상관이야? 그래도 군인들이 정치할 때가 깨끗했어. 나도 군대에 오래 있어봐서 아는데, 이렇게 자꾸만 군인들 무시하다가는 큰일날 거야."

"그렇긴 하지요……"

어둠 속의 목소리는 더이상 말이 없었다. 독일에서 박정희 때문에 이루 말할 수 없을 정도로 고통을 받은 예술가의 강연을 들은 적이 있었다. 그의 이야기를 들으며 군인이 나라를 지배하는 시절이 끝난 것에 대해 얼마나 안도했는지 모른다. 그래서 나는 슈퍼마켓 주인의 말이 귀에 거슬렸다. 군인들이야 명예롭게 묘지에 들어가기 위해서 사는 사람이 아닌가? 그런 사람들이 잘해야만 하는 일이란, 용감하게 죽는 일과 그 명예를 보존할 묘지를 튼튼하게 만드는 일이리라. 기껏 튼튼하리라 믿었던 묘지 속에 들어앉아 있다가 갑자기 묘지가 무너져내리니까 무너지기 전에는 안전하지 않았느냐고 말하는 것만큼 한심한 일이 어디 있을까.

계산대 위에 촛불을 세워놓아 내게 초를 건네는 가게 주인의 얼굴은 공포영화에 등장하는 괴물처럼 추악하게 일그러져 보였다. 동양인을 잘 찾아볼 수 없는 독일의 작은 도시에서 며칠 묵은 적이 있었는데, 그때 거울이나 쇼윈도에 비친 내 모습을 볼 때마다 놀란 기억이 났다. 보이는 게 모두 독일인들뿐이었으므로 내가 그렇게 생겼다는 걸 자주 까먹었던 것이다. 내 얼굴이 그들과 다르다는 걸 알 때면 어딘가 결여된 존재 같은 느낌이 들었다. 아무래도 보편적인 인간에 못 미치는 듯한 느낌이었다. 한국에 와서 친구와 술을 마시면서 그때의 느낌에 대해서 말했다가 곤욕을 치렀다. 그 친구는 내게 양물이 단단히 들었다며 의식은 물론 신체구조에 이르기까지 서양인이 기준이 되는 이유를 말해보라고 쏘아붙였다. 내가 그냥 단순한 느낌일 뿐이라고 대답하자 친구는 그건 식민지 근성에서 비롯된 열등감이라고 단정했다. 그래서 서양에 가면 많이 배울수록 멍청해질 수밖에 없다느니, 주체적으로 사는 일이 뭔지도 모르고 부나방처럼 양놈들의 뒤나 핥아주는 게 무슨 공부냐느니, 친구의 말은 점점 불쾌해졌다. 그래서 뭔가? 그냥 우리 식대로 살자는 말이더냐? 우리 식대로 산다는 게 도대체 어떻게 산다는 말이더냐? 그런 생각들이 머릿속을 떠다녔다. 그런데 슈퍼마켓에 와서 어둠 속 두 사람의 이야기를 듣다보니 그 우리 식이라는 건 보편적 기준을 잃어버린 자들의 자기기만에 불과하다는 생각이 들었다. 사람들은 그 자기기만 속에서 점점 무너지고 있는 중이었다.

슈퍼마켓을 빠져나오니 달이 아파트 건물 위에 걸려 있었다. 영락없는 묘비라는 말이 생각났다. 나는 검은 실루엣의 아파트 건물들을 바라보면서 그 묘비들이 일제히 무너지는 광경을 상상했다. 죄다 무너지고 나면 완전히 새로운 세계가 나타날지도 모를 일이었다. 내가 재식을 만날 수 있다면, 아마도 그런 공간이어야만 했다. 높고 낮음이 없는 곳. 사막이나 바다를 비추는 월광의 상태.

저녁밥을 먹다가 어머니가 꺼낸 말에 아버지는 소리를 질렀다.

"걘 이제 우리 식구가 아니야. 이대로 우리끼리 잘 살고 있는데 왜 평지풍파를 일으켜?"

어머니는 숟가락을 내려놓고 자리에서 일어나 방으로 들어갔다. 나와 아버지는 닫히는 방문을 바라봤다.

"네 엄마, 도대체 왜 저런다냐?"

"워낙 마음이 여린 분이잖아요. 이런저런 걱정이 많아서 저러시지만, 시간이 좀 지나면 괜찮아지실 거예요."

다시 밥을 떠먹으면서 내가 말했다. 아버지는 숟가락을 내려놓았다.

"난 도무지 이해할 수가 없구나. 그 녀석이 이 집에서 나간 것도 따지고 보면 다 네 엄마 때문이지 않냐? 그런데 지금 와서 또 연락을 해보자니, 이게 다 무슨 소리냐?"

"자꾸 네 엄마, 네 엄마 하시니까 이상하네요. 그럼 아버지는 재식이 보고 싶었던 적이 한 번도 없었나요? 그뒤로 안 만나보셨어요?"

아버지는 흥분한 목소리로 말했다.

"아니, 제 발로 걸어나간 놈이 왜 보고 싶겠냐? 내가 내쫓았으면 모르되, 제 놈이 스스로 이 집을 나갔는데, 내가 그놈을 보고 싶을 리 만무하지 않겠냐? 나 죽기 전에는 그놈 못 본다. 내게 아들은 너 하나로 충분하다."

그러다 마음이 좀 가라앉았는지 아버지가 다시 말을 이었다.

"솔직하게 말하마. 집 나간 뒤에 그놈을 만난 적이 있었다. 그때 내 앞에서 또박또박 여긴 자기 집이 아니니 다시 들어오지 않겠다고 말한 녀석이다. 내 쪽에서는 늘 끌어안으려고 했지 내친 적은 한 번도 없었다. 그런데도 제 발로 걸어나갔다면 그건 스스로 가족이 되기 싫다고 분명히 의사 표시를 한 게 아니겠냐? 같이 한집에서 살다보면 아무리 싸워도 가족이지만, 한번 집을 떠나게 되면 사랑하네 뭐네 해도 남남인 거다. 우리는 우리끼리 잘 살고 있는 거고, 재식이는 재식이대로 잘 살고 있다. 이제 와서 다시 찾는다는 건 웃기는 소리다."

두 분 모두 비겁하다는 생각이 들었다. 자기 때문에 혹여 재식의 인생이 잘못돼 우리집에 해라도 끼칠까봐 걱정하는 어머니나 쫓아냈으면 모르되 제 발로 걸어나갔으니 자신이 다시 불러들일 명분은 없다고 뻣뻣하게 버티는 아버지나.

"어쨌거나 내일 선산에 갈 거니까 준비나 하도록 해라."

아버지가 말했다. 나는 고개를 저었다.

"안 가겠다는 말이냐? 이제 양물 좀 먹고 보니 조상님들도 모른 척하고 싶은 모양이지? 이제 보니 나 죽고 나면 제사도 안 지낼 녀석이구나."

"제가 안 지내더라도 아버지에게는 아들이 하나 더 있잖아요."

"이런 막돼먹은 놈이 있나! 지금 뭐라고 했냐?"

나는 자리에서 일어섰다.

어릴 때, 당신 친구들이 찾아오면 아버지는 나만 불러서 앉혔다. 형이라서 그런 줄 알았다. 시간이 지나면서 나와 재식이 쌍둥이가 아닌데도 같은 해에 태어났다는 사실을 알고는 그런 일들의 의미를 뒤늦게 알게 됐다. 학년은 내가 위였지만(그것 역시 아버지의 은근한 배려였다) 나이는 같았으므로 어릴 때 우리는 꽤 자주 싸웠다. 언젠가 글씨 연습을 한 재식이 멋지게 글씨를 쓸 수 있게 된 것이 샘이 나서 녀석이 깨끗하게 정리한 공책을 몰래 칼로 찢어버린 적이 있었다. 그 사실을 알고 재식은 내게 왜 공책을 찢었냐고 언성을 높이며 대들었고, 나는 건방지게 형한테 대든다면서 재식을 때렸다. 그때 얼굴을 맞은 재식에게서 삶의 전의를 찾아보기는 어려웠다. 어머니가 일방적으로 내 편을 들 때, 내게 대들었으니 혼나는 건 당연하다고 생각했다. 형에게 대들었으니까. 우리에게 대들었으니까.

재식은 항상 패할 수밖에 없는 싸움을 내게 걸었다. 그 싸움을 즐기는 쪽은 나였다. 재식이 먼저 싸움을 걸어오는 한, 나는 아무 죄책감 없이 싸움에서 이길 수 있었다. 적어도 집안에서는. 하지만 집을 벗어나면, 그건 이길 수 없는 싸움이었다. 집을 벗어나면 나는 형도, 적자도 아니었기 때문에. 우리는 그 무엇도 아니었기 때문에. 그저 태어난 해가 똑같은, 동갑의 젊은이일 뿐. 집만 아니라면, 아버지가 같다는 것도 우리에겐 무의미했다.

그다음날, 나는 어머니에게서 재식의 주소를 받았다. 재식을 만나보고 오겠다니까 어머니는 내게 봉투 하나를 건넸다. 돈이 든 봉투였다. 나는 봉투를 건네는 어머니의 손을 그저 바라봤다. 정적이 우리를 감싸고 있었다. 비로소 나는 그 정적이 얼마나 시끄러운지 알 수 있었다. 이제는 나를 단숨에 집어삼킬 듯 어마어마하게 거대해진 정적. 나는 어머니의 손을 밀치고 문 쪽으로 걸었다. 뒤에서 어머니가 봉투를 가져가라고 소리쳤다. 그 소리를 무시하고 나는 집밖으로 나갔다. 정적으로 이뤄진 집, 무덤과도 같은 집, 그 밖으로.

3

교보문고로 향하는 버스 안에서 나는 김일성이 죽었다는 속보를 들었다. 그 사실이 잘 믿기지 않더니, 진짜 죽었다는 걸 거듭 확인한 뒤에는 정신이 멍해졌다. 어쩌면 그건 더위 탓일지도 모른다는 생각이 들 정도로 무더운 날이었다. 그다음에는 김일성이 죽으면 정상회담은 어떻게 되는 것인가 하는 의문이 떠올랐다. 정상회담 따위를 간절히 바란 것도 아닌데 말이다. 갑자기 모든 게 뒤죽박죽이 돼버린 느낌이었다.

김일성이 죽었다는데도 교보문고는 여느 때와 마찬가지로 사람들로 북적댔다. 나는 외국서적 코너로 가서 르네 마그리트의 화집을 찾았다. 두 종류가 있었다. 하나는 르네 마그리트의 전 작품이 모두 수록된 전집이었고, 하나는 팔절지 크기로 여섯 점의 그림만 모아놓은 포스터북이었다. 포스터북에 내가 찾는 그림이 있었다. 그다음에는 미셸 푸코의 『이것은 파이프가 아니다』가 어디 있는지 여직원에게 문의했다. 그녀가 책을 찾아오는 동안, 나는 어떤 노

래의 가사를 떠올렸다. 팔코의 〈지니〉를 듣던 시절에 재식과 함께
들었던, 하지만 그 가사의 내용은 정확하게 알지 못했던 이탈리아
노래.

  어머니는 내게 사랑이라는 걸 조심하라고 말할 것이다. 너와
나는 똑같은 나이. 우리에게는 가장 아름다운 시절임을 알고 있
다. 그 뒤안길에서 우리의 아름다운 시절을 낭비하지 말자. 우리
의 사랑은 희망으로 가득차 있다. 내게 사랑은 아무런 위험도 되
지 못할 것이다. 태양은 우리를 따뜻하게 만들어주고 그 빛으로
우리를 인도한다. 수천의 목소리와 함께, 우리의 목소리는 하나
가 될 것이다. 만약 어머니가 울고 계시다면, 어머니에게 진정한
사랑을 찾았다고 말하라. 어머니에게도 사랑의 추억이 있을 테
니, 너를 이해하겠지. 이것이 바로 사랑의 노래다. 사랑을 원하는
사람, 사랑을 찾은 사람들은 모두 우리와 함께 노래할 것이다.

뭉게구름이 떠다니는 맑은 하늘 아래로 테라스에 불을 밝힌 하
얀 이층집이 한 채 서 있다. 이층집의 옆에는 키 큰 나무가 한 그루
서 있고 집 뒤로는 숲이다. 하늘은 분명 낮임에도 나무를 경계로
한 지상은 어둠 속에 있다. 그리고 테라스의 불빛이 은은하게 집
앞 어두운 연못에 비친다. 시간이 서서히 사라지다가 결국 정지하
고 마는 세계. 모든 논리가 사라지고 결국 도저히 함께할 수 없는

것들이 하나로 뭉뚱그려져 존재하는 공간.

"여기 온 지는 한 삼 년쯤 됐어."

재식이 말했다. 우리는 마을 초입에 있는 가게 앞 평상에 술상을
놓고 앉아 있었다. 깊은 골짜기 안쪽에 자리잡은 곳이라 아늑했다.
겉봉에 적힌 주소지를 찾아가서야 나는 재식이 중학교에서 미술선
생으로 근무한다는 사실을 알게 됐고, 학교를 통해 이사간 주소를
알아냈다.

"왜 그렇게 놀라? 나 원래 그림 그리는 거 좋아했잖아. 나중에
엄마 집에 있으면서, 아니, 형 엄마말고 우리 엄마 말이야, 어쨌든
거기 있으면서 다시 공부해서 대학에 들어갔어. 그리고 아버지를
찾아가서 돈 달라고 했어. 내 아버지가 맞다면 학비 정도는 주셔야
하는 거 아니냐고 따졌지. 그랬더니 돈을 주시더라. 온갖 욕을 다
하면서 말이야. 아버지 성격 잘 알겠지만. 그러고 나니까 기분이
더럽더라구. 꼭 돈 때문에 집을 나간 것 같은 생각도 들고. 형 엄마
한테도 미안하고."

재식이 자꾸만 우리 엄마, 형 엄마라고 구분해서 말하는 게 서운
했다. 나는 막걸리를 들이켜며 마을 뒷산으로 넘어가는 저녁해를
봤다. 마을 가운데 있는 큰 연못가 버드나무 아래에서도 노인들 몇
몇이 술추렴을 벌였다.

"결혼은?"

재식이 싱긋 웃었다. 검게 그을린 얼굴이라 이빨이 새하얬다.

"내 주제에 무슨. 결혼 같은 건 별로 하고 싶지 않아……"

"왜?"

"알잖아. 게다가 겁도 나고."

"여자가 무섭냐?"

"여자야 좋지만, 아버지가 된다는 건 겁이 나."

하긴 그건 나도 싫었다.

"그럼 연애는 해봤단 소리구나."

"연애 안 하는 사람이 어디 있어? 형은 잘 모르겠지만, 고등학교 다닐 때도 연애는 하고 있었지."

"그래? 전혀 몰랐는걸. 얌전한 고양이가 부뚜막에 먼저 올라간다더니만."

하지만 재식의 표정이 어두웠다.

"그런데 여자애를 사귀고 나면 평판이 안 좋아져. 헤어지고 나면 나에 대해 안 좋은 소문이 돌아. 왜 그런지 나도 잘 모르겠어. 사귈 때는 둘 다 너무 좋았는데, 헤어지고 나면 나쁜 말들만 듣게 돼. 그런 걸로 상처를 좀 받아서 지금은 연애 같은 거 잘 안 해."

"너도 참 문제구나."

혼자 중얼거렸더니 재식이 과장되게 웃음을 터뜨렸다.

"나야 그렇다고 치고, 형도 아직 결혼 안 한 거야? 그래도 엄마가 가만히 있어? 난리칠 텐데. 애인 없어?"

르네 마그리트, 〈빛의 제국〉, 1954년   289

"없어. 난 사귈 때부터 안 좋은 소문이 돌더라."

"형이나 나나 똑같은 신세구나."

농담이었는데 재식은 진담으로 여겼다. 해는 어느덧 완전히 뒷산으로 넘어가고 하늘에는 잔영만 붉게 남았다. 검은 산의 실루엣 뒤로 붉게 타오르는 하늘. 술판을 벌인 노인 중 하나가 흥분해서 소리를 고래고래 질러댔고, 다른 노인들은 그를 말리고 있었다. 재식에게 묻고 싶은 게 있었다. 아니, 묻고 싶지 않은 질문이 있었다. 사실은 묻지 않을 수 없는 질문이라고나 할까.

"너, 이제는 우리 가족에 대해서 아무런 감정이 없겠지?"

"형 가족?"

"그러니까 우리 아버지나 어머니에 대해서. 그때 쫓겨나듯 집을 나간 일에 대해서."

"형 가족에게 무슨 감정이 남아 있겠어? 그때도 독립할 때가 되어서 독립한 거였지, 왜 내가 쫓겨났다는 거지? 이상한 소리네. 쫓아낸 사람이 있어야 쫓겨나는 거지."

재식이 평상에서 내려가 가게로 들어갔다. 최선생, 오늘은 술 많이 마시네. 가게 아줌마가 말하는 소리가 들렸다. 예, 모처럼 어릴 때 친구가 찾아와서요. 재식이 말했다. 양손에 한 병씩, 막걸리 두 병을 들고 가게에서 나오는 재식의 슬리퍼가 시멘트 바닥에 끌렸다. 그리고 나는 참 무서운 이야기 두 가지를 듣게 됐다.

화집을 펼쳐 마그리트의 그림을 보는 동안, 뉴스 속보는 이어졌다. 김일성의 일생과 격변의 20세기를 소개하는 다큐멘터리, 북한 사회의 동정에 대한 추측성 보도, 세계 각국의 보도 내용 등이 이어졌다. 김일성의 항일 빨치산 시절을 다룬 한 방송사의 다큐멘터리는 방영되는 도중에 갑자기 중단되기도 했다. 한 사람의 죽음으로 온 나라가 정신을 잃은 것 같았다. 그림을 보면서 나는 재식과 내가 완전히 같지는 않지만, 그렇다고 전혀 다르지도 않은 두 사람이라는 걸 깨달았다. 서로 뒤집어진 채로 존재하는 두 사람. 마오 쩌둥처럼 김일성의 시체를 방부처리해 영구보존하리라는 예측도 조심스레 제기됐다. 북한은 거대한 상가喪家로 바뀌고 있었다. 나는 화집을 덮고 채널을 돌렸다. 화면들이 스쳐지나갔다. 세계가 변하고 있었다. 하지만 어떻게 변할지는 아무도 몰랐다. 우리는 결혼하지 않을 것이고, 제사를 지내지 않을 것이다. 하지만 정말 그럴지는 아무도 몰랐다. 이 무덤이 얼마나 오래갈지는 누구도 몰랐다. 하지만 우리는 이제 서로 만나기 직전이었다. 우리는 곧 만나게 돼 있었다.

4

"달이 떴나? 저기 있네. 내가 어떻게 여기서 살게 됐는지 알아?

처음 이 고장으로 발령받아서 온 뒤에 저 아래에 있는 유원지에서
회식을 가졌어. 술자리가 파할 무렵에 선배 교사가 자기 고향이 가
까우니 거기 가서 한잔 더 마시자는 거야. 그래서 거기 가면 뭐가
좋으냐고 물었더니 달빛이 좋다고 해. 그 말에 끌려서 여기까지 올
라왔지. 올라오는데 달이 보이더라구. 환한 밤하늘, 하늘에 보름
달, 마을 가운데 못, 동사무소 건물. 지금 저기 저 풍경. 저 풍경이
그렇게 좋더라구."

나는 재식이 가리키는 방향을 쳐다봤다. 보안등을 켜놓은 동사
무소 건물.

"르네 마그리트?"

"응, 〈빛의 제국〉. 형도 단번에 알아보는구나."

"그래, 내 눈에도 그렇게 보이네."

내가 중얼거렸다. 목소리에 힘은 없었다.

독일로 돌아가는 날, 공항에 배웅 나온 어머니는 비행기를 타러
들어가려는 내게 가까이 다가서며 난데없는 말을 꺼냈다. 한 무리
의 배낭족들이 바로 옆에서 여권과 비행기표를 받고 있는 통에 주
변이 어수선했다. 어머니는 목청을 높였다.

"다음에 올 때는 제발 참한 색시 하나 만들어서 와라."

그 말에 나는 피식 웃어버렸다. 이제 겨우 무덤 하나 무너뜨리고
가는데, 새 무덤을 만들어 오라니요. 나는 손을 내저었다.

"어머니나 아버지에게도 세상이 좀 시원시원해지면요."

나는 출국장으로 걸어들어갔다.

두려움의 기원

인서의 편지

인서에게서 온 편지를 가져오다가 인준은 화단 한쪽에 분홍색 엉겅퀴꽃이 피었다는 사실을 발견했다. 아직 고등학생이었던 시절, 화단에서 잡초를 뽑던 인서가 잠시 허리를 펴고 그 꽃을 한참 바라보던 일이 불현듯 떠올랐다. 아버지처럼 인서도 그게 의무라도 되는 양 열심히 화단을 가꿨다. 동네 꽃가게에서 종자를 사오고 그 씨를 뿌리고, 마침내 새싹이 나오면 환호하고. 덕분에 오빠인 인준이 군에 가 있는 동안에도 화단은 조화롭게 유지되고 있었다. 화단이 아무렇게나 잘라버린 강아지의 털처럼 삐죽삐죽 엉망이 되어버리기 시작한 건 그다지 오래되지 않았다. 올 초, 인서가 집을 떠나면서부터였다.

그때 엉겅퀴를 들여다보던 인서가 울었던가? 인준은 종아리 살이 오르던 고등학생 시절의 인서를 떠올렸다. 하지만 잘 생각이 나지 않았다. 아마 그런 일이 있었으니까 그 장면이 이렇게 선명하게 떠오르는 게 아닐까고 인준은 짐작했다. 첫 휴가 때는 왠지 모르게 슬픈 일이 많았다. 여동생이 울었다고 해도 알아차리지 못할 정도로 인준은 정신이 없었다. 그때는 고작 일등병 계급장을 막 달았을 때였고, 살아간다는 일에 지루함이랄까, 회의랄까, 그런 느낌이 있었다. 자살하지만 않는다면 성공한 삶이 아니겠는가. 그런 생각도 했었다. 6월 내내 뜨거운 초여름 햇살을 받으며 사단 체육대회 응원 연습을 한 덕택에 인준은 사박 오일짜리 포상휴가를 받았다. 아직 일등병으로 진급하려면 보름 정도 남았지만, 병장들이 계급장을 바꿔 달고 나가라고 해서 동기들과 막사 뒤에서 낄낄거리며 계급장을 고쳐 달았다. 낄낄낄. 웃을 일이라고는 하나도 없는 이등병 시절이었는데, 왜 그렇게 웃었을까? 포말처럼 막사 위로 솟구치던 그 웃음소리가 지금도 인준의 귀에 들리는 듯했다.

　엉겅퀴. 엉겅퀴.

　웃을 일이 없어도 사람은 가끔 웃는다. 울 일이 없어도 사람은 가끔 운다. 인준은 자신이 왜 웃었는지 알지 못하는 만큼이나 인서가 왜 울었는지 알지 못했다. 어쨌든 엉겅퀴를 하염없이 들여다보던 그즈음, 인서는 근처 성당을 다니기 시작했다. 인서를 성당으로 이끈 건 프라하의 복녀 아녜스에게 보낸 성녀 글라라의 편지였다.

인준은 '복녀'니, '성녀'니 하는 인서의 말이 외국어처럼 들려서 얼굴이 빨갛게 상기된 그애에게 물었다.

"아네스라고?"

"응, 공주였어. 그런데 모든 걸 버리고 수녀원에 들어갔대. 그 당시에는 대단한 사건이어서 놀란 사람들이 많아. 성녀 글라라도 그 사건에 감명받아 이 편지를 쓴 거고."

인서는 속삭이듯 글라라의 편지를 읽었다. 개울이 흘러내려가듯이 중얼중얼. 실제 성녀 글라라의 목소리도 그랬을까?

"옷을 입은 사람은 붙잡힐 데가 있어서 더 빨리 땅에 내동댕이쳐지기 때문에 알몸인 사람과는 싸움이 되지 않습니다. 이와 같이 아무도 이승에서 영화를 누리고 살다가 저승에서 그리스도와 함께 다스리지를 못합니다."

인서가 성녀 글라라의 편지에서 읽은 그 구절은 인준에게도 인상적이었다. 인준도 그런 생각을 한 적이 있었기 때문이었다. 신병으로 연대본부에 갔을 때였던가? 신병들 모두 심하게 기합을 받았다. 여름 한낮 두시에 시원한 강당에서 있었던 연대장 훈시 때 졸았던 신병이 있다는 것이 구실이었지만, 신병들에게 기합을 주는 낙으로 사는 연대본부 간부들에게는 그 이유가 무엇이든 좋았다. 어차피 졸았든 졸지 않았든 신병들은 기합을 받게 돼 있었다. 그때 먼지투성이 몸으로 연병장을 마구 기어가면서 인준도 그런 생각을 했었다. 영원히 쓰러지지 않는 방법. 그건 남이 쓰러뜨리기 전에

먼저 쓰러지는 일이지. 인준이 남들보다 먼저 쓰러지는 일에 익숙
해지는 동안, 인서는 영원히 쓰러지지 않는 방법을 배우기 위해 가
톨릭교도가 됐다.

인준은 집으로 들어가는 계단에 걸터앉았다. 해가 한껏 길어져
집 옆 다세대주택의 붉은 벽 사이로 아직 말간 푸른빛의 서쪽 하늘
이 보였다. 하지만 동쪽에서는 먹구름을 잔뜩 거느린 바람이 몰려
들고 있었다. 동풍이었다. 곧 먹구름들이 하늘을 뒤덮으리라. 인준
은 겉봉을 찢고 인서의 편지를 읽었다. 겉봉이 힘없이 바람에 날아
갔다.

오늘 점호시간은 유달리 힘이 들 것 같아. 어제 연대장 생도가
직접 나와서 점호를 받았거든. 무슨 방송사에서 점호 광경을 취
재한다고 해서 예정에 없이 연대장 생도가 허겁지겁 달려왔지.
그럴 때면 꼭 동물원의 원숭이가 된 듯한 기분이 들어. 어쨌든 아
마도 어제 하지 못한 집합을 몇 번 할 것 같아. 하긴 이제 집합도
그렇게 힘들지도 않다. 소리지르고 열심히 뛰기만 하면 되니까.
어제 취침시간에 방을 같이 쓰는 애와 가입교 기간에 퇴교했
던 애 얘기를 했어. 한 명이 퇴교했다고 전에 말했잖아. 그애의
아버지는 그애를 보자마자, 따귀를 때리고는 돌아서서 가버렸다
고 해. 창피했다거나 자식의 인내심이 부족한 것에 대한 질책이
었겠지. 그 이야기를 듣는데 부럽더라. 퇴교할 수도 있다니. 난

여기서 나가면 이제 갈 곳이 없는데. 게다가 그렇게 때려줄 아버지가 계신 것도 아니고. 뭐든지 내 마음대로지, 뭐. 계속 다니든 그만두든.

그런 얘기를 했더니 룸메이트는 자기가 더 힘들대. 내 차암, 핑계 없는 무덤이 없어요. 하긴 평범한 가정의 여자애가 갑자기 사관학교에 간다고 말하면 우리보다는 더 충격적이겠지. 돌아갈 곳이 있는데 참고 견디는 게 훨씬 더 힘들 것이라는 건 인정해.

다음주에 처음으로 비행기를 타게 됐어. 드디어 말이지. 그런데 갑자기 1981년 5월 5일, 어린이대공원에 놀러갔을 때 생각이 나는 거야. 그래서 겁이 덜컥 나네. 천신만고 끝에 공사空士에 들어왔는데, 비행기 타는 게 겁난다니 말이야. 웃겨.

아마 다음주면 서울에 올라갈 수 있을 것 같아. 그럼 그때 봐. 안녕.

어둡고 무시무시한 벌판

1981년 5월 5일. 달력을 찾아보지 않아도 그날이 어린이날이었다는 건 누구나 알 수 있었다. 인서는 다섯 살이었고 인준은 여덟 살이었다. 그즈음 예비역 소령으로 막 전역한 두 아이의 아버지는 국방부의 소개로 초등학교에 간염 백신을 공급하는 한 제약회사에 영업직 간부로 취직했다. 신군부가 장악한 제5공화국은 어린이와 관련해 두 가지 일에 몰두했는데, 하나는 스포츠를 널리 보급하는 일이었고 다른 하나는 간염을 예방하는 일이었다. 당시의 어린이들은 스포츠를 통해 경쟁의 원리를 익혔고, 간염주사를 통해 모든 구악舊惡은 퇴치될 수 있다는 신념을 지니게 됐다. 우리나라 역사상 최초로 등장한 면역인간들이랄까. 무엇으로부터? 모든 것. 가난으로부터, 원죄로부터, 불합리로부터. 아이러니한 건 결국 신군부의 혜택을 받은 그들이 자라 자신들이 이 사회의 백신이라도 되는 양, 스포츠를 하듯이 도심을 뛰어다니며 신군부와 같은 구악을 퇴치했다는 사실이리라.

인준의 아버지는 군에서 배운 조직력과 워낙 몸에 밴 추진력으로 도시에서 산간지역에 이르기까지 모든 어린이들의 팔뚝에 새로운 시대의 백신을 투약했다. 더 많이 투약하면 투약할수록 사세가 확장되는 건 당연했다. 하지만 그에게 가장 큰 강점이자 약점은 그가 원칙주의자라는 점이었다. 그가 태어나던 1946년 4월 10일, 양자리 근처를 지나던 태양은 그에게 타협을 모르는 원칙주의자라는 성격을 선사했다. 원칙주의자인 예비역 소령에게 업무는 전투와 같았다. 간염 백신 공급 사업에 뛰어든 후발업체의 영업부장으로 그는 적진에 진격해 항복을 받아내듯이 각 지역의 영업권을 차례차례 접수했다. 언뜻 보면 중부전선의 철책을 담당한 중대장으로서 상황판을 그려가던 현역 시절의 모습을 다시 보는 것 같았다.

지도상에 공략지역을 표시하고 가능한 영업력을 모두 투입해 그 지역을 점령한다.

투입되는 영업력에는 외면적인 것도 있었지만, 내면적인 것도 있었다. 그러니까 보이지 않는, 아니 보여서는 안 되는 영업력. 인준의 아버지는 이 영업력에서 뛰어났다. 끊이지 않는 인내력과 실천력으로 밤낮을 가리지 않고 사람들을 만났고, 갖은 방법으로 그들을 설득해서 간염 백신 공급권 및 투약권을 따냈다. 하지만 그 당시 뒤에서 그에 대해 이러쿵저러쿵 수군대던 사람들의 말마따나 사업은 결코 전투가 아니지 않은가? 전투가 서로 부딪쳐서는 안 되는 힘들이 정면으로 충돌해 한쪽의 의지가 말살될 때까지 살육을 계속하는 행위라면, 사업은 서로 많고 적은 힘들이 조화롭게 어울려 모두가 살아남는 환경을 만드는 일이었다. 제아무리 사자라고 하더라도 생태계가 붕괴되면 자신의 의지와는 무관하게 굶어 죽게 돼 있었다. 그런 의미에서 그의 방식은 위험했다.

거듭되는 전투와 승전을 통해 간염 백신 단체접종이 실시된 이후 우후죽순처럼 생겨난 경쟁사들에게서 항복문서를 받으며 그는 탄탄대로를 밟아나갔다. 하지만 그뿐. 그로부터 삼 년 뒤, 영업이사의 자리까지 올랐던 그는 아내와 함께 새벽 다섯시 강원도 내린천을 따라 내려가는 31번 국도에서 마주 오던 화물트럭의 왼쪽 옆부분을 들이박고는 절벽 아래로 추락했다. 조사 결과, 그가 운전하는 차가 중앙선을 넘었다는 게 밝혀졌다. 당시 초등학교 5학년이던 인준에게 그 사고는 하늘이 무너지는 소식인 동시에 영원히 풀 수 없는 미스터리로 남게 될 터였다. 큰이모의 말처럼 두 사람은 왜 하필이면 그런 시간에 그런 곳에서 죽었을까? 인준 남매에게는 아무런 말도 없이 말이다. 아버지가 다니던 회사에서 보내온, 평생 잊을 수 없을 만큼 큰 화환이 지키고 선 가운데 장례식은 끝났다. 인준 남매에게는 집과 퇴직금과 보험금이 남았다. 인준은 자신과 여동생이 마치 어두운 밤, 들짐승들로 가득한 벌판에 서 있는 듯한 느낌이 든다고 생각했다. 가끔씩 큰이모가 와서 한탄과 함께 그들의 밑반찬을 만들었다. 이제 겨우 2학년이었던 인서는 큰이모의 곁에서 음식 만드는 법을 배웠다. 인준의 아버지가 치렀던 전투는 인준이 치러야 할 전투에 비하면 간단한 훈련에 지나지 않았다. 그런 숱한 전투를 거쳐 인준은 동생 인서와 그 어둡고 무시무시한 밤의 벌판에서 살아남은 것이다.

스위치를 올리고 나서도 한참이 지나서야 인준은 거실의 형광등 하나가 켜지지 않았다는 사실을 알아차렸다. 발톱을 깎다가 문득 깨닫게 된 사실이었다. 인준은 몇 번 형광등의 줄을 당겨보다가 형광등 갓을 벗겨내고 초크를 번갈아 끼워봤다. 하지만 형광등은 이미 그 생명을 다한 뒤였다. 전원이 연결되는 부분이 시커멓게 변색돼 있었다. 형광등을 든 인준이 의자에서 내려왔다.

마음의 불을 밝히는 사람

"어떠니? 일은 할 만해?"

조금씩 떨어지는 빗방울을 맞으며 인준이 가게 안으로 뛰어들어오자, 임씨가 인사를 겸해 물었다. 동네 어귀, 시장으로 들어가는 골목 초입에서 전기재료상을 하는 임씨는 아주 오랫동안 인준과 인서의 후원자 노릇을 해왔다. 워낙 손이 빠르고 사람 만나는 걸 좋아하는 성격이라 동네에서 이런저런 감투를 쓰고 있었는데, 그중 하나가 청소년 선도위원이었다. 세상에는 갖가지 종류의 사람들이 청소년 선도위원을 맡고 있지만, 임씨의 경우는 상위 일 퍼센트 안에 드는, 정말 순수한 청소년 선도위원이었다. 가톨릭신자인 이 순수한 청소년 선도위원은 이제 삶에 더럽혀지는 일만 남았던 인준과 인서의 대부였다. 물론 인준의 아버지가 살아 있을 때, 두 사람이 맺었던 인연도 한몫했을 것이다. 임씨가 없었더라도 지금과 크게 다를 바는 없었을 테지만, 그래도 임씨 덕분에 두 남매가 잘 클 수 있었다고 말하는 게 더 설득력이 있었다.

"글쎄요, 별로 힘들지는 않아요."

사정상, 그리고 그것이 아니었더라도 어차피 일찌감치 대학 진학을 포기했을 인준은 고등학교를 졸업하자마자 자동차 면허를 취득했다. 그 나이 젊은이의 조급함에 부응하는 자격증은 몇 되지 않았는데, 운전면허증이 그중 하나였다. 누구나 따야만 하는 운전면허증이 무슨 자격증이냐고 비웃을 사람들도 많겠지만, 그 면허증으로 인준은 직장을 구했는데, 그게 바로 운전면허학원에서 강사로 일하는 것이었다. 경력도 전무했고 기능강사증도 없었지만, 면허를 따는 공식에 대해서는 많은 것을 알고 있고, 또 사람 끌어모으는 재주가 있어서, 운전학원 총무부장으로 일하는 동네 선배의 소개로 편법으로 채용된 것이었다.

별다른 일은 아니었다. "어깨선이 일치되면 핸들을 우측으로 완전히 꺾어서 좌측선과 좌측 바퀴가 삼십 센티미터 정도 떨어지게 두세요"라든가, "출발할 때는 좌측 깜빡이를 넣어야 합니다" 따위의 말들을 혼잣말처럼 하루종일 중얼거리는 일이었다. 인준에게는 인서에게 없는 사교성이 있었으므로 학원에서 꽤나 인기를 끌었다. 세상에는 그런 사람들이 있는 법이었다. 남이 알아도 별 상관없다는 듯이 자신이 살아온 얘기들을 스스럼없이 털어놓는 사람들. 그런 사람과 몇 시간만 보내고 나면 상대의 마음도 열렸다. 재주라면 아주 독특한 재주였다.

운전학원에서 일하며 인준은 대부분의 면허들을 취득했다. 대형면허나 특수면허 같은 것들. 일 끝나면 바로 집에 가기 바쁜 다른 강사들과 달리 인준은 연습장에 널린 자동차들을 모두 정비소에 넣은 뒤, 희미한 보안등과 달빛을 벗삼아 연습했다. 그 일을 눈감아준 총무부장은 인준이 면허시험을 치를 때면 "떨어지기만 하면 그동안 쓴 기름값을 죄다 물릴 테다"라고 엄포를 놓았지만, 유달리

눈썰미가 발달한 인준은 첫 시험에 대개 붙었다. 제대하자, 이제 그 특수면허가 소용에 닿았다. 임씨가 자동차 정비업소에 소개해 줘 일자리를 구한 것이었다. 인준은 서울에서 수원까지, 경부선 하행선 고속도로상에서 견인업무를 했다. 인준은 그 일이 마음에 들었다. 물론 제대 직후 몇 달간 일했던 마을버스나 학원통학차 일도 재미있었지만, 견인차를 모는 일만큼 좋지는 않았다. 인준은 선천적으로 고독의 별을 타고났으나, 동전을 모아두듯 일상에서 만나는 자잘한 고독들을 자신의 의도된 사교성 뒤에 감춰놓았다. 그런데 견인차 운전을 하면서 그 고독들이 봇물이 터진 듯 인준에게로 흘러들었다.

휴게소 테이프 장사들이 틀어놓은 트로트 메들리 사이로 오후 네시의 평화로운 햇살이 자신에게로 쏟아지는 광경을 보면서 인준은 그런 생각을 했었다. 언제였던가. 수업을 마치고 집으로 돌아오니 인서는 큰이모댁으로 놀러가 보이지 않고 오후 햇살을 받은 뜰 안의 감나무 그림자만 거실에 길게 드리워져 있었다. 자신의 어린 영혼처럼 길게 야윈 그 감나무 그림자를 보면서 인준은 최초의 고독과 마주했다. 인준은 열린 창문을 닫고 커튼을 드리워 그 감나무 그늘을 없앴다. 이내 방안은 어두워졌다. 인준은 목이 마르다고 생각하며 불을 켰다. 그 오후를 아주 오랫동안 인준은 기억했다.

"그런데 웬일이냐?"

임씨의 말에 퍼뜩 인준이 정신을 차렸다.

"거실 형광등이 나갔어요. 한동안 몰랐는데, 어쩐지 어둡더라구요."

임씨는 인준의 집에 걸린 전등의 규격을 떠올리며 재고품들을 쌓아둔 진열장 뒤쪽으로 움직였다. 인준은 허리를 만지며 움직이는 임씨의 몸동작을 눈여겨 바라봤다. 형광등을 들고 돌아서다가 자신을 바라보는 인준의 눈길을 보고 임씨가 말했다.

"이상해. 며칠 전, 요 앞 아파트 십오층에 일 나간 적이 있거든. 베란다에 마루를 깔고 문턱을 없애 아주 보기 좋게 개조했더라구. 그 베란다에 할로겐등을 설치하느라 의자를 밟고 올라가 작업하다 잠시 베란다 너머 아래쪽을 봤는데 어질어질한 것이 등골이 오싹해지지 않겠니? 그걸 보니 나도 이제 다 됐구나는 생각이 들더구나. 젊었을 때는 혼자서 전신주에도 곧잘 올라갔는데 말이야. 무섭더라고. 그 높이가 꽤나 무섭더라구. 그러다가 그만 의자에서 발이 미끄러져서 허리를 좀 다쳤다."

전등시험기로 꺼내온 형광등의 성능을 검사하면서 임씨가 겸연쩍다는 표정으로 말했다. 인준은 잠시 밝았다가 이내 사라지는 불빛의 잔영을 바라봤다.

"조심하셔야죠. 연세가 있으신데 그러다 크게 넘어지시면 큰일나요."

"그래도 나니까 일을 다 끝마쳤지. 너라면 서 있지도 못했을 거다. 조심한다고 해서 되는 게 아닌 나이가 이제 온 것 같다. 그래도 할로겐으로 밝히니까 그 베란다가 환하더라."

형광등을 건네면서 임씨가 말했다. 청소년 선도위원으로서 인준 남매에게 임씨가 한 일이란? 아주 간단한 일이었다. 일주일에 한 번 정도 집에 찾아와 그들보다 더 많이 살아온 사람으로서 어린 남매의 삶에 도움이 될 만한 일들을 했다. 함께 청소하고 망가진 가전제품들을 고치고 인준과 인서를 데리고 나가 외식을 했다. 나이 쉰을 넘긴 사람으로서 임씨가 한 일. 그는 인준과 인서의 어두운 마음에 불을 밝혔다. 누구나 어떤 사람의 후원자는 되어줄 수 있겠지만, 아무나 그 사람의 마음에 불을 밝혀주진 못한다. 그런 점에서 임씨는 세상에서 가장 훌륭한 전기기사인 셈이었다.

오래된 사진앨범

묵직한 구름이 잔뜩 긴 저녁 하늘이 인준네 큰방의 유리창 안으로 밀려들었다. 해가 길어지면서 인준의 어두운 마음으로도 저녁 그림자가 길게 드리워지는 일이 잦았다. 노을이 내리면 인준의 마음은 늘 어디론가 놀러가곤 했다. 인준은 그런 저녁을 무척 좋아했다. 그런 저녁이면 시장에서 홍당무, 감자, 양파, 돼지고기 등의 재료를 사와 오랫동안 카레범벅을 휘저으며 열심히 카레라이스를 만들어 텔레비전을 켜놓은 채 혼자서 푸짐하게 저녁을 먹었다.

텔레비전 화면은 자꾸만 지직거렸다. 임씨가 고쳐서 준 중고 텔레비전이었다. 그런대로 쓸 만한 물건이었지만, 아직 난시청 지역으로 남은 서울의 몇 안 되는 동네라 가끔씩 전파를 잡지 못하는 일은 피할 수 없었다. 언젠가 한번은 그 꼴로 텔레비전을 보는 걸 못 참고 임씨가 기어이 지붕까지 직접 올라가 안테나를 조종해서 선명한 화면을 잡아준 일이 있었다. 하지만 또 안테나의 방향이 돌아간 모양이었다. 그러니 안테나의 방향을 바꾸면 될 텐데, 인준은 그렇게 하지 않았다. 인준이 텔레비전을 몇 대 때리는데 초인종이 울렸다. 인준은 흔들리는 화면을 뒤로하고 밖으로 나갔다.

어느새 하늘에서는 굵은 빗방울이 떨어지고 있었다. 검은 빗방울들이 무리를 지어 쏟아져내리고 있었다. 인준은 그냥 뛰어나가려다가 우산을 꺼냈다. 갑작스런 비로 화단에서는 흙 비린내가 끼쳐올라왔고, 골목길을 때리는 빗소리가 서로 공명하며 큰 소리를 냈다. 누군가 하고 내다봤더니 효정이었다. 반가운 마음이 열기처럼 얼굴로 훅 끼쳐올랐다.

"웬일이니?"

"음식 좀 만들어 왔어. 빨리 문 좀 열어봐."

인준이 문을 열자, 효정이 찬합을 내밀며 대문 안으로 들어왔다. 찬합 보자기는 그다지 비에 젖지 않았는데, 효정의 몸은 반이 젖어 있었다. 인준은 축축해진 효정의 등을 밀면서 어서 들어가자고 말했다. 비가 내린 지 얼마 되지 않았는데도 처마밑에는 벌써 조그마한 물웅덩이가 생겼다. 감나무가 비바람에 심하게 흔들렸다.

"바람이 너무 많이 불어. 태풍도 다 지나갔는데, 왜 이럴까?"

인준이 건넨 수건으로 몸의 물기를 닦으면서 효정이 말했다. 고등학생 때 한 친구를 따라 어떤 모임에 나갔다가 인준은 효정을 처음 만났다. 효정은 그때 뉴 키즈 온 더 블록을 무척 좋아하고 있었는데, 인준이 시장에서 산 싸구려 티셔츠에 그들의 사진이 프린트돼 있었다. 효정이 그 사실을 지적했을 때에도 "이 사람들이 노래를 불러요?"라고 되물을 정도로 인준은 또래 아이들이 가진 관심사에 무심했다. 삶을 꾸려나가는 일이라면 누구보다도 자신 있었지만, 그 외의 일에는 인준도 서툴렀다. 좋은 티셔츠라고 생각해본일이 한 번도 없었기 때문에 효정이 그 티셔츠를 자기에게 줄 수없느냐고 했을 때, 인준은 두말 않고 허락했다. "그럼, 이 녀석이입던 옷을 네가 입겠다는 거냐?" 같은 자리에 있던 한 남학생이 그렇게 비아냥댔을 때, 인준은 약간 낯을 붉혔지만 효정은 얼굴빛 하나 바꾸지 않고 그에게 대답했다. "나는 뉴 키즈 온 더 블록이 그려져 있다면 네 빤스도 달랄 거다." 남학생은 금방 기가 질려버렸다. 효정은 그런 애였다.

나중에 효정은 자기가 인준에게 끌리기 시작한 건 그가 뉴 키즈온 더 블록에 대해서는 전혀 모르면서도 그 티셔츠를 입고 있었기때문이라고 설명했다. "도대체 어떻게 그애들을 모를 수 있니?"효정은 화가 난 사람처럼 말했지만, 결국 그건 핑계일 뿐이었다.

그 이듬해 열린 뉴 키즈 온 더 블록의 서울 콘서트에 다녀온 뒤로 효정의 관심은 점차 인준에게로 옮겨갔다. 그리고 얼마 뒤, 그들은 서로 사랑하고 있다는 사실을 발견했다. 조금씩 사랑하게 된 게 아니라 어느 날 갑자기 서로 사랑하고 있다는 걸 발견한 것이다. 이따금 그렇게 발견되는 사랑이 있다.

"소고기장조림이랑 다른 밑반찬 조금하고 빈대떡 재료를 가져왔어. 오늘밤, 집중호우가 예상된다는 뉴스를 들으니까 왠지 회사에서부터 빈대떡이 너무 먹고 싶은 거야. 그래서 지난 휴일에 만들어둔 밑반찬도 배달할 겸, 비 내리는 거 바라보며 빈대떡이라도 구워먹을 겸 온 거야. 그런데 비가 너무 많이 온다. 어, 인서한테서 편지 왔네?"

효정이 말하다가 바닥에 떨어진 인서의 편지를 봤다. 인준이 군대에 가 있는 동안, 효정은 마치 자기 동생인 것처럼 인서를 돌봤다. 인서가 공군사관학교에 가겠다고 결심했을 때도 제일 걱정한 사람은 임씨 아저씨도 인준도 아닌 바로 효정이었다. 가입교 기간이 끝나고 찾아간 인준과 임씨 내외와 효정 앞에서 인서가 눈물범벅이 돼 경례를 붙였을 때도 인서를 붙들고 펑펑 운 사람은 바로 효정이었다. 살아 있었다면, 어머니가 할 역할을 효정이 대신 한 셈이었다.

"어떻게, 잘 지낸대?"

"겁이 나나봐."

"뭐가?"

"이번주에 비행기를 타나봐. 근데 자꾸만 겁이 난대."

효정이 몸에서 물기를 털어내듯이 웃음을 터뜨렸다.

"걔도 참 어지간하다. 그게 겁이 나면서 어떻게 공군사관학교에 들어갈 생각을 한 거니? 처음이니까 무섭겠지. 인서야 워낙 굳센 애니까 잘할 거야. 사 주 훈련받고 나왔을 때도 애가 얼마나 달라졌었는데."

물기가 좀 말랐다 싶었는지 효정은 프라이팬에 기름을 붓고 빈대떡을 부칠 준비를 했다. 효정이 열어놓은 부엌 들창으로 빗물 떨어지는 소리가 밀려들었다. 그 소리를 들으며 인준은 다시 인서의 편지를 생각했다. 1981년 5월 5일. 그날, 무슨 일이 있었을까? 문득 좋은 생각이 인준의 머릿속으로 떠올랐다. 인준은 안방으로 들어갔다. 장롱 서랍을 뒤져 앨범을 찾았다. 어릴 적에 인서와 몇 번 꺼내본 적이 있을 뿐, 고등학교에 들어간 뒤로는 한 번도 찾아보지 않은 사진앨범이었다. 앨범은 장롱 서랍이 아니라 장롱 위에 족보와 함께 놓여 있었다. 인준은 의자를 딛고 올라서 조심스레 앨범을 내렸다. 먼지는 그다지 날리지 않았다.

양산을 들고 양장을 입은 어머니가 공원 한쪽에 앉아서 좌우의 인준, 인서와 함께 카메라를 쳐다보고 있는 흑백사진이 보였다. 기억조차 나지 않는 아주 오랜 과거의 영상이었다. 더 오래된 것으로는 장교 임관 기념으로 찍은 아버지의 사진도 있었다. 사진사가 매만졌기 때문인지 마치 방부처리한 얼굴처럼 아버지의 얼굴이 새하얬다. 젊은 아버지의 날카로운 시선은 인서가 물려받았다. 아버지가 살아 있었다면, 공군사관학교에 들어간 인서를 무척 자랑스러워했을 것이다. 앨범을 뒤적이다가 인준은 '1981. 5. 5.'이라고 날짜가 찍힌 사진을 발견했다. 컬러사진이었다. 그러고 보니 그즈음, 아버지가 새로 나온 신형 카메라라며 일제 자동카메라를 사온 일이 생각났다. 지정하면 사진 아래쪽에 날짜가 찍히는 것이었다.

그 사진은 어린이날이라 부모님과 함께 어린이대공원에 놀러가서 찍은 것이었다. 인준은 체크무늬 멜빵바지에 빨간 티셔츠를 입고 있었고 인서는 병아리처럼 노란 반바지에 하얀색 스타킹을 신고 있었다. 아이스크림을 먹으며, 또 멍하니 카메라를 쳐다보며, 그리고 어머니에게 뭔가를 조르며 인준과 인서는 사진 속에 들어 있었다. 물끄러미 들여다보노라니 인준의 가슴 안쪽에서 물방울이 하나둘 맺히기 시작했다. 슬픔도 오래되면 뭉툭해지는 모양이었다. 그래서 연어의 속살만큼 부드러워지기도 하고 제비꽃대처럼 연약해지기도 하는 모양이었다.

"뭘 하고 있어?"

효정이 접시에 빈대떡을 담아 오면서 물었다. 인준은 눈썹에 맺힌 이슬을 털어내며 말했다.

"어, 그냥 옛날 사진 보고 있었어."

"앨범이 있었구나? 그런데 여지껏 왜 한 번도 보여주지 않았니?"

효정이 빈대떡 접시를 내려놓고 인준에게서 앨범을 뺏었다. 효정이 뭐라고 토를 달며 말하는 동안, 인준은 그날의 일을 생각했다.

깊이를 가늠할 수 없는 바닥

그해 봄에 비로소 인준의 아버지는 한 회사에 취직할 수 있었다. 그가 바라던 관리직과는 거리가 먼 영업직이었다. 아버지의 취직으로 집안 분위기는 순식간에 바뀌었다. 늘 출장을 다녔으므로 아버지는 늘 부재중이었다. 며칠 만에 집에 돌아올 때면 인준 남매를 위해 과자나 과일이나 장난감 따위를 사왔기 때문에 아버지가 온다고 하면 둘은 잠도 자지 않고 밤이 깊도록 아버지를 기다렸다. 아버지가 집에 들어오는 날은 그처럼 드물었다. 그래서 미안하다며 그해 어린이날, 아버지는 특별히 시간을 내어 인준과 인서를 데리고 어린이대공원을 찾았다. 어머니까지 포함해서 넷 다 기대가 무척 컸을 것이다. 다른 집들과 마찬가지로 다시 행복한 시절을 보낼 수 있으리라는. 하지만 그러기에 어린이날 어린이대공원에는 사람들이 너무나 많았다. 햇볕을 피할 그늘도 없었고, 앉을 자리도 없었다. 다 식어버린 음식들은 비싸기만 했고, 한 시간씩 줄을 서 있어도 놀이기구를 탈 수 없었다. "빌어먹을……"이라고 여러 번 아버지는 짜증 섞인 말을 내뱉었다. 인준과 인서는 한 시간이 넘게 줄을 서서 기다리고 있었다. 함께 서 있던 아버지는 힘이 들어서 더이상 서 있지 못하겠다며 그늘을 찾아 들어갔고, 남매와 함께 굳은 표정으로 서 있던 어머니도 잠시 후 금방 돌아오겠다며 아버지를 찾아갔다. 원래 어린날, 어린이대공원에는 사람이 너무나 많은 법이었다. 그건 누구의 잘못도 아니었다. 어쨌든 놀이기구에는 인준과 인서 둘만 올라탔다. 그때 인서가 울었던가? 벌벌 떨었던가? 잘 기억나지 않았다. 그런데 인준이 운 것은 분명했다.

앨범을 모두 보고 난 효정과 인준은 빈대떡과 소주를 두고 마주앉았다.

"한번 먹어봐."

효정의 재촉에 인준이 빈대떡 한쪽을 떼어 입에 넣고는 오물거렸다.

"맛있는걸."

인준이 말했지만, 효정이 입을 삐죽거렸다. 목소리에 그다지 힘이 많이 들어가 있지 않았으므로.

"참, 오늘 뉴 키즈 온 더 블록에 대한 프로그램 한다고 그랬는데……"

인준이 말했다. 아침에 신문을 보다가 눈여겨봐뒀던 것이다. 이미 효정의 마음에서 그들은 멀어졌지만, 아직도 인준은 이따금 그이야기를 꺼냈다. 뉴 키즈 온 더 블록이 아니었다면 인준은 효정을 만나지 못했을 것이다. 눈앞에 앉아 있다고 해서 모두 만날 수 있는 건 아니니까.

"이젠 관심도 없다, 얘."

"그래도 한번 보자. 옛날 생각 나잖아."

인준이 텔레비전을 켰다. 하지만 텔레비전 화면은 이제 소리도 제대로 들리지 않을 정도로 노이즈가 심했다. 인준은 앞으로 다가가 텔레비전의 옆쪽을 몇 번 두들겼다. 둔탁한 소리와 함께 몇 번 화면이 맞춰지는가 싶더니 다시 지직거렸다.

"그만둬. 그냥 술이나 마실 거야."

효정이 만류했지만, 인준은 괜히 고집을 피웠다. 딱히 뉴 키즈 온 더 블록이 아니더라도 효정이 있을 때 안테나 방향을 바꿔보는 게 좋을 것 같아서였다.

"바람 때문에 안테나가 돌아간 것 같아. 지붕에 올라가서 안테나를 돌리면 될 거야."

"비가 이렇게 쏟아지는데 지붕에 어떻게 올라가?"

"괜찮아. 비옷이 있으니까."

걱정스러운 표정으로 효정이 말했다.

"근데 말이야, 너……"

효정의 말이 채 끝나기도 전에 인준은 자리에서 일어났다. 그러고는 비옷을 가지러 방으로 들어갔다. 거실에 앉은 효정의 귀로 바스락거리는 소리가 들려오는 것으로 봐서 아예 입고 나오는 모양이었다.

"너는 여기서 텔레비전 보고 있다가 잘 나오면 내게 소리쳐."

인준이 현관문을 열자, 빗방울은 처음 내릴 때처럼 불규칙하게 떨어지는 게 아니라 규칙적으로 쏟아지고 있었다. 인준은 운동화를 신고 대문 옆으로 해서 대문 위로 올라간 뒤, 물기를 머금어 짙은 색으로 바뀐 기와를 조심스레 붙잡고 담장 위를 걸었다. 안테나는 그 담장이 끝나는 부분, 그러니까 대문 오른쪽 끝에 세워져 있었다.

그렇게 담장을 밟고 가는데, 효정이 안방 창으로 얼굴을 내밀고 걱정스러운 표정으로 인준을 올려봤다.

"정말 괜찮겠어?"

그 말에 안테나만 보고 가던 인준이 효정을 내려다봤다. 담장과 집건물 사이의 좁은 틈이 심연처럼 인준의 눈앞에 펼쳐졌다. 순간 인준은 그 자리에 얼어붙은 것처럼 걸음을 멈췄다. 도무지 발을 뗄 수가 없었다. 발만 떼면 그 어둠 속으로 빨려들어갈 것 같았다. 인준은 그렇게 한참 비를 맞고 서 있었다.

"왜 그래? 괜찮아? 정말 괜찮아?"

인준은 꼼짝도 할 수 없었다. 고작 이 미터 정도의 높이일 뿐인데도 한번 그 어두운 틈을 보게 되자 더이상 한 발도 내디딜 수 없게 된 것이었다. 머리에서는 빗물이 마구 흘러내렸다. 인준의 다리가 눈에 띌 정도로 크게 떨렸다. 인준은 지붕의 기와를 꼭 붙잡고 눈을 감았다. 자기 꼴이 멍청하고 한심할 것이라는 걸 알고 있었지만, 인준은 어쩔 도리가 없었다. 놀라서 골목으로 나온 효정이 팔을 뻗어 인준의 다리를 툭 쳤다.

"눈뜨고 이리로 천천히 내려와. 지붕에서 손 떼고 천천히 내려오란 말이야."

인준은 눈을 떴다. 그 높이를 인준은 이길 수 없었다. 다리가 계속 떨렸다. 심장이 마구 뛰었다. 밑에서는 효정이 비를 맞으며 뭐라고 소리를 치고 있었지만 무슨 말을 하는지 인준으로서는 전혀 알아들을 수 없었다. 감각의 문이 일제히 닫힌 것처럼 인준의 뇌 속으로 전달되던 정보의 양이 현저하게 줄어들었다. 인준은 정신을 차리려고 고개를 절레절레 흔들고는 기와를 잡았던 손으로 벽을 짚으며 조심스레 몸을 낮췄다. 빗줄기가 다시 굵어지기 시작했다. 비옷 안까지 빗물이 들어왔다. 빗물이 비옷을 때리는 소리가 요란했다. 인준은 오른발부터 담장 아래로 내렸다. 비에 젖은 담장은 생선의 몸처럼 미끌거렸다. 인준은 두 발을 모두 담장 아래로 늘어뜨린 다음, 숨을 한번 몰아쉰 뒤에 보이지 않는 어둠 속으로 뛰어내렸다. 인준으로서는 뛰어내릴 높이가 어느 정도였는지 가늠할 수 없었기 때문에 바닥을 예측할 수 없었다. 그 통에 효정과 인준은 골목에 그대로 내동댕이쳐졌다. 둘은 비를 맞으며 일 분쯤 엎어져 있다가 몸을 일으켰다. 죽을 줄 알았던 건 아니었지만, 어쨌든 살아 있는 것이라고 인준은 생각했다.

(미발표 단편)

 소설집 『스무 살』을 펴낸 것은 2000년이었다. 새로운 밀레니엄이 시작된다고 해서 다들 막연한 희망 같은 것을 느낄 즈음이었는데, 나로 말할 것 같으면 인생을 다 산 듯한 기분이었다. 2000년이 되면서 실질적으로 나의 이십대가 끝났다. 이십대가 끝나고 내게 남은 게 뭔가 싶어서 탈탈 털었더니 『스무 살』에 실린 소설들이 전부였다. 그래서였을까? 나는 『스무 살』이 마지막 책일지도 모른다고 생각했다.

 그런데 '전부'라고 했지만, 사실 전부는 아니었다. 수록하지 않은 단편소설이 몇 편 더 있었다. 「언덕 위의 바보」라는 것도 있었고, 「우리집, 불타는 모습」이라는 것도 있었다. 그 소설들은 『스무 살』을 묶으면서 버렸다. 자신이 쓴 소설을 버리는 기분이 유쾌할 리 없다. 그럼에도 과감하게 그 소설들을 버린 이유는, 어쩌면 이게 내가 펴내는 마지막 책이 될지도 모르겠다는 그 생각 때문에.

그렇다면 할 수 있는 한 마음에 드는 책을 펴내고 싶었다.

『스무 살』은 지금까지 내가 펴낸 열세 권의 장편소설과 소설집 중에서 세번째 책이다. 이런 말을 하려니 좀 쑥스럽다. 지금 알고 있는 것들을 그때도 알았더라면…… 하지만 그래봐야 크게 달라질 것은 없을 것 같다. 그렇긴 해도 아마도 다음 두 편의 작품은 다시 수록할 것 같다. 먼저 「사랑이여, 영원하라!」는 문예지에 발표했으나 수록하지 않았던 작품 중 하나이며, 「두려움의 기원」은 쓰긴 썼으나 결국 발표하지 않은 작품 중 하나다.

이번에 다시 읽으며 그때의 문장들도 조금씩 손을 봤다. 마흔다섯 살이 되어서 '스무 살'이라는 제목의 소설집을 교정하려고 보니 문장이 장황하고 표현의 낭비가 심했다. 냉정하게 그 문장들을 고쳤는데, 어쩐지 신나게 청춘을 보내고 있는 젊은 학생에게 앞으로도 살아갈 나날이 많이 남았으니까 한 푼 두 푼 저축이라도 하는 게 어때? 라고 권하는 기분이 들었다. 어떻게 그렇게 딱 맞는 말씀만 하시나요? 그런 반문이 들리는 듯하다.

그러게. 마지막 남은 퍼즐 조각도 아니고, 사람이 어떻게 딱 맞게만…… 그러면서도 나는 이십대의 문장들을 계속 고쳤고, 이렇게 개정판이 나왔다. 쑥스럽고, 늙은이가 된 것 같고, 그럼에도 기쁘다.

2015년 가을

김연수

문학동네 소설
스무 살
ⓒ 김연수 2015

1판 1쇄 2000년 3월 27일
1판 2쇄 2000년 5월 22일
2판 1쇄 2015년 10월 3일
2판 7쇄 2022년 10월 3일

지은이 김연수
책임편집 김내리 | 편집 정은진 이성근 황예인 조연주
디자인 윤종윤 유현아
마케팅 정민호 이숙재 박치우 한민아 이민경 안남영 김수현 정경주
브랜딩 함유지 함근아 김희숙 박민재 박진희 정승민
제작 강신은 김동욱 임현식 | 제작처 영신사

펴낸곳 (주)문학동네 | 펴낸이 김소영
출판등록 1993년 10월 22일 제2003-000045호
주소 10881 경기도 파주시 회동길 210
전자우편 editor@munhak.com | 대표전화 031) 955-8888 | 팩스 031) 955-8855
문의전화 031) 955-3578(마케팅) 031) 955-8864(편집)
문학동네카페 http://cafe.naver.com/mhdn
인스타그램 @munhakdongne | 트위터 @munhakdongne
북클럽문학동네 http://bookclubmunhak.com

ISBN 978-89-546-3704-6 03810

www.munhak.com